在想象中，为自己营造一处超然于现实之外的空间，来感知一次并非真实的体验，与现实保持距离，是蛮有意思的事情。

It is an interesting thing that you create an outside space beyond reality for yourself in the imagination, to perceive an unreal experience, and keep distance from reality.

2006 03 20

2006 04 26

2006 09 15

2007 06 16

建房

House-building

浓园凹宅里的对谈录

Conversation in the Studio of AoZhai in NongYuan

万征 著

四川出版集团
四川美术出版社

Contents

I have a house dream, 2001

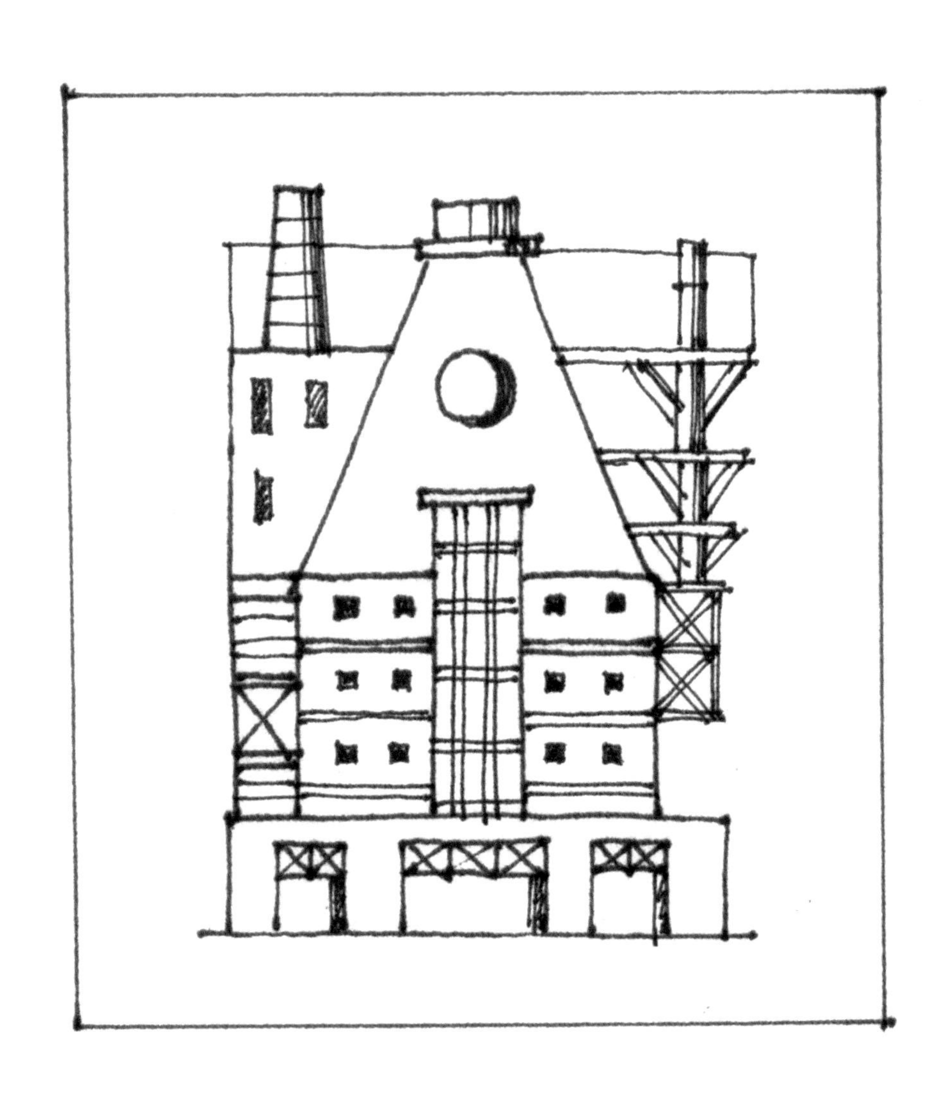

自序
……为“建房”之“记”

Preface
……To Write a Journal for Housing

2007年8月于四川大学

中国文人向来喜好用“记”来作为一种写作的体裁，像《桃花源记》、《岳阳楼记》等，这不免总让人联想到传统中国画常以“图”来为一幅画命名一样，像《清明上河图》、《韩熙载夜宴图》等。大凡名称的“xx记”都像“xx图”一样给人一种直截了当的感觉，只是具体读来时，文字性的“记”却并不像视觉图像的“图”那样来得轻松罢了。在传统文化里，以“记”的方式来记录和描述一个跟建筑有关的故事是不乏其例的，古有宋人李格非的《洛阳名园记》，唐人白居易的《草堂记》，清人俞樾的《曲园记》等；今有文人建筑师王澍的《造园记》，尽管他造的并不是一座传统意义上的园林，但这“记”字总归是与中国传统沾上了边的。

在“记”之前，汉代曾时兴一种叫“赋”的文学体裁，如班固的《东都赋》、《西都赋》，而在“记”之后还有“录”、“志”等。但瞻前观后，总的来说，“记”都是一种不错的叫法，或许它与今人的认知习惯比较接近，像我们常说的“日记”、“笔记”、“周记”、“游记”等，显得普通而随意，不像“赋”那样总给人一种宏大叙事或文学性太强的感觉，也不像“录”、“志”那样古板而刻意。不管怎样，“记”也比较适用于今天的与建筑有关的文字描述中。

2006年，我设计了一座房子，占地150M^2，建筑面积269M^2——一座小小的房子，并亲自找来施工队在亲自监理下把她建了起来，取名“凹宅”。

房子虽小，但她并没有脱离作为“建筑”的一般意义上的概念——一个不能移动的、有着固定位置的庞然大物。作为房子，她并没有作为我生活必须的第一居所

[1] **文震亨**（1585-1654）：字启美。我国明末书画家，亦通造园。江南省（又称南直隶）苏州府长洲县（今苏州市）人。明著名书画家文徵明之曾孙。于天启中以恩贡，出仕中书舍人，其书画得家传。著有《长物志》、《怡老园记》、《香草垞志》等造园著作，其中尤以《长物志》为造园精论，作品有苏州香草垞。

来使用，当然我也没有赋予她休闲度假的所谓第二居所的“别墅”的意义——她仅仅就是一个房子而已。

传统的中国文人把那些并不是生活必须的身外之物统称为“长物”。文震亨[1]就曾撰写了一部十二卷的《长物志》来论述种种的“长物”。在文震亨看来，房子是文人们最昂贵的“长物”，当然在选择基地时要有一个理想的标准：“居山水间者为上，村居次之，郊区又次之”。看来，凹宅这样一座地处成都市武侯区簇桥乡新苗村一片青青翠绿的农田与现代化绕城高速公路纵横交错之下的城乡结合部的房子也就显得是相当普通了。因为她地处普通城郊这样一个次之又次的地方（图1），肯定是不可能有唐代诗人王维[2]的辋川别业那样的诗情，更没有弗兰克·劳埃德·赖特（Frank Lloyd Wright）[3]为美国匹兹堡商人考夫曼设计的架在瀑布上的房子那样的画意了。文震亨的年代已离我们远远而去，我们的生活中却充斥着比他的那个年代不知要多多少倍的越来越多的“长物”。在这个物欲横流的时代，人们已经无法分辩哪些是“必须之物”，而哪些又是“身外之物”，我们的生活简直就是处在各种各样的“长物”的包围中而无法“突围”。既然是这样，我想这房子当然也就不能算是勒·柯布希耶（Le Corbusier）[4]所宣扬的作为功能主义的“有效消费品”，或是什么“居住的机器”了。她充其量不过是这个消费主义时代的又一个“无效消费品”。

但这一“无效消费品”却是一个太打眼的东西，既不能把她私藏在家，也不能将其随身携带，就像是这个消费主义时代那些体积越来越小、重量越来越轻的工业产品一样。而房子一旦建起来，立在那里就很难再改变，她既不可能像绘画作品那样在完成后的未展示之前还允许再添上几笔以了缺憾，也不可能像衣帽等个人私物若不合心意就束之高阁——“眼不见心不烦”罢了，这是建筑在当代消费文化

图1：通往浓园的乡村公路。
摄于2005年10月。

[2] **王维**（701？-761）：我国唐代诗人、画家。字摩诘，祖籍祁（今属山西）人。开元九年（721）进士。历任太乐丞、右拾遗，迁给事中。官至尚书右丞，世称王右丞。晚年过着亦官亦隐的优游生活。前期写了一些以边塞生活为题材的诗，如《使至塞上》等，风格雄浑，气象开阔。后期诗作主要写隐居生活的闲逸情致，内容多描写田园山水，宣扬隐士生活和佛教禅理，故有“诗佛”之称。风格清幽，体物精细，极见功力。兼精绘画，苏轼评其作品曰：“诗中有画，画中有诗”。

[3] **弗兰克·劳埃德·赖特**（Frank Lloyd Wright,1867-1959)：美国现代主义建筑先驱。是举世公认的20世纪的一位伟大的建筑师、艺术家和思想家。赖特出生于美国威斯康星州的里奇兰中心（Richland Center）。这位被埃罗·沙里宁赞美的“二十世纪的米开朗基罗”式的美国建筑的风云人物，从18岁开始到芝加哥学派的名师沙利文的事物所工作直到以92岁高龄辞世，共设计了500多幢建筑，其中建成的约有300多项，其建筑的影响力遍及欧美，他的“草原式住宅”（Prairie House）和“有机建筑”（Organic Architecture）理论至今仍在影响着今天建筑的发展。崇尚自然是赖特的基本建筑观，他认为美来源于自然，大自然为建筑的主题——设计提供了素材……设计是自然的提炼……这些对自然与建筑关系的认识都集中反映和表现在赖特的一系列作品中。流水别墅是他最重要的代表性作品，堪称无与伦比的具有诗意般的世界最著名的现代建筑。赖特其他代表性作品还有：罗比住宅、东京帝国饭店、琼斯住宅、约翰逊公司行政楼、西塔里埃森，等等。

[4] **勒·柯布希耶**（Le Corbusier，1887-1965）：瑞士籍法国现代主义建筑先驱。原名查尔斯·爱德华·珍尼特（Charles Edouard Jeannert-Gris），是20世纪最重要、影响最为深远的建筑师之一，现代建筑运动的激进分子和主力将领，“现代建筑的旗手”,同时也是一名画家、雕塑家、理论家、作家以及城市规划大师，与格罗皮乌斯、密斯同是现代建筑派和国际形式建筑派的主要代表。勒·柯布希耶1887年生于瑞士一个普通工人家庭，1917年定居巴黎。作为一名理论渊博、成果丰硕的大师，其思想理论成果集中反映在他的重要论文集《走向新建筑》中，在该论文集中，他提出“房屋是居住的机器”等著名的口号，因此柯布西耶成为“机械美学”理论的奠基人。在位于巴黎郊外的萨伏伊别墅这件作品中，柯布西耶实现了他所提出的新建筑五点，力图将建筑的新技术以及全新的居住观念带给居住者，萨伏伊别墅也因此成为世界建筑史上一座永垂不朽的丰碑，而新建筑五点也因此成为现代建筑的“圣经”。其代表性作品还有：马赛公寓、印度昌迪加尔法院、朗香教堂、阿尔及尔规划等。

图2：房子开工于菜籽花开的三月初。摄于2006年3月。

中显得比较“落后”和“保守”的地方——俗称“遗憾的艺术”。瓦尔特·本雅明（Walter Benjamin）[5]就曾经看着19世纪建造的资产阶级的宅邸时声称它们是“失败的物质”。而今，在我们生活的空间里，越来越多的“失败的物质”在增长着。

一座房子，或许她本身并不能肩负起拯救我们时代的建筑于“失败”的危难之中的重任，毕竟房子是一个很个人化的“物质”，但她对环境有着太强的凝重度，因此，她对环境所造成的冲击是每一位建筑师或建房者都无法回避的，这又是建筑很社会化的方面。我不能简单地断定这个小小的“凹宅”是“成功”抑或是“失败”？她在环境中是可有可无，还是必不可少？或许，正如瑞姆·库哈斯（Rem Koolhaas）[6]所言——建筑是需要争议的，争议就源自再小的建筑她也是很大的，这就是建筑有意思的地方。

多年来，我一直保持着对建筑这种“有意思的”兴趣，同时也保持着对其学习的高度自觉性。记得1990年刚读研究生的时候，一位关心我的老师跟我说的一句话，大意是你若要研究室内设计，就非得要好好地研究建筑不可。于是，我几乎是在一种自学的状态下开始了我对建筑的研究。一晃十多年过去了，在我身上既没有诞生一个像安藤忠雄（Tadao Ando）[7]那样自学成才的奇迹，而我也没有成就为一位有正经名份的开业建筑师——我始终无法将自己进行归类。但我却靠着对建筑的执着兴趣和因此而得到的收获做设计并教书。或许，建筑学科就有着这样强大的包容性，它甚至能容得下一个“不干正经事”的人。而当有一天“正经事”真的来临的时候，我似乎驾轻就熟地就胜任了——为了这天的“破土动工”，我真的准备了太长的时间。

没有宋人郭熙[8]在《林泉高致》中所描述的“可行”、“可望”、“可游”，甚至没有打算用她来“可居”的想法，也没有白居易的“仰观山，俯听泉”的地

图3：我几乎每天奔波于机器轰鸣、尘土飞扬的建筑工地。

［5］**瓦尔特·本雅明**（Walter Benjamin，1892-1940）：德国文学家和哲学家，德国法兰克福学派新马克思主义文艺理论家。1892年7月15日生于柏林一个富有的犹太人家庭。早年在弗赖堡、慕尼黑和伯尔尼攻读哲学，并获哲学博士学位。后作为一名自由撰稿人，主要从事文艺学方面的研究和写作。第一次世界大战期间，受当时著名的马克思主义思想家、文艺学家卢卡契和布洛赫的影响，攻读马克思主义的经典著作，尤其是美学和文艺学方面的论著。主要著作有：《德国浪漫主义中的艺术批评概念》、《歌德的〈亲和力〉》、《单行道》、《德意志悲剧的诞生》、《机械复制时代的艺术作品》、《德国人》、《彩灯集》、《论武断的批评》等。其中《机械复制时代的艺术作品》是本雅明在文艺学方面的代表作。

［6］**瑞姆·库哈斯**（Rem Koolhaas，1944-）：荷兰当代著名建筑师、建筑理论家、都市设计家。中国北京CCTV新总部大楼设计方案的设计者。毕业于英国伦敦建筑学院，曾担任荷兰海牙邮报记者和电影剧作者。1975年与合伙人成立大都会建筑事物所（简称OMA），其设计风格和行为样式已成为国际建筑舞台上的重要角色。2000年普利策建筑奖得主，他是第一位获此殊荣的荷兰建筑师。出版了著名的《狂乱的纽约》、《S，M，L，XL》等著作。

［7］**安藤忠雄**（Tadao Ando,1941-）：日本当代最为活跃、最具影响力的世界建筑大师之一。也是一位从未接受过正统的科班教育，完全依靠本人的才华禀赋和刻苦自学成才的设计大师。创作了近150项国际著名的建筑作品和方案，并获得过包括有建筑界的“诺贝尔奖”之称的普利策奖等在内的一系列世界建筑大奖。其作品中简约的几何形式与素朴的混凝土材料的结合，开创了一种独特而崭新的风格，创造性地将日本传统的美学意境与西方建筑理论及技术巧妙的结合，成为当代建筑一种重要的表现形式。主要代表性作品有：《住吉的长屋》、《光之教堂》、《风之教堂》、《六甲集合住宅》等。

［8］**郭熙**（1023-1085后）：我国北宋画家。字淳夫，河阳温县（今河南孟县东）人。熙宁（1068-1077）年间画院学艺，后官翰林待诏直长。擅作山水画，早年风格较工巧，晚年转为雄壮。能于厅堂的素白墙壁上作长松乔木、回溪断崖、峰峦秀拔、云烟变幻之景。当时曾有“独步一时”之誉。是北宋重要的山水画家之一。现存作品有《早春图》、《幽谷图》、《窠石平远图》等。有画论，子郭思纂集为《林泉高致》。

理环境条件——传统文人的胸襟难以成就一个当代现实的生活。但这个昂贵的“长物”却有一个冠冕堂皇的现代性功能名称——工作室。也许，勒·柯布希耶（Le Corbusier）的教条始终“阴魂不散”——一个没有功能目的的房子是不能成立的。借着这个现代主义式的名正言顺的实用性前提，我却“心怀叵测”地图谋了点自己的私利——满足一下自己修房子的欲望，并“聊以自娱”。

2006年有一个异常炎热的夏季。从菜籽花盛开的3月初（图2）一直到蝉虫低吟的8月底，我几乎每天奔波于机器轰鸣、尘土飞扬的建筑工地（图3），看着房子在春光明媚中（图4），或在绵绵细雨里（图5），一点一点地“长大成人”（图6、图7）。就在那个闷热而潮湿的夏季，她真的就从纸上的抽象线条跃然于地面，成就为一个混凝土的实在建构。别人修房子为其结果——享受使用，我却为了享受这修房子的过程。当基础结构从地下升起于地面，当脚手架抽象地搭建起一种阵势，当艳阳高照到那些修房子的可爱的农民工（图8）那挥汗如雨的头顶上的时候，你真的能感受到——建房不易。安藤曾经说过“建筑是孤独的意志力”，我却从建房中感受到众人的意志力（图9），毕竟，我一个人是不可能把房子建起来的。

“太容易”是人类文明进步的标志，但它往往又会使事情变得索然无趣，就像汽车的“手动档”跟“自动档”之别一样（尽管汽车这一“代步”工具本身比起传统的“甩火腿”不知要“容易”多少倍），许多热爱开车之士还是会迎“困难”而上，绝不会选择那“容易”的“自动”。能做一件不易的事是有意思的，因为今天的一切都变得太容易。“不易”意味着“慢”，而“慢”则意味着“时间”，有什么能比“时间”的成本更高呢？——这种享受的过程近乎于有点儿奢侈的意味。

我享受这“慢”的过程。

于是，我想到能写点儿什么，来记录下我对建房的一些思考以及多年来我对

图4：房子在春光明媚中。
图5：房子在绵绵细雨里。

图6、7：房子一点一点"长大成人"。

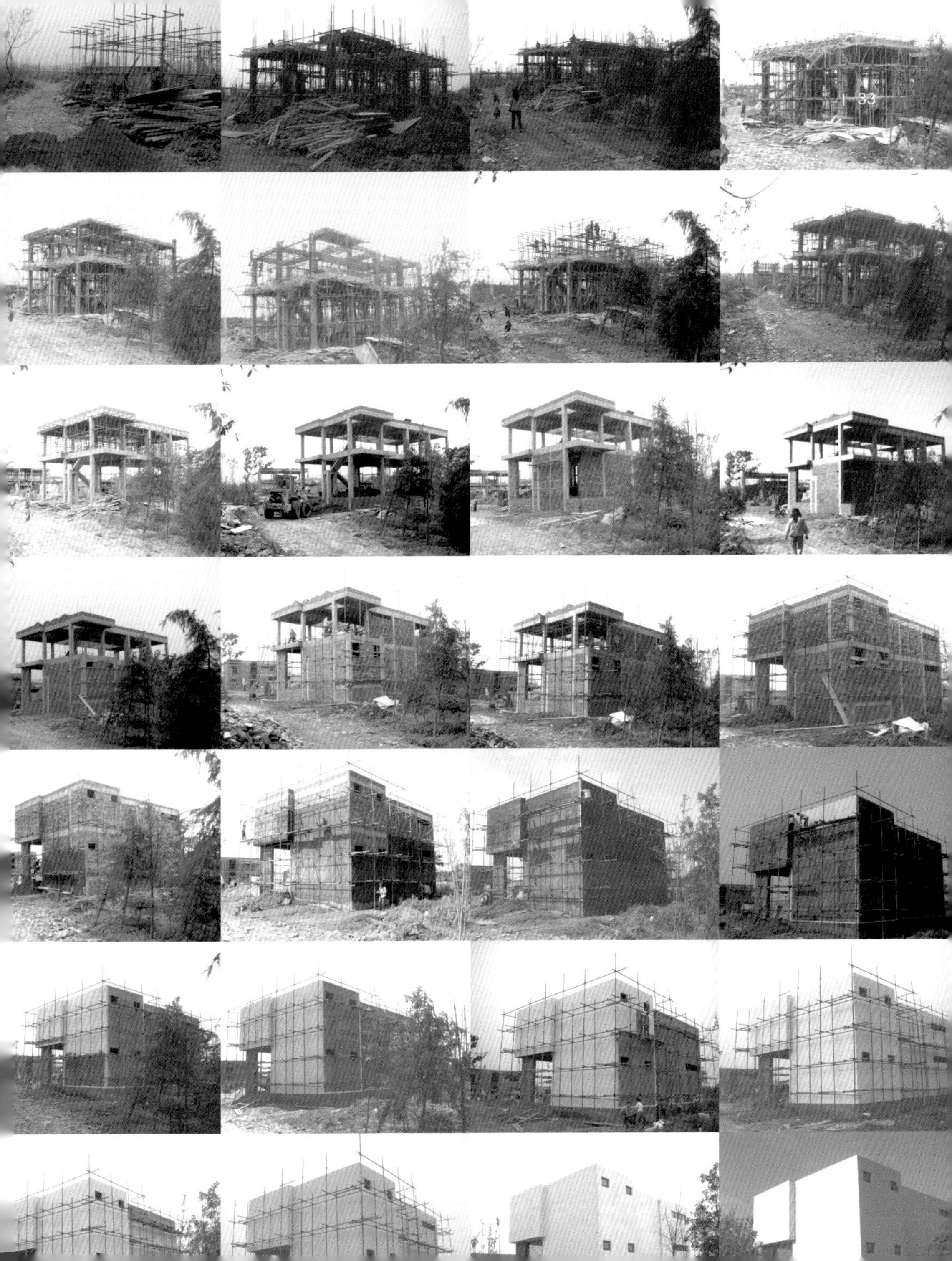

图8：修房子的可爱农民工。
图9：建房是众人的意志力。

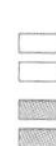

建筑研究的一些理解。“建房”？或是“建房记”？这是两个不同的概念，虽然只有一“记”之差，但它就可以决定我写作的内容和方式。若“建房记”，那么内容必定涉及跟“凹宅”的修建有关的事，显得限定性和纪实性都较强；若“建房”，那想必更要海阔天空一些，不必拘泥于“凹宅”。虽然传统的“xx记”总透出一种浓浓的文人气，但我还是决定弃之不用，仅以“建房”这个较为宽泛的设定来构筑本书的内容和形式，尽管由“建房”而引发的思考都出自于“凹宅”这个原点，我还是愿意将这议题引向更为广阔而深远的内容和空间里。而从另一角度来看，这本关于“建房”的文字也不仅仅是一个关于房子的思考，它同时也是我多年来学习与工作的一个总结。里面的很多言论甚至就是我跟朋友聊天，跟我的客户就某个话题和方案进行的交流，或是我在跟研究生上课时所设及到的课题内容，将它们整理出来以便可以让后来的学生研读，抑或是批判。因为，时间的流逝和磨砺总会让生命中所迸发出的一些小小的思想闪光点不再那么璀灿和耀眼，整理并记录下这些也许并不太经得起推敲的思考于人于己都是件极有意义的事，因为我曾经这样想了并做了。

采用对谈的方式是为了增加文字的活泼性与生动性，虽然与我对谈的人物纯属虚构，但他们是我在生活中所遇到的各色人物的概念性有机组合的结晶。所以，这些“可爱的”人物就生活在我的周围，他们是可以在我所接触到的人群中找到原型的。

经过多年的思考和积累以后，我决定写这本书。

以上仅作为这《建房》的一个“记”。

I have a house dream, 2001

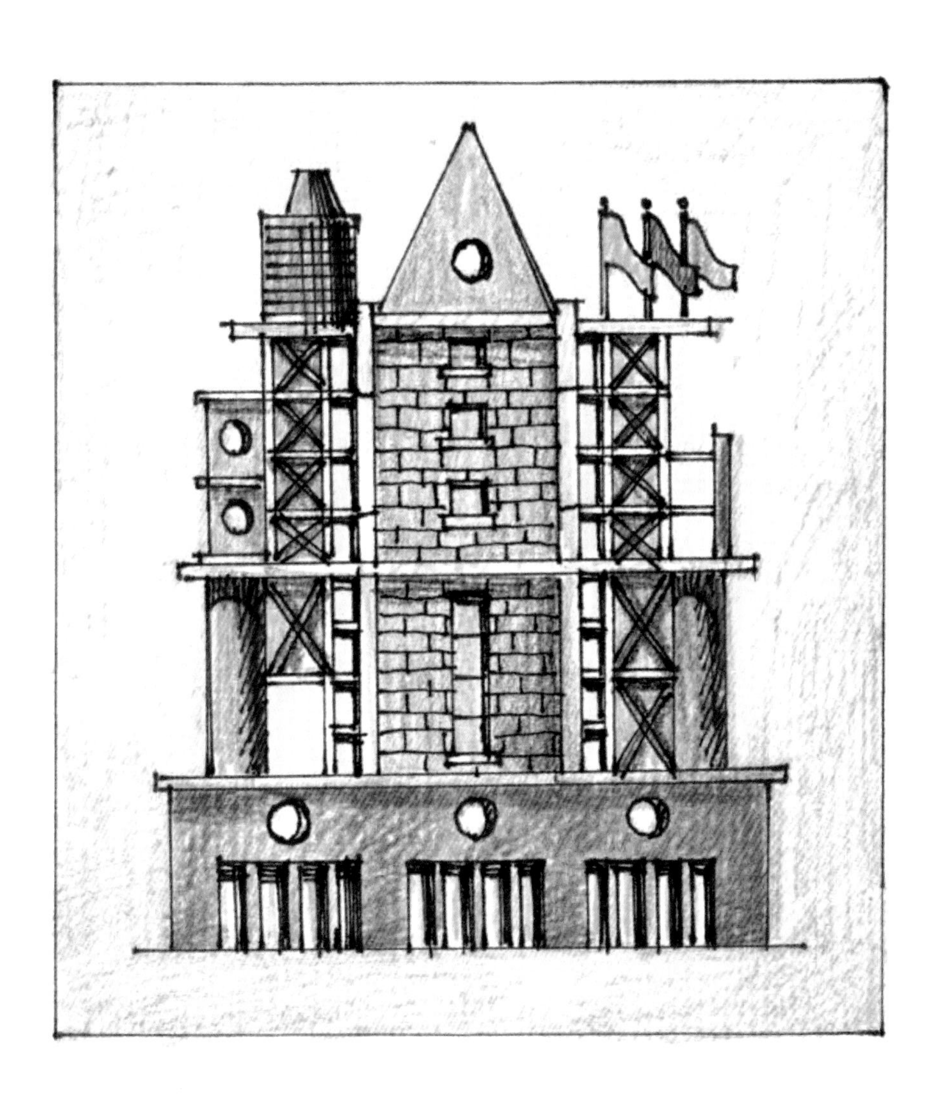

谈话1：业余建筑师
Conversation1: Amateur Architect

时间：2007.4.15
地点：浓园凹宅
人物：万征（凹宅的设计者）
S先生（某报社记者）
Y女士（S先生的夫人）

难道就因为我没有接受过学校的正规教育，没有出色的文凭就不能在建筑实践中有所作为？文凭，这项过重的冠冕浮夸了学习；而且，加冕之时很可能就是创造力枯竭之日。

——勒·柯布西耶（Le Corbusier）

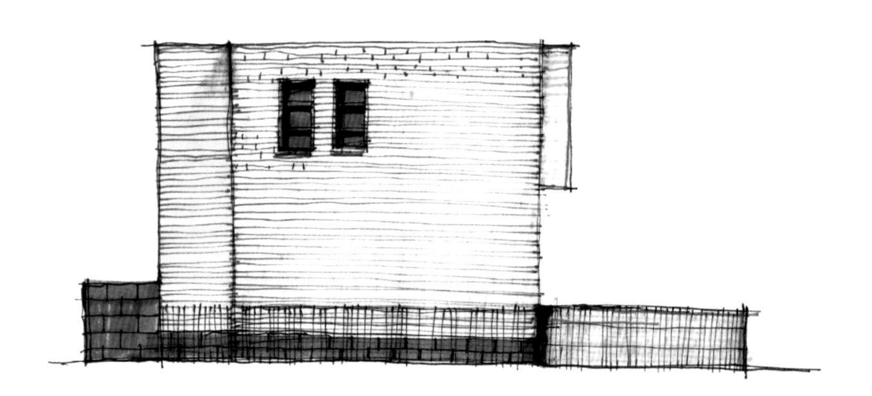

图1：厨房兼客厅。

万征（以下简称W）：欢迎，欢迎二位的到来，请上二楼厨房来坐吧……

S 先生（以下简称S）：好漂亮的厨房！

W：我设计的这个厨房就是用来待客的。

Y女士（以下简称Y）：厨房兼客厅（图1），有意思的空间。

W：不好意思，我这里只有绿茶和白开水，请慢用。

Y：现在不是很时兴喝普洱茶吗？

W：哦，我对时尚总是很迟钝。

S：这里真还有不小的变化，一年多以前我们来到这里的时候，整个场地还是一片茂密的灌木丛林（图2），只有一条静静流淌的小溪缓缓地穿过丛林间（图3），还有一条自北向南的混凝土路面（图4），那是唯一的人工构造物。

W：是啊，后来就逐渐修了一些房子，都是一些艺术家在这里建的工作室。你们今天看到的景象已大为不同了。

Y：其实，就在去年，你的房子还在修建的时候，我们就来过好多次了，刚好每次都没遇见你。我们在房子的外面看，觉得很特别，不知该怎么形容她，就是觉得很舒服。今天一进来，果真让我们很感动，我们能不能仔细地参观参观？

W：好的，别客气，请随意看吧。

（万征陪S先生和Y女士参观房子的每一处，大约15分钟后回到厨房。）

Y：你们的这个工作室是完全由自己出资修建的吗？

W：是的。

S：那土地是什么性质的？

W：地是租村上农民的，由开发商统一租下来后，然后分租给每一户要建房的艺术

基地原貌

图2一片茂密的灌木丛林。

图3一条静静流淌的小溪缓缓地穿过丛林间。

图4一条自北向南的混凝土路面。

家，整个场地有一个综合配套设施费（水、电、气、管网铺设以及绿化、道路等公共设施）。另外就是每年还要补偿给村里农民的青苗费，是按每亩的单价乘以租地的亩数来计算的。

Y：设计和施工呢？

W：设计是由我自己完成的，施工是我找的一家专业建筑施工队（他们修建过很多房子，其中不少是大型项目），按每建筑平方米单价总包给他们做的。当然，在施工的整个过程中，我都要时常来工地监督施工的质量和效果。

S：那你们这个就是纯粹的自建房啰？

W：可以说是这样的吧。

S：在我的印象中，修房子是一件很专业的事，需要专业的知识和技术，你看建筑专业的本科生要学习五年（而其他大部分本科专业是学习四年），另外还有专门的结构专业来对建筑的修建提供技术支撑。

W：你对建筑专业很熟悉吧。

S：那当然，我有个表弟就是学建筑的。

W：怪不得。

S：我知道你并不是学建筑专业出身的。

W：是的，大学本科我所学的专业是装潢设计，当然那时已没有再提什么“工艺美术”专业，已算是一个不小的进步了。

S：那是什么时候？

W：上世纪80年代后期。当时已经开始接触西方的现代设计，对现代设计之父威廉·莫里斯（William Morris）[1] 以及包豪斯的创建人瓦尔特·格罗皮乌斯（Walter

Gropius）[2]等人的思想也有所了解。在我们的课程中就有具包豪斯（Bauhaus）[3]特色的“三大构成”（平面构成、色彩构成、立体构成）。

S：你们那时候学过一些什么呢？

W：包装设计、广告设计、字体设计、装饰设计等，另外还有环境艺术设计。

S：那上研究生阶段你研究的什么呢？

W：研究生阶段我主要以环境艺术设计为研究方向，当然着重在室内设计方面。

S：那跟建筑有关系吗？

W：当然有关系了，室内设计（Interior Design）是从建筑学（Architecture）中分离出来的，它本身也是建筑设计的一个分支。

S：那你是怎么学习的？

W：室内设计在当时是一门很新的学科，什么教学体系、教学大纲似乎都还处于摸索阶段。经常是自己在那儿看书，然后就是跟着老师画图，学做设计。

[1] **威廉·莫里斯**（William Morris，1834—1896）：英国工艺美术运动最为知名和最富影响力的人物。兴趣广泛，从诗歌一直到社会主义事业的政治运动，并在艺术与设计的多个方面有所建树。其思想深受拉斐尔前派画家爱德华·伯恩—琼斯（Edward Burne-Jones，1834—1898）以及约翰·拉斯金（John Ruskin，1819—1900）的影响，热爱艺术与手工艺之间的密切关系。在他结婚时请好友菲利普·韦布（Philip Webb，1831—1915）设计的“红屋”被认为是体现莫里斯理想的一幢建筑，并被视作迈向现代设计观念的一步。

[2] **瓦尔特·格罗皮乌斯**（Walter Gropius，1883-1969）：现代建筑、现代设计教育和现代主义设计最重要的奠基人之一，他创立的包豪斯设计学校是现代设计的摇篮，他的设计思想和他的设计教育影响了20世纪几代建筑师，不但使现代主义建筑成为工业化社会之后一种明确的主张并得到确立，同时也使之成为第二次世界大战之后影响全球的一种具有世界性的风格——国际主义风格。主要建筑作品有1911年设计的法格斯工厂、1914年设计的德国科隆的德意志工作同盟总部大楼、1925年设计的包豪斯校舍建筑等。

[3] **包豪斯**（Bauhaus）：包豪斯是20世纪20—30年代在德国建立的一所现代艺术与设计教育学校。由德国著名建筑大师格罗皮乌斯于1925年在德国魏玛设立“公立包豪斯学校”。这是格罗皮乌斯专门生造的一个新字：“bau”在德语中是“建造”的意思，“haus”在德语中是“房屋”的意思。由于其锐意探索、大胆革新的教学思想对现代主义艺术风格的形成产生了关键性的影响，从而以“包豪斯”风格闻名于世。包豪斯，已成为现代主义发展和现代艺术教育之路上的里程碑。

S：看书，看什么书呢？是老师指定的吗？

W：老师没有指定书，都是我自己觉得应该看的。你知道我上研究生的第一学期，还专程坐火车到北京去买书。

Y：专门坐火车去买书？听起来觉得好像是一个遥远年代的故事。

W：觉得奇怪吧！现在的学生似乎是不大可能有这种行为了。其实也不奇怪，我们那时候的咨询传媒、印刷出版业不象今天这样发达，更没有什么Inter网，所以，获取知识的最佳途径就是书了，而成都、重庆的书非常有限，所以就到北京去买书。

S：都买了些什么书呢？能给我们列举出一些书名吗？

W：都是些经典的建筑名著，如《建筑空间论》、《现代建筑语言》、《后现代建筑语言》、《晚期现代主义及其它》、《建筑的复杂性和矛盾性》、《外部空间设计》、《现代建筑——一部批判的历史》，等等，很多书直到今天我还在看。

S：都是些很专业的书。

W：是的，现在我同样也安排给我的研究生读这些书。

S：虽说环境艺术设计也好，室内设计也罢，跟建筑是有一定的关系，但我总觉得毕竟跟建筑设计专业还是有一定的距离的。

W：（笑）所以，你就认为我很不专业，是吗？

S：（很严肃的）是的。不过你可别太在意啊。

W：（很正式的）那你就把我看成是业余的好了。

S：（有点急红了脸）我不是那个意思，我是说……

W：业余有什么不好呢？过去中国的文人造园、建房不都是业余的吗？过去的地方传统民居不都是没有建筑师的建筑吗？

S：那倒是啊！

W：其实，我很欣赏“业余”这种定义，很喜欢别人把我看成“业余”的。

S：是吗？

W：是“业余”才好。

所谓“专业”，那是工业革命以后的事，由于社会生活越来越复杂，社会分工也就越来越细。你看工业化之前，有很多人都是在多个专业领域里面游走的，最典型的象达·芬奇（Leonardo da Vinci）[4]、米开朗基罗（Michelangelo Buonarroti）[5]等。达·芬奇（Leonardo da Vinci）是一位奇才，不仅在艺术领域，而且也在科学领域。

Y：最近不是有一部电影叫《达·芬奇密码》吗？

W：我没看过，听名字一定与他有关吧；米开朗基罗是我从小就很崇拜的人（图5）（图6），大约在我五岁左右就知道他，因为当时家里我父亲有一本关于他作品的画册，我时常翻来看，虽然看不懂，但那时就知道他是一位画家和雕塑家，后来上了研究生，才知道他原来也是一位著名的建筑师和城市设计师，设计过一些有名的建筑和城市广场。而勒·柯布西耶（Le Corbusier）有着与米开朗基罗（Michelangelo Buonarroti）同样高的禀赋，他是高迪（Antonio Gaudi）[6]所向往的作为建筑师的最佳

[4] **达·芬奇**（Leonardo da Vinci, 1452-1519）：意大利文艺复兴时期最负盛名的美术家、雕塑家、建筑家、工程师、科学家、文艺理论家、大哲学家、诗人、音乐家，被称为文艺复兴三杰之一，也是整个欧洲文艺复兴时期最完美的代表，是智慧与天才的象征。他的艺术实践和科学探索精神对后世产生了重大而深远的影响。绘画作品有传世佳作《蒙娜丽莎》等，美学思想主要见于《论绘画》、《笔论》等。

[5] **米开朗基罗**（Michelangelo Buonarroti, 1475-1564）：意大利文艺复兴最重要且最具影响力的建筑师、雕塑家和画家，是世界艺术史上的重要人物之一。1488年，米开朗基罗开始在多蒙尼科·基尔兰达约的指导下进行专业训练。从1519年到1534年，米开朗基罗受委托修建美第奇家族陵墓，同时他还主要从事罗马主神殿周围建筑群修复的督导工作。建造梵蒂冈圣彼得教堂圆顶的项目使他的建筑事业达到顶峰，同时期他最重要的资助人教皇尤里乌斯二世委任他创作了西斯廷礼拜堂的天顶画，这成为了他绘画作品中的杰作之一。

图5：米开朗基罗像。
图6：笔者2008年在意大利旅行时，在佛罗伦萨米开朗基罗的杰出作品——大卫像前遇见的一位米开朗基罗的“粉丝”，一个德国小伙儿画的大卫像。
图7：文人曾醉心于宅园的建造，并亲自设计。
图8：托马斯·杰弗逊作的建筑室内设计。

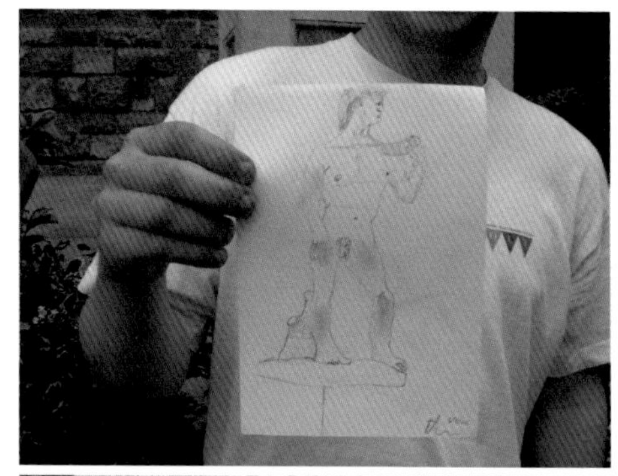

人选——是建筑师，同时又是画家和雕塑家，有人说他还是一位诗人。他以爱德华·让那亥（Charles-Edouard Jeanneret-Gris）的名字与另一位画家奥赞芳一道开创了绘画史上的“纯粹主义”，并在身后留下几百幅画作；以所建造的57幢建筑以及纸张印刷的50本书完全改变了当代人的居住方式和思维态度。

S：哦……

W：在我们中国的传统文化中也有不少这样的人，象明末清初的李渔[7]，是一位真正的玩家，他不仅对建筑、造园有着诸多的研究，而且对饮食、生活起居、美容养生等都有很深的造诣，拿我们今天的话来说——这人是一时尚人物啊。宅院是中国传统居住空间的一种典型代表，房子和园林共同构成的可居可游的空间格局是中国传统文人养心安身的理想场所，不少文人曾醉心于宅园的建造，并亲自设计（图7）。像唐代的白居易[8]在《草堂记》中就记述了自己对造园的审美体验，王维将“诗中有画，画中有诗”的意境融入自己规划修建的辋川别业，明代的文徵明[9]曾参与苏州拙政园的规划，李渔自己设计修建了著名的芥子园。拿今天的所谓“专业”概念来看，他们一个也不“专业”。

S：那么西方工业化以后的近现代有没有这样的人呢？

W：我想你应该知道美国的第三任总统托马斯·杰弗逊（Thomas Jofferson）吧？

S：哦，当然知道，他不仅是《独立宣言》的起草人，还是弗吉尼亚大学校长呢。

W：你一定不知他还是一位在美国建筑和设计发展中很有影响力的人物，在建筑史上他应该算是新古典主义之罗马复兴的代表人物。他曾参与美国建国之初的不少重要建筑的设计，象弗吉尼亚州新议会大厦等，另外，他还是他自己位于蒙蒂塞洛住宅的建筑师（图8）。令我印象深刻的是他的床放在书房和卧室之间的凹室内，这确实是一

图9：宋徽宗的工笔花鸟画作品《芙蓉锦鸡图》。

图10：赖特设计的流水别墅室内一景。

位多才多艺，兴趣广泛的人，你说他做总统跟做建筑师，哪个是专业的，哪个是业余的呢？

S：……（不解的样子）

W：在中国历史上也有这样的人物，象宋代的画家皇帝——宋徽宗[10]，这是很多人都知道的，他的工笔花鸟画显出一种温文尔雅的灵秀之气（图9），他称得上是中国美术史上一大家，是中国历史上艺术造诣最高的帝王，但却是位政治上碌碌无为的皇帝。还有那位南唐后主、才子词人皇帝李煜，是位情感丰富而细腻的艺术家，那些凄惋伤感的词句悲情感人，流传千年经久不衰，至今仍在传唱。

[6] **高迪**（Antonio Gaudi，1852—1926）：西班牙新艺术运动风格最重要的代表性建筑师，被誉为天才的建筑师。出生于雷乌斯（Reus）的一个铜匠家庭。17岁到卡塔兰的省城巴塞罗那学习建筑，而高迪一生中绝大多数设计都在这个城市之中。高迪的设计灵感来源于他独立的思考、博览群书以及对艺术执着的追求。其作品中所表现的特立独行的风格来自他所受到的当时众多流行艺术与风格的影响。在他的设计中充满了各种风格的折衷处理，然而却是属于高迪式的语言和手法。圣家族大教堂是他毕生最大的建筑设计项目，也是巴塞罗那的标志性建筑，为此他工作了43年之久，至今仍未完工。高迪的主要代表作品还有：居里公园、巴特罗公寓、米拉公寓等。

[7] **李渔**（1611-1680）：明末清初著名的造园家、戏曲理论家、作家，中国传统文人雅士的典型代表。原名先侣，字谪凡，号天徒，中年改名李渔，字笠鸿，号笠翁。李渔平生在两方面造诣深厚，其一是在词曲、小说方面，另一方面则是在造园上，他是中国造园史上一位有影响的园林艺术家和造园理论家。其园林美学理论集中见于《闲情偶寄》的《居室部》、《器玩部》和《种植部》中，也散见于其诗文著述中，体现了李渔率性而为、纯任自然的美学情趣。

[8] **白居易**（772-846）：唐代大诗人。字乐天，晚年号香山居士。祖籍太原，生于河南新郑。自幼勤奋攻读，诗歌风格平易通俗，主张“文章合为时而著，诗歌合为事而作”。为新乐府运动的倡导者。长篇叙事诗《长恨歌》、《琵琶行》等历来脍炙人口。

[9] **文徵明**（1470-1559）：我国明代书画家。初名壁，字徵明，更字徵仲，号衡山居士，长洲（今江苏吴县）人。以贡生诣都，授翰林待诏。工行草书，体势流利秀劲，有智永笔意；大字仿黄庭坚；尤精小楷，论者谓不在虞、褚之下。擅绘画，画风早年细致清丽设色浅秀，有翩翩文雅之趣；中年用笔粗放；晚年则粗细兼具，而得清润自然之致。亦善花卉、兰竹、人物。名重当代，学生甚多，形成“吴门派”。后人把他与沈周、唐寅、仇英合称“明四家”。流传作品有《春深高树图》、《真赏斋图》、《山雨图》、《古木寒泉图》等。

S：是不是写过那句著名的“问君能有几多愁，恰似一江春水向东流。”的那位？（随之轻轻地哼唱了这一句。）

W：是啊，就是那首经典的《虞美人》。但他在文学上的才华却换不回一个国家的主权与强盛。与宋徽宗的情况极为相似，今人称他们是伟大的艺术家和窝囊的皇帝。“专业”跟“业余”的概念，用今天的标准，我们又如何将他们定位呢？

S：拿今天的标准来看，他们根本是不务正业。

W：是呵，而今天的人都太务自己的“正业”了。首要的问题就是要忙着给自己定位，生怕别人认为他不专业。

Y：就连小孩子也不能幸免于此，他们在很小的时候就被大人定位，也不管这孩子的真正兴趣是什么。

W：所以大部分的人长大以后所从事的专业都不是自己真正感兴趣的，仅仅是作为一种职业、一种生存的伎俩罢了。

社会分工是一种社会历史发展的必然现象，人类发展史上曾经历过几次大的社会分工。西方自启蒙运动以后，产生了近代的人文科学与自然科学的分离，而在此之前，很多人都是同时涉足这两个领域的，如前面我提到的达·芬奇，还有法国启蒙运动的代表人物伏尔泰(Voltaire)[11]（当时伏尔泰还有自己的实验室）等人。后来，各学科又在各自的领域里面一分再分，越分越细，这是很容易理解的，因为我们人类生活的内容和需求越来越多，产生的问题也就越来越多，自然就需要有更多有一定专业知识和技能的人来专门从事解决其中某一问题的工作。所以，所谓专业人才就这样出现了。如城市规划设计和室内设计都是从建筑学这门古老的学科中分化出来的。城市规划设计产生于西方近现代工业化进程对城市生活以及城市环境的改变的前提下，当时大量城市问题所造成的城市环境恶化现象，需要有专门的学科予以解决；而室内设计本来就是建筑设计的一个重要组成部分，作为一门独立的学科它产生于二战以后的建筑业迅猛发展时期的20世纪50年代，由于人们在建筑的室内生活各方面都有了更多的内容并提出了更高的要求，室内设计师便应运而生。掌握这门学问不仅要有建筑学的功底，还要有更广泛的学科知识，如美学、材料学、心理学、人体工程学等，并在更细致的层面上来解决问题。尽管它是从建筑学中分化出来，但它本身又形成为一门边缘交叉学科，并还在继续不断地丰富着自己的学科内容。

不过，在现代建筑史上倒是有一个有趣的现象，不知你有没有在意？

S：是什么？

W：尽管室内设计是建筑处于现代主义时期从建筑学中分化出来的，但现代主义的很多大师不仅设计建筑，同时还都是自己建筑作品的室内设计师。很有代表性的如像赖特（Frank Lloyd Wright）（图10）、柯布西耶（Le Corbusier）、密斯（Mies Van De Rohe）[12]、阿尔瓦·阿尔托（Alvar Aalto）[13]、贝聿铭（Leoh Ming Pei）[14]等，这样不仅可以从建筑的外观到空间的构成，而且可以从门窗的尺寸样式、开启的方式到墙面、

[10] **宋徽宗**（1082-1135）：字赵佶，北宋皇帝，中国美术史上著名画家。神宗子，哲宗时封端王。登位前，独好笔砚丹青，图史射御。与王诜、黄庭坚、吴元瑜等交往。在位其间（1100-1125年），政治腐败，阶级矛盾激化，而他对中国美术的贡献却是有口皆碑的。在位时广收历代文物、书画，极一时之盛。亲自掌管翰林图画院，，使文臣编辑《宣和书谱》、《宣和画谱》、《宣和博古图》等书。除了本人的绘画创作以外，还致力于画学和画院的建制，他将画院列在其他各院（书、琴、棋等）之上，客观上提高了画家在社会上的地位和待遇。擅书法，自创瘦劲锋利如“屈铁断金”的“瘦金体”。绘画重视写生，体物入微，以精工逼真著称。工花鸟，相传用生漆点鸟睛，尤为生动。亦擅山水或人物。获得“妙体众形，兼备各法”之誉。

[11] **伏尔泰**（Voltaire，1694-1778）：法国哲学家、历史学家、政治家、诗人、剧作家、散文家、小说家，启蒙运动的最高领袖。原名费朗索瓦兹·玛丽·阿鲁埃，伏尔泰是其笔名中最著名的一个。他倡导自由平等，反对封建专制，并且博学多识、才华横溢。著有《论史诗》、《哲学通信》、《哲学辞典》、《牛顿哲学原理》等，文学作品有：《俄狄浦斯》、《恺撒之死》、《穆罕默德》、《奥尔良的少女》。

地面的用材用料，甚至一把椅子、一只柜门把手、一只小烟灰缸都始终贯穿着自己对建筑设计的基本精神。从这个现象上来看，专业不仅有细分的需要，同时也有整合的必要。

S：只是现在的专业分工都太细了，专业之间的界限非常明确。比如一个房地产项目，做规划的是做规划的，做建筑的是做建筑的，做景观的是做景观的，做样板房的是做样板房的，做广告的是做广告的……而每一个专业里面又还可以再细分，比如现在做广告的就有专门做房地产广告的，做景观的就有专门做水景观的、绿化景观的等，照这样，我看擦皮鞋的应该有擦男士皮鞋和女士皮鞋的分工吧。

W：哈哈，你真会开玩笑，如果你是擦男士皮鞋的却要去接一个女士皮鞋的单，别人就会用不信任的眼光来看你——你是不是不太专业呢？

S：如果是一位哲学家要设计一座建筑的话那更是不可思议了！

W：你怎么又说到哲学家上来了呢？

S：因为我觉得哲学家都是很深刻、很富于逻辑推理的人，而建筑中却总有些说不清道不明的东西，哲学家如果设计建筑的话一定很有意思。

W：……噢，对了，说到这个，还真让我想起了一位哲学家，他是西方20世纪一位大名鼎鼎的哲学家，名叫维特根斯坦（Ludwig Wittgenstein）[15]，一位真正的业余建筑师（图11），一生中只设计过一幢建筑——维特根斯坦之家（图12），那是为其姐姐（也有说是为其妹妹）而设计的一座住宅建筑，他曾为了这一幢小小的建筑放弃了三年的哲学研究，为此你知道他怎么说吗？

S：说什么？

W：这位《逻辑哲学论》的作者说：“可我告诉你，跟成为一名优秀的建筑师相比它根本算不得什么。”而这幢建筑完全是维特根斯坦明晰而严密的哲学思考在空间上的体现。直到今天，当我们反复品味这幢建筑的时候，仍然会觉得它很现代，不管怎么样，西方20世纪的建筑史都会为这位业余建筑师以及他的这件小作品写上一笔的。

S：（突然眼睛一亮）你是想说这位哲学家兼业余建筑师跟你的“业余建房”有什么关系吗？

[12] **密斯** 全名路德维希·密斯·凡·德·罗（Ludwig Mies Van De Rohe，1886-1969）：原名玛利亚·路德维希·迈克·密斯，德裔美国现代主义建筑先驱。现代主义建筑设计的最著名大师之一，他通过自己一生的建筑实践，奠定了明确的现代主义建筑风格和理论原则，影响了好几代建筑设计师，从而改变了世界建筑的整体面貌。密斯生于德国亚琛市一个普通的石匠家庭，早年在彼得·贝伦斯的设计事务所工作过，受到他很大的影响。1929年为巴塞罗那世界博览会设计的德国馆以及内部的家具、室内空间成为现代主义建筑的经典作品，从而确立了密斯的大师地位；1931年接任包豪斯设计学院院长，1938年离开欧洲到美国，长期在伊利诺伊州立大学担任建筑系系主任一职，并进行了大量的建筑设计。曾提出“少就是多”的著名设计原则，对世界建筑的发展有着极其重要的影响。主要作品还有德国斯图加特魏森霍夫区住宅展览会总平面和公寓式住宅、捷克布尔诺吐根哈特住宅、芝加哥伊利诺理工学院建筑与规划学院克朗楼、伊利诺范斯沃斯住宅、芝加哥湖滨路860-880号公寓、纽约西格拉姆大厦、柏林新国家美术馆等等。

[13] **阿尔瓦·阿尔托**（Alvar Aalto,1898-1976）：芬兰著名建筑师，现代建筑第一代大师之一。1898年2月3日出生于芬兰的科塔涅（Kuortana，当时还是俄属城市）。1921年毕业于赫尔辛基的芬兰理工学院建筑系。此后，曾到瑞典和中欧旅游考察，学习各地传统建筑。1923年开设建筑设计事务所。1940年被聘为美国麻省理工学院的客座教授；1947年获美国普林斯顿大学荣誉美术博士学位；1963年他继赖特、格罗皮乌斯、密斯、柯布西耶与小萨里宁之后荣获美国建筑师学会的金质奖章。阿尔瓦·阿尔托在一生的建筑实践中致力于探索芬兰的地域特色与赋予人情化的现代建筑道路，反对那种千篇一律的方盒子倾向，历来被建筑学界看做是人情化理论的倡导者。其代表性作品有：帕米欧结核病疗养院、维普里市立图书馆、1939年世界博览会芬兰馆、玛丽亚别墅、珊纳特赛罗城镇中心、麻省理工学院学生宿舍贝克大楼，等等。

[14] **贝聿铭**（Leoh Ming Pei,1917-）：美籍华裔建筑师。生于广州，先后在美国麻省理工学院和哈佛大学学习建筑，在哈佛，他是在沃尔特·格罗皮乌斯的指导下学习。1955年成立贝聿铭合作事务所。多年来，他始终坚持他对于现代主义的信念和原则。曾获得包括普利策建筑奖在内的多种建筑奖项。作品以文化类建筑颇具代表性，最有影响力的作品有美国华盛顿国家美术馆东馆、法国巴黎卢浮宫扩建工程、日本兹贺县美秀美术馆、中国苏州博物馆，等等。

[15] **维特根斯坦**（Ludwig Wittgenstein,1889-1951）：奥地利哲学家、数理逻辑学家。语言哲学的奠基人，20世纪最有影响的哲学家之一。主要研究领域包括：形而上学、认识论、逻辑学、语言哲学、数学哲学。主要著作有：《逻辑哲学论》、《哲学研究》、《论确实性》、《文化与价值》、《蓝皮书和棕皮书》、《关于数学基础的评论》、《关于哲学基础的评论》、《哲学评注》、《哲学语法》等。

图11：哲学家路德维希·维特根斯坦像。
图12：维特根斯坦为其姐姐设计的住宅——维特根斯坦之家。

W：不，我不敢奢望把自己同这样杰出的人物相提并论，不过他及这幢小建筑倒给我不少启示。

S：那是什么？

W：在纯技术层面上，“专业”跟“业余”有分别，而从宏观上来看“专业”跟“业余”没有界限。

S：“宏观上”，这太抽象了！那么你认为在当代社会的生存状态下，是“专业”的好，还是“业余”的好呢？

W：我看不能一概而论、非此即彼地论断。所谓“专业”有好的方面，就是它有技术的规范和标准，大家都认真做好自己这个范围内的事，专注精力，肯定会做得更好。但从另一方面来说，这很容易使人陷入狭隘的专业陷阱，因为你总看着自己的这块地，而且总是这个角度，因此，特别对于从事学问研究的人来讲，眼光会越来越狭窄，如像井底之蛙的效果，以为这世界就那么一点大，这对自己所从事的那个专业也是不好的。久而久之，自己的专业道路会越走越窄。当然，这纯属我的一家之言，仅供参考吧。

S：说得有道理，现在大学里不是很提倡文理渗透、学科交叉吗？

W：是啊，所谓的“专业”是一个“规定动作”，它制造各种标准，让人们去符合这些规范，而“业余”则是要反其道而行之，要打破这些常规，要从另外的角度找答案，这样的一“立”一“破”都是需要的。我认为理想的境界应该是既要专业，也要业余，即“专业技法、业余心态”。

所谓“业余心态”即是一种“玩”的心态，一个人只有在不为所从事的事情去讨生活，“等米下锅”的情况下，才能心平气和、不急不躁地把事情做得更好。只可惜现实生活中的大部分人都没有这个条件，也没有这种可能性，浮躁心态是自然的，这样的结果是大家做出来的东西都很相似，没什么新意。

S：你前面提到的李渔不就是一位“玩家”吗？

W：对，还有一位当代的王澍[16]，也是有这种气质的人。他虽为建筑学专业出身，却以视自己为文人而骄傲，还谦逊地称自己对修房子的技术只是略通一二，并干脆将自己的设计事务所取名为“业余建筑设计事务所”。曾在自己仅50M^2的两居室里玩起造园的游戏：“我想造一个园林，在一套二室一厅的公寓住宅中，试着做一个李渔。”

S：这怎么可能呢？

W：你别说这还真是有点儿“痴心妄想”！但这正是我觉得有意思的地方。你知道现代意义上的两居室与传统意义的园林是两个根本不同的概念，王澍就是这么个与人们的惯常思维反着干的人，把两个不相瓜葛的概念拿来凑一起，探讨探讨，就是要看看它们之间有多少可能性。要知道我们所经历的空间体验，并非都是真实的现实存在，对空间的体验有时也是需要想象力的，只是这种经验常常会夹带着个人对过去生活的感知和经验。

而在我们现实的生活空间环境中，到处都是贫乏而单调的体验，窗外是没有任何意义的风景，空气中弥漫着的是刺耳的喧嚣和涌动的物欲，个人的幻想被极度的压缩在那些具有惊人相似性的格子式的空间里面。而在想象中，为自己营造一处超然于现实之外的空间，来感知一次并非真实的体验，与现实保持距离，是蛮有意思的事情。

S：所以，你就选择了“逃离”，为自己建一处房子来逃离身边那些平庸的空间？

W：“逃离”是谈不上的，因为我没有传统文化中那些文人的洒脱。所谓传统文化中的“大隐隐于朝，小隐隐于野，中隐隐于市”的可进可退哲学在我这里只不过是一种

“玩一把”的概念，是一种愉悦自己的心态，并没有什么崇高的理想。

S：你这是一种回到原点的想法——高兴就好！为自己建房一定很愉快（好玩）吧？

W：因为业余，所以愉快（好玩）。我不敢想象自己能试做一个李渔，但起码可以试做一名业余建筑师吧，我始终牢记着路易·康（Louis Isadore Kahn）[17]说过的一句话：要当真正的建筑师，而不是一个职业性的建筑师，职业性会将你埋葬，你会变得平庸。

S：那么哈利·波特会让你变得怎么样呢？

W：你说什么？

S：呵，我看你这里有一本《哈利·波特》，你在看吗？

W：随意翻翻吧，倒不是因为这书的英文相当粗浅（目前这本书还没有中文版）（注：在本书成稿之时，已有中文版出版），而是它的超级畅销引起了我的关注。你知道吗，全球每20个人中间就有一位是拥有它的，这可是目前全世界的第三畅销书，第一是《圣经》，第二是《毛泽东选集》，第三就是它了。但你一定不知它的作者当初却只是一位名不见经传的家庭主妇。所以她写的英文很容易读懂。

S：嗯，一位业余作家。

[16] **王澍**：中国美术学院教授，建筑系主任。中国实验建筑先锋之一。1985年毕业于南京工学院建筑系，1988年毕业于东南大学建筑研究所，2000年毕业于同济大学建筑城规学院，获博士学位。建筑作品包括：苏州大学文正学院图书馆、上海南京东路顶层画廊、通策钱江时代“垂直院宅”、宁波美术馆、中国美术学院杭州转塘象山校区、中国南京国际建筑艺术实践展参展项目“三合宅”。

[17] **路易·康**（Louis Isadore Kahn,1901-1974）：美国当代最重要的建筑师之一，同时也是一位建筑教育家、哲学家、艺术家。他所具有的对现代主义建筑的执着的立场，以及在他身上所具有的类似柯布西耶似的理想主义色彩，被学界誉为“建筑诗哲”式的大师级人物。主要代表作品有：耶鲁大学美术馆扩建、屈灵顿犹太人社区中心、宾夕法尼亚大学理查德医学研究楼、印度经济管理学院、孟加拉国首都政府建筑群、金贝尔艺术博物馆、耶鲁大学英国艺术和研究中心，等等。

I have a house dream, 2001

谈话2：自己建房
Conversation 2: Building House by Oneself

时间：2007.5.29
地点：浓园凹宅
人物：万征（凹宅的设计者）
　　　Z先生（某高校在读研究生）

我不相信所谓的自发的普遍公式，我也不相信所谓的内在的固有格式；我相信的是，每一召唤精神的建筑，仍是且永远是个人的作品。

——勒·柯布西耶（Le Corbusier）

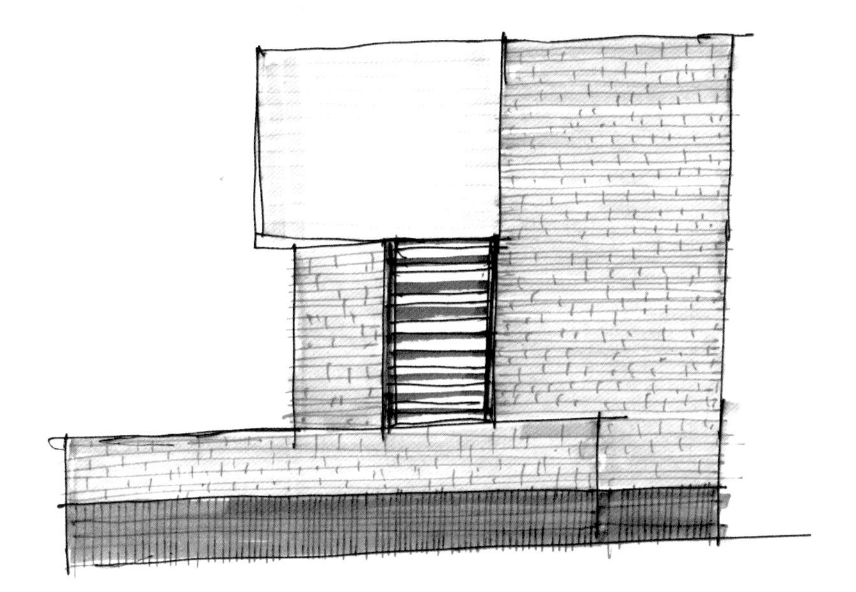

Z先生（以下简称Z）：万老师，过几天我们就要做毕业论文的开题报告了，这几天都在准备。我的论文想写一些关于当代艺术家的工作室的情况，可能要涉及到你的这座房子。

万征（以下简称W）：没问题，尽管写好了。需要我为你做些什么吗？

Z：其实，你已经为我做得很多了。从这房子开始的构思、构想到设计以及施工的整个过程你都给了我机会积极的参与和关注，我从中也学到了不少东西。但是，一旦要写成文字性的东西的时候，就感到了相当的难度。

W：写文字的东西有一个积累的过程，你如果没有积累到一定的程度是写不出来的。这叫“养兵千日用兵一时”。

Z：对，你常说“学而时习之，不亦说（同“悦”）乎？”，但我真的是乐不起来，因为一旦要实践的时候，才知道学得还很不够。

W：你的这种感觉我也有。但什么是“够”呢？也许永远都没有“够”的时候吧。

Z：你太谦虚了。

W：我说的是真话，我喜欢学习的状态。柯布西耶（Le Corbusier）曾说“尽管我已四十有二，但我仍然是个学生。”虽然我们年龄不同，所处的人生位置不同，但“学习”一事是伴随我们大家并值得去追求的一生的事业。

Z：其实我觉得房子也是大多数人一生的追求。

W：哦，你是说现在的房价太高，使人们无法承受？

Z：这只是一个因素。我是想说生活中的大部分人穷其一生的积蓄却只能换来毫无个性的几室几厅的居住空间，而自己建房，真的是一个梦想。我一定要为自己能修一幢房子而努力奋斗！

W：任何事情都有它的两面性，自己建房也会让你苦恼不堪，并不是如你想象中的那么浪漫。比如说合法性问题、手续问题、水电气等基础配套设施问题，还有就是施工的质量问题了。

Z：你说的倒是。这几天下过几场雨，你的房子还好吧（有没有开裂渗漏的地方）？

W：还好，不过有一、两处有点渗，漏还谈不上。已经找工人来修补过了。

Z：当初修建的时候没有做好吗？

W：该做的工序还是做到了的，只是房子有太多的变数。

Z：什么变数？

W：诸如象屋面墙面的开裂和渗漏，外墙日晒雨淋变色变脏，地板受潮变形等。

Z：那么，你觉得这些变数主要受到何种因素的影响呢？

W：气候、天气等自然环境中的不利因素。从某种意义上讲，早期的人类建筑源于人们想避开受自然不利因素的影响而构筑的场所（图1），建筑把人类与自然隔开，让人类有一个相对稳定和舒适的空间在里面生活。

Z：人类以前都不是住在洞穴里的吗？洞穴是很温暖的地方，干吗还要到陆地上来修房子呢？

W：这可能与农业的产生有关。人类经历了一个相当漫长的穴居生活，洞穴是很安全的地方，人们在洞口生火，这样既能取暖又能在他们烤肉时防范动物的袭击。但是，当狩猎所获取的食物不再能完全满足需要的时候，人们逐渐开始对土地上的自然资源产生了更多的兴趣。当人们发现春天播下的种子到秋天长出了果实，土地就强烈的吸引着住在山洞里的人们。大家纷纷寻找那些有溪流、河谷的地方构筑自己的家园，农业定居意味着房屋的相对稳定性（图2），根据生活的需要而为自己修建的房屋，这

图1：亚当躲第一次雨。
图2：农业定居意味着房屋的相对稳定性。
图3：人类早期原始棚屋。

就是自建房的概念（图3），这是人类延续了几千年的一种古老而基本的居住方式。

Z：所以，游牧文化与农耕文化所产生的居住方式是不同的。

W：大概游牧文化不稳定的迁徙生活方式决定了他们并不象农耕文化的人们对稳定的居所有着强烈的愿望吧。

Z：蒙古包能看成是一种建筑吗？（图4）我觉得建筑应该具有一种超强的力度和稳定性，它应该与土地发生强烈的关系。

W：所以，我们出去玩的时候，充其量能带着一顶帐篷走，而不可能背着一栋房子去周游世界。房子就意味着稳定，它是一个人的归属。

但是，工业革命以后，情况发生了根本的改变。那些世世代代守着土地的人们，开始潮水般的涌向城市。大工业、大生产、大机器、大厂房需要大量的劳动力，人们离开自己从祖辈那里传承下来的熟悉而宁静的家园，来到陌生而躁动的城市。这种现象在工业化最早的国家英国表现得尤其突出，大量人口涌入城市的结果是城市环境的迅速恶化（图5）。人们居住在空气恶劣、拥挤不堪，没有自来水、排污系统和卫生设施条件的极其简陋的工棚里，垃圾成山、污水横流、瘟疫和疾病肆虐。这样，就有一些投机的商人从中看到了商机，开始大量修建一些稍微像样点的房子来出租或出售给这些产业工人，我们可以把这看成是最早的房地产开发（图6）。随着城市化的进程，商品房——这一由房地产商统一开发，成批量生产的住宅就成为现代城市居住的主导方式。

Z：所以，我们一生下来就住在别人为我们建好的房子里。而我们的祖辈们他们可以享有属于自己的家园（图7）。

W：是的。记得我小时候，我们家住在我妈妈单位的宿舍里，在那个住房资源极其短

图4：蒙古包能看成是一种建筑吗？

图5：工业革命早期的英国城市环境极度恶化。

图6：英国早期的由房地产商开发的住宅建筑。

图7：我们的祖辈们可以享有属于自己的家园。
图9：居住是人类共同的话题，也是存留在经历过住房危机的大多数中国人心中一个永远无法抹去的复杂情节。
图10：结实耐用的水泥房子。
图8：大家都在过道里做饭，热闹得很！

河北

缺的年代，人们长期呆在一个单位的理由可能很大程度上都与房子有关。我们住的那房子并不是什么适合居住的居民楼，而是一幢办公楼，我记得整个楼层里住了好多户人家，只有一个厕所，大家都在中间的过道里做饭，热闹得很！（图8）

Z：你所说的这种在中间过道里做饭的房子是上世纪60、70年代，甚至80、90年代大多数中国人都住过的叫“筒子楼”的房子。我小时候也住过这样的房子。

W：甚至现在还有这样的房子。什么呛鼻的油烟、小孩子的哭叫声、大人对小孩的训斥声、夫妻的吵架声、哪家亲戚那听不懂的方言说笑声都夹杂在风声、雨声中，把人们对隐私和个性的梦想彻底粉碎。直到上世纪80年代后期我家才搬进了较为正规的有厨房和卫生间，总计有80多平方米的三居室。

Z：现在还住那儿吗？

W：因为那房子的光线和通风都不好，在我们的劝说下，父母就另外买了一套电梯公寓，原来那位于市中心的房子也就卖掉了。

Z：从你们家的居住情况来看，恰好见证了我们国家建国以来的居住发展史。

W：你真会总结。居住是人类共同的话题，也是存留在经历过住房危机的大多数中国人心中一个永远无法抹去的复杂情节（图9）。2004年上海双年展上不是就有一幅由当时年仅29岁的艺术家向利庆创作的作品，叫《永不摇晃》吗？它是用拼贴的方式将我们生活中存在的再熟悉不过的旧住宅楼组合成极其单调的画面，表现了当代人生存的处境，看了真叫人有点心酸。

Z：对，我在电视里也看过对这件作品的介绍。

W：我认为我们国家自改革开放以来，正经历着一个巨大的社会生活变化，高速经济增长所带来的城市化的快速发展，正如同西方国家所经历的工业化过程。城市快速膨胀，人口大量迁徙，农业人口迅速转变为城镇人口。现在农村里已经没有什么年轻人，大部分年轻人都到城里打工去了，家里只留下老人孩子守着房子、看着地。

Z：最近以来不是猪肉涨价吗？农村里现在很多地方已经没什么人养猪了，据说养猪挣不了几个钱，还不如进城打工挣的钱多。

W：是啊，所以城市里倒是热闹非凡，甚至是有点儿不堪重负了，有那么多的人要住房子，房价是一涨再涨，房地产业异常火爆。

Z：从这个意义上讲，自建房是越来越少，而商品房是大量在增加。

W：是这样的。只有农村里的房子还基本上保持着自建的方式。

Z：但农村里那些传统的老房子也越来越少了，进城打工的人们，挣了钱以后，首先想到的可能就是把那寒酸的老房子给拆了，换上结实耐用的水泥房子（图10）。

W：所以，现在到农村里去，已很难再看到传统的地方民居（也有为了当地旅游的需要，搞些不伦不类的假古董民居的情况），取而代之的是崭新的外墙贴了瓷砖的混凝土盒子，到处是亮晃晃的瓷砖，这是中国现代农村给人的一个基本视觉印象。

我记得，我曾在从西安到甘肃庆阳的公路上看到路的两边有好多用当地的黄土夯筑的土墙的传统民居，但让人不解的是，当地好多人家却将自己家的大门贴上白色的瓷砖，与夯土墙配合在一起，看起来有一种极不协调的感觉。后来仔细一想就想过来了，大门是一幢房子的脸面，瓷砖是“先进”和“富裕”的符号，自然应该贴在大门上以显示自家的实力和“与时俱进”的品味，这样就容易理解了。

Z：中国人都比较看重房子，挣了钱都愿意把钱花在房子上，有了房子才有了一种可以安顿下来的感觉，才可以找到一种心灵的归属感。

W：是啊，自古以来，中国人对房子就有一种特殊的情节。所谓儒家思想是处于亚欧大陆东部一个以农耕文化为主导的汉民族在漫长的农业文明时期的一种治国、治家、治人的生存之道。在传统的儒家思想中，所谓“修身、齐家、治国、平天下”的思想反映了一种“家”与“国”的同构现象，“国”是一个扩大了的家，而“家”则是一个缩小了的国，反映在空间形态上则都是用一种具有围护作用的物质实体围隔出一个统一的图式，一国有墙、一城有墙、一家有墙。对于个人来说，围隔出的这个家是一个世界，是一个微型的宇宙，一个人从生到死的一切需求与活动都在此得到满足和完成（图11）：在家出生，在家受教育，在家结婚，在家生养子女，在家待客，在家过年过节，在家劳作生产，在家生病养病，在家老去，在家死亡……家就是整个生命的依托和舞台，上演着一幕幕的人生戏剧，祖祖辈辈、代代相传。用高高的围墙围起的不仅仅是一个物理形态意义上的空间，同时也建构出一种儒家思想在空间形态上的具体显现。所谓的君臣、父子、长幼、尊卑等伦理道德都可以在合院式的空间格局中找到印证，它将人的存在与空间的存在一一对应起来，规范着整个社会中每一个人的思想和行为，这可能是中华文化极其长寿的原因之一吧。所以，在儒家传统中，家族是个人依靠的集体，家则是一个人一生的起点和终点，是人一生奋斗的目标和成就的显现（图12）。而房子就是这个“家”的物质与空间的载体，有了钱，自然要不遗余力地花钱在房子上，以此得到整个家族在这个文化系统中的身份认同和存在价值的体现。我们似乎可以从那些迄今为止还保存得较好的安徽徽派民居、苏州园林以及山西晋中大院等传统民居的那一砖一瓦、一石一木中看到当年投资建房人的艰辛奋斗历程以及衣锦还乡、光宗耀祖的用心良苦。

Z：现在国人还是有这种从传统中遗存下来的心理，就是一有了钱就会买房子，因为房子是个人奋斗成果一个很好的证明。

图11：围隔出的这个家是一个世界，是一个微型的宇宙，一个人从生到死的一切需求与活动都在此得到满足和完成。
图12：家是一个人一生的起点和终点，是人一生奋斗的目标和成就的显现。

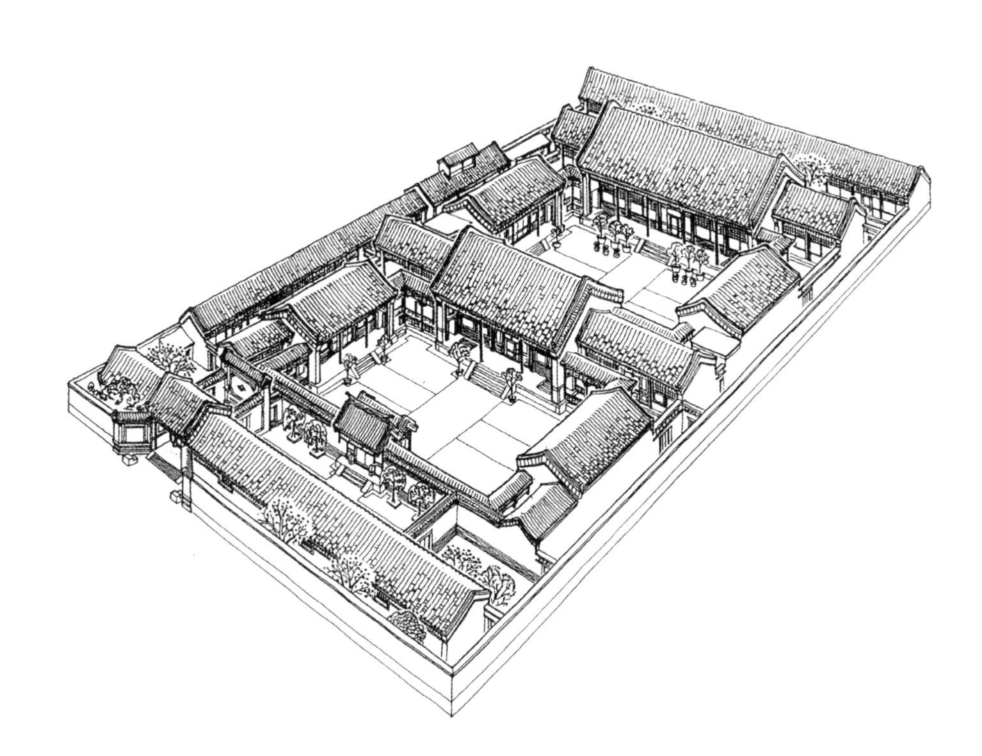

W：这可能也是房价飙升的一个重要原因吧，因为有那么多的需求，修再多还是会有人买啊。

Z：遗憾的是那些过去的老房子已留存不多了。

W：房子是人类生存处境的反映，当封建社会的大家庭解体以后，院落式的房子就只能是那个时代思想的活化石，因为它已不具备作为当代生活方式的功能条件。

Z：还是我们的祖先奢侈，可以自己建房，用我们今天的话来说就是一种“低密”生活，空间水平展开，从容悠闲，哪像我们今天的城市，都往空中发展，沾不到地气，“高密”，密度之高，都快挤死了。

W：你去弄个农村户口不就可以享受到了吗？

Z：好象在国外自己建房的情况就比较多吧？

W：对啊，由于国家对土地的管理与政策的不同，在国外土地是可以私人买卖的，所以，私人看好一块地并买下来，请建筑师为自己量身定做、设计房子是较为普遍的事情，这样一方面可以具备相当的专业性，同时又可以兼顾到不同人对居住个性的需求，这也是一种生活品质的体现吧。在西方现代建筑史上，这类住宅作品是很多的，大家熟悉的由赖特（Frank Lloyd Wright）设计的流水别墅[1]（图13）、里特维尔德（Gerrit Thomas Gietveld）[2]设计的施罗德住宅[3]（图14）、密斯（Mies Van De Rohe）设计的范斯沃斯住宅[4]（图15）、菲利普·约翰逊（Philip C.Johnson）[5]设计的玻璃住宅（图16）、罗伯特·文丘里（Robert Venturi）[6] 设计母亲住宅（图17）、安藤忠雄（Tadao Ando）设计的一系列小住宅（图18）等都是极经典的代表，现代主义建筑的突出成就可能首推住宅建筑了。

Z：量身定做的房子一定是有钱人的享受吧？

[1] **流水别墅**：英文著作原版名称为Edgar J.Kaufmann House on the Waterfall，即“瀑布上的考夫曼宅”。坐落于美国匹兹堡市远郊的阿利根河流域山林的熊奔溪瀑布（Bear Run Fall）上。它是赖特1935年为匹兹堡富裕的商人考夫曼一家设计的度假别墅，其盛名得益于它与独特环境之间相得益彰的绝配。此建筑标志着赖特一生事业的巅峰，是现代主义建筑的经典代表作品之一。

[2] **里特维尔德**（Gerrit Thomas Gietveld,1888-1964）：20世纪初期荷兰“风格派”艺术的核心人物之一。设计过著名的家具“红蓝椅”以及“施罗德住宅”，它们都成为现代建筑史上的经典作品。

[3] **施罗德住宅**（Schroder House）：是荷兰风格派建筑师里特维尔德的代表作品。位于乌德勒支市（Utrecht）郊外一个偏僻的地点。因房子的主人为一位律师的遗孀特鲁斯·施罗德—施拉德夫人而得此名。房子的基地占地面积很小，为一楼一底式的两层建筑，室内建筑面积也只有大约140平方米。该住宅建筑风格贯穿了风格派的形式语言，横平竖直的直线造型、原色色块的面状分隔元素以及灵活机动的空间布局和功能形式，使该建筑成为极具构成感和抽象性的现代主义建筑的一个经典作品。

[4] **范斯沃斯住宅**（Fransworth House）：范斯沃斯住宅是密斯·凡·德·罗移居美国后建成的唯一一栋住宅。该住宅建于1945—1950年，坐落于距芝加哥47英里的普南诺南郊，在福克斯河的岸边。住宅的主人是一位单身女医生，名叫伊迪丝·范斯沃斯（Dr.Edith Fransworth）。整幢住宅处在一片茂密的树林的平坦地带，这是一座架空的四边透明的玻璃盒子式建筑，结构完全暴露，由八根22英尺（6.7米）高的工形钢柱作支撑骨架，平面为一长方形，体现出密斯建筑的“少即是多”的设计原则以及纯净与理性的风格特点。该住宅被认为是颠覆了传统住宅对私密性需求的认识，并表现出室内空间与室外空间之间相互交融的和谐关系，该作品成为现代主义建筑的经典代表之作，在现代建筑史上具有里程碑式的重要意义。

[5] **菲利普·约翰逊**(Philip C.Johnson,1906-2005)：美国当代建筑学家、建筑评论家、历史学家，被誉为当代最具影响力的建筑大师之一。1906年出生在美国克利夫兰。1927年毕业于哈佛大学，获古典文学学士学位。从1930年到1935年期间，约翰逊一直担任纽约现代艺术博物馆建筑部门的主任，后又回到哈佛大学学习建筑学，1943年从建筑设计学院毕业。1946年重新回到现代艺术博物馆担任原来的职务，直到1954年。1947年到1949年设计完成的“新天堂的玻璃屋”位于美国康涅狄格，这座被约翰逊自称是“功能折衷主义者”的建筑成为了他建筑生涯的第一件伟大的作品。此后于50年代完成的纽约西格拉姆大厦则融合了密斯的建筑风格。70年代完成的美国电报电话公司总部大楼将历史建筑的片断和符号与现代高层建筑相结合，被认为是具有后现代主义风格倾向的代表性作品。曾获得包括普利策建筑奖在内的多项建筑大奖。其旺盛的创造力、活跃的建筑思想以及在其作品中所体现的多变的风格使菲利普·约翰逊成为当代建筑领域里一颗十分耀眼的明星。

[6] **罗伯特·文丘里**(Robert Venturi,1925-)：美国当代著名建筑师、建筑理论家、学者、作家和教师。1925年出生于费城，在普林斯顿大学获得了建筑学学士和硕士学位。后在一项罗马奖学金的资助下完成了他对建筑历史方面的研究。文丘里通过其理论以及建筑作品而重新定义了20世纪60、70年代以来建筑的价值、立场以及观念。1964年，其为自己的母亲设计建造的一座小住宅是文丘里建筑理论的一个试验场，表现了文丘里对风格主义的迷恋以及在对待历史与传统方面的态度，该作品被认为是后现代主义的一项极其重要的作品，获得了美国建筑师协会（AIA）第二十五年度的奖项。他所著的《建筑的复杂性和矛盾性》一书使建筑的主流脱离了现代主义，标志着建筑的多元文化时代的到来，被认为是自勒·柯布西耶1923年发表的《走向新建筑》之后有关建筑发展的最为重要的著作。与他人合著的《向拉斯维加斯学习》使他脱离了在传统意义上对建筑风格和运动的比较，从而进入了一个新的境界。1991年，罗伯特·文丘里凭借其理论著作和建筑作品获得了普利策建筑奖，此外还获得了数不清的建筑和设计奖。

图13：赖特设计的流水别墅。

图14：里特维尔德设计的施罗德住宅。
图15：密斯设计的范斯沃斯住宅。
图16：菲利普·约翰逊设计的玻璃住宅。
图17：罗伯特·文丘里设计的母亲住宅。
图19：贺兰山房：艺术家设计的房子。

W：对啊，就象定做的皮鞋肯定比流水线上生产的大众性皮鞋贵多了，英国作家比得·梅尔（Peter Mayle）[7] 在他的《关于品味》一书中就提到这种人生中较为奢侈的享受。在国外，大多数收入平平的普通老百姓还是只有住在大批量生产的集合式住宅中。

Z：除了农村以外，在我们国内自己建房的情况似乎在艺术家这一群体中较有代表性。

W：对呵，这种情况开始于上世纪90年代以后。有代表性的例子如位于成都犀普的一系列艺术家工作室，有罗中立[8]工作室、何多苓[9] 工作室、丹鸿工作室等，都是由建筑师刘家琨[10] 设计的；后来艺术家艾未未[11] 又在北京的郊外设计修建了自己的工作室。

Z：听说他为自己设计了一种开放式的卫生间？

W：是的，艺术家总是与大众认知习惯反着来的，而这种极具个性化的空间在一般的房地产开发中是不可能有的，因为要照顾到大多数人的价值认同和普遍性的需求。

Z：还有其它的例子吗？

W：张永和[12] 无疑是中国当代最具影响力的具有实验主义色彩的建筑师。1998年他为地产商潘石屹夫妇设计的位于北京怀柔县的周末度假别墅“山语间”应该是一个有代表性的自建房项目。后来在2003年，他又为另一位开发商张宝全夫妇设计了具有别墅和会所性质的柿子林别墅，它位于北京的昌平县境内，据说有4800M^2之大，上次张永和到我们学校来讲课的时候，当谈到这个项目的设计时，幽默的笑称“地主阶级又死灰复燃了”。

Z：在我们国家，自己建房当然属于有钱有闲阶层的奢侈事情（农民自建房除外），除此之外，就是还要有一股子不安于现状的前卫精神，在这方面好象都是以艺术家居多。2004年，在宁夏的西宁有个贺兰山项目，那些房子都是请了国内很有名的一些艺术家亲自来设计（图19），但听说现在那里已经荒废了，对此你怎么看呢？

W：大家对此可以说是褒贬不一。首先，那是一个私人投资开发的项目，虽请了艺术

[7] **比得·梅尔**（Peter Mayle）：英籍知名作家。曾任国际大广告公司的高级主管。在美国纽约麦迪逊大街的广告业打拼了15年之后，于1975年开始专职写作。主要作品有旅游散文《重返普罗旺斯》、《普罗旺斯的一年》、《永远的普罗旺斯》，小说《茴香酒店》和《追踪塞尚》，时尚读物《品位》和美食散文集《吃懂法兰西》。目前和妻子及两只爱犬隐居于法国的普罗旺斯地区。

[8] **罗中立**（1948-）：中国当代著名画家，现为四川美术学院院长。1948年生于重庆，1982年毕业于四川美术学院绘画系油画专业。因油画作品《父亲》获“第二届全国青年美展”一等奖而一举成名。1983-1986年在比利时安特卫普美院研修部进修。曾在纽约、芝加哥、波士顿、布鲁塞尔、悉尼、北京、台湾等地举办个人作品展。作品被中国美术馆、上海美术馆、中国台湾美术馆、美国哈佛大学、美国俄克拉荷马州立美术馆、新加坡美术馆、比利时国家历史博物馆等海内外艺术机构及私人收藏。

[9] **何多苓**（1948-）：中国当代著名画家，被誉为中国当代抒情现实主义油画的代表。1977年入四川美术学院绘画系油画专业学习，1979年入油画研究班，毕业后在四川成都画院从事油画创作，现居成都。作为“伤痕美术”的代表人物，上世纪80年代初即以《春风已经苏醒》、《青春》、连环画《雪雁》等作品轰动一时。曾获第六届全国美展银奖、铜奖，第七届全国美展铜奖，摩纳哥政府奖等。

[10] **刘家琨**（1956-）：中国当代著名建筑师。家琨建筑设计事务所主持建筑师。曾获亚洲建协荣誉奖、2003年中国建筑艺术奖、建筑实录中国奖，作品被《a+u》、《AV》、《area》、《MODE IN CHINA》、《AR》等出版，并应邀在美国麻省理工学院、英国皇家艺术学院及中国多所大学开办讲座。主要代表作品有：罗中立工作室、何多苓工作室、“红色年代”娱乐中心、鹿野苑石刻博物馆、四川美术学院雕塑系教学楼、四川安仁建川博物馆（聚落）文革之钟博物馆、成都锦都二期商业院街、四川美术学院新校区设计艺术馆，等等。

[11] **艾未未**（1957-）：中国当代著名的实验艺术家，著名诗人艾青之子。1978年就读于北京电影学院，1981年前往美国纽约，1993年回国，现居北京。研究领域涉及建筑、雕塑、绘画、家具、策展等多个方面。曾在美国、日本、瑞典、德国、韩国、意大利、瑞士、比利时等多个国家举办个人艺术展，作品被海外艺术机构、收藏家收藏。2008年北京奥运会主体育场馆“鸟巢”项目设计方案中标者——赫尔佐格和德梅隆建筑设计公司的中方项目顾问。

[12] **张永和**（1957-）：中国当代著名建筑师，中国当代实验性建筑代表人物之一。非常建筑主持建筑师、北京大学建筑学研究中心负责人、教授。美国伯克利加利福尼亚大学建筑系建筑硕士。美国注册建筑师。2002年美国哈佛大学设计研究院丹下健三教授教席。自1992年起开始在国内建筑实践，曾在一系列国际建筑设计竞赛中获奖。主要作品有：席殊书屋室内设计、广东清溪坡地住宅群、北京中关村中国科学院晨兴教学楼、北京怀柔山语间住宅、北京水关长城建筑师走廊二分宅等等。

家来设计房子，但还不完全属于“自建”的概念。我想，请那些并不具备建筑专业技术知识和不了解建筑规范的艺术家来设计房子，目的是想通过这种方式来引发人们对当今建筑中那些陈辞滥调的思考，以此对抗那些非常符合建筑规范然而却十分平庸的建筑。艺术家的优势在于丰富的想象力和任性而为的态度，而他们所不具备的东西可以由其他专业人员来完成。至于说到它的荒废，我想作为一个具有实验性色彩的项目，这个事件本身所引发的思考和争议比起最后的结果可能更重要些吧。

Z：你的这个作品中有实验性色彩吗？

W：我用我自己的钱做着我自己的实验。

Z：（笑）这话怎么讲呢？

W：并非“实验”就不要功能，不考虑实用。关键是因为自己出钱，所以不用花很多力气去沟通甲方。为自己做设计，可以省去了这个功夫，但可能更难的是必须要说服自己，就象贝聿铭在谈到法国巴黎的卢浮宫改建方案时说到的，别人怎么看，还不是十分重要，十分重要的是我自己怎么看，我自己接受吗？

很多建筑大师通常都是从做小建筑开始的，特别是为自己设计的小建筑。“母亲住宅”就是罗伯特·文丘里（Robert Venturi）在四十多岁业务不景气的情况下，母亲给他的“业务”，这座小房子可是集中体现了文丘里关于建筑的复杂性和矛盾性思想的典型代表作；路易斯·巴拉干（Luis Barragan）[13]自己为自己设计建造的自宅成为了他建筑生涯中的标志性作品（图20）；同样，弗兰克·盖里（Frank Gehry）[14]在位于加利福尼亚州圣莫尼卡的自用住宅上做着自己好玩的游戏（图21），就如同盖里所说的，只有在自己的房子上才可能实现一些很想实现的想法。

Z：难道在为别人所做的设计中就不能实现自己的想法吗？

图18：安藤忠雄设计的住吉的长屋。

[13] **路易斯·巴拉干**（Luis Barragan,1902-1988）：墨西哥当代著名建筑设计师。生于墨西哥瓜达拉哈拉，23岁时获工程专业学位。早期大部分作品位于瓜达拉哈拉地区，主要是私人住宅和居民小区的设计。巴拉干极注重地景、色彩和建筑的紧密结合。1936年巴拉干搬到了墨西哥城，在那里设计了好几座小型的住宅，这些作品都强调实用性和现代性。1940年以后，他致力于大城市的发展规划。1980年获普利策建筑奖，1984年成为美国文学艺术研究会的名誉会员。巴拉干一生致力于把建筑升华为诗意和想象。他创造了让人难以忘怀的公园、广场和喷泉，这些都是注重思想与情感的最纯粹的风景。主要代表作品有：巴拉干自宅、圣芳济教派的修道院小教堂、Las Arboledas景观居住区、Los Clubes景观，等。

图20：路易斯·巴拉干自宅成为了他建筑生涯中的标志性作品。
图21：弗兰克·盖里设计的位于美国加利福尼亚州圣莫尼卡的自宅。

［14］ **弗兰克·盖里**（Frank Gehry,1929- ）：美国当代著名建筑师。1929年生于加拿大，1947年移居到加州。1954年以班上最好的成绩毕业于南加州大学建筑学院，然后在哈佛大学待了一年，主要学习城市规划和他所感兴趣的其他领域的课程。1962年建立了自己的公司。从20世纪70年代起，盖里开始积极探索绘画、雕塑和建筑之间的关系。他独一无二的建筑风格，也即被评论家所描述的“建筑者的模式”，在他为自己设计的位于圣莫尼卡的住所中得到了集中体现。20世纪80年代和90年代其间，盖里设计了一些规模较大的项目，包括位于德国莱茵河畔维特拉的维特拉国际家具博物馆，位于美国明尼阿波利斯的弗雷德里克维斯门艺术博物馆、位于西班牙毕尔巴鄂古根海姆博物馆，等等。盖里的建筑反映了他对艺术敏锐的鉴赏力、即兴创作的意味以及活泼的不可预知的热情，他被许多评论家甚至建筑业同行认为是当今建筑界最伟大的具有创新精神的建筑师之一。盖里曾获得包括普利策建筑奖在内的一系列建筑奖项。

W：设计毕竟是为他人做嫁衣的工作，花的钱是别人的，情况总是很复杂，设计的结果总是要受到各种条件、因素的干扰和影响。

Z：哪些条件和因素呢？

W：诸如象领导的意见、群众的意见、投资者的想法、市场的风向、流行的趋势等等，一个也不能怠慢，都得要认真对待，其结果是人人都是“设计师”，设计师沦为制图员，设计作品的效果无法控制。所以，为别人做设计需要花费很多的时间和精力去做说服的工作，稍一懒惰，就会放弃自己当初的想法，任其发展，最后的效果肯定是不堪目睹。

Z：你这是花自己的钱来过一把设计的瘾。

W：当然啰，我花钱故我在嘛！特别是设计小建筑过瘾，因为它可以让你更深入更细致的思考你感兴趣的问题。

Z：你现在怎么住？你平时住在这里吗？

W：没有住这儿。因为我有一个大学教师的职位，所以平时还承担了大量的教学工作，我在学校里有一套123M^2的住房，平时都住那儿。许多现实的情况都不允许我悠闲无虑的住在这儿，看来，要做一个当代的李渔或王维，做一个隐逸山林的文人雅士是何其难的一件事，这只不过是那个逝去的遥远年代留给我们的一个遥远梦想罢了。

Z：如果退了休不就可以实现这个梦想了吗？

W：哦，果真。我现在就想退休了。

I have a house dream, 2001

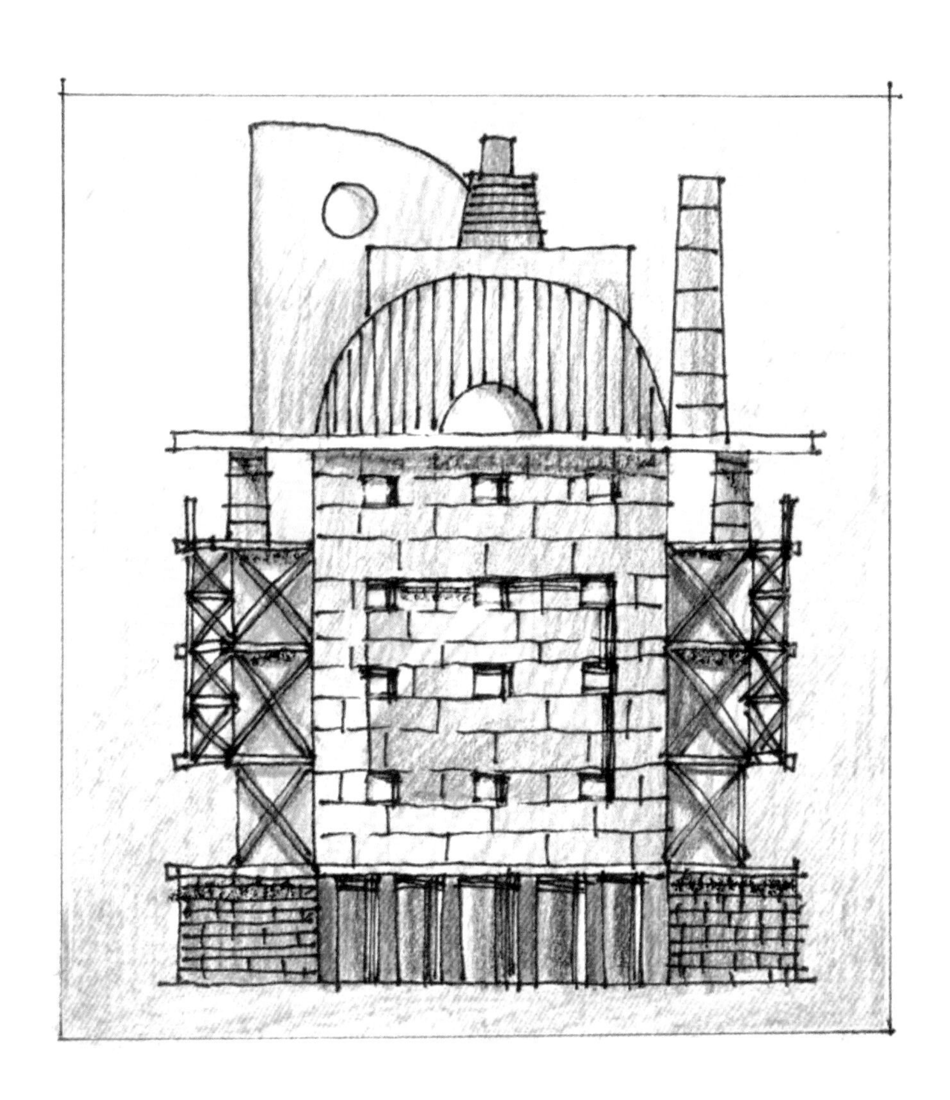

谈话3：方体盒子
Conversation 3: The Cube Box

时间：2007.6.2
地点：浓园凹宅
人物：万征（凹宅的设计者）
C先生（某装饰工程公司总经理，万征的大学同学）

方盒子的理性建造不会损伤任何人的主动性，尽可以根据个人的爱好来演绎。

——勒·柯布西耶（Le Corbusier）

C先生（以下简称C）：啊，你们这儿的狗狗太多了，刚才我们进来的时候，有四只大小狗围着我们疯狂地乱叫一通，要不是门卫赶过来把它们引开，我们还真不知道该怎么脱身呢。

万征（以下简称W）：嘻，想不到你怕狗啊！这里是荒郊野外嘛，狗自然是一大景观啰（图1）。这些狗不会咬人的，都是附近村子里农家的狗，也有这里的住户养的狗。

C：我怎么会知道哪条狗咬人，哪条狗不咬人呢，你这儿有没有养狗？（眼睛慌忙四处察看）

W：看你紧张的样儿，放心吧，没有。毕竟是一条生命，不管怎么样你总要对它的吃喝拉撒负责吧，因为我们没有住在这里，所以就不便养啦。

C：那么，你有没有采取一些什么措施来防止那些"不法狗"的登门造访呢？似如当你正专注地在做某件事的时候，猛然间一抬头，一只狗突然出现在你面前，你怎么也会为此惊吓一跳的吧。

W：有考虑的。你们刚才进来的时候不是经过了一道小铁门吗（图2）？

C：对呵，就那么一点儿高的门呀？起什么作用？

W：那道小门和入口前的一圈矮墙是一个过度性的空间，可以有效防止狗的入侵，也防不速之客，这是我为此专门设计的。

C：（愣了一下，表示不解）……

W：好玩吧！给你开个玩笑啦。其实矮门和矮墙主要还是从建筑的整体造型上考虑的（图3）。

C：刚才我们先来，你还没到的时候，我们就围着房子在外面看了看，感觉整个设计

图1：狗狗是这里的一大景观。
图3：矮门和矮墙。

都是以直线为主，觉得很现代、很简洁，对此你在方案的构思中是怎么考虑的？

W：做方案的时间比修房子的时间还要长，用了一年多的时间，我前前后后做了十几个方案。

C：我的天，十几个方案，怎么会做那么多呢？

W：这是做设计中常有的事，十几个算少的啦，根本就不足为奇的。

（万征到书房里从大格的书柜里取出一大叠用硫酸纸画的草图，然后放到C的面前。）

W：这里有一部分方案的草图，另外家里面还有一些。

C：怎么都是硫酸纸做的？你没有用电脑做的图纸吗？

W：你也这样通俗？我不太喜欢别人这样问我。因为我总是不太愿意——用电脑画图。

C：开玩笑吧你，我觉得奇怪，怎么可能一个做设计的不用电脑画图呢？

W：我一点儿没有开玩笑，我说的是真的。电脑只不过是一种做图的工具而已，但它同时也是很害人的，很多初学设计的学生会被它误入歧途，以为那是设计的真缔，所以它也是很多不会做设计之人士的一块“遮羞布”。我在方案的思考阶段是不会用电脑来做图的，一般都采用手绘的方式在纸上画草图（图4），这样可以使我的思绪更为流畅，不受其他因素的干扰。当方案确定以后，我再找人把方案用电脑制成图纸（图5），这个时候电脑的优势就显现出来了，似如修改和复制，因为确定的方案也是会反复修改，这是人工的手绘所无法比拟的。就象诗是人写出来的，而不是电脑写出来的一样，设计方案是人想出来、思考出来的，而不是电脑设计出来的。什么“电脑设计”，荒唐可笑！电脑它本身是不会思考的，它只会接受命令，然后按程序执行

图2：入口的一道小铁门。

图4：采用手绘的方式在纸上画草图。
图5：凹宅平面图。

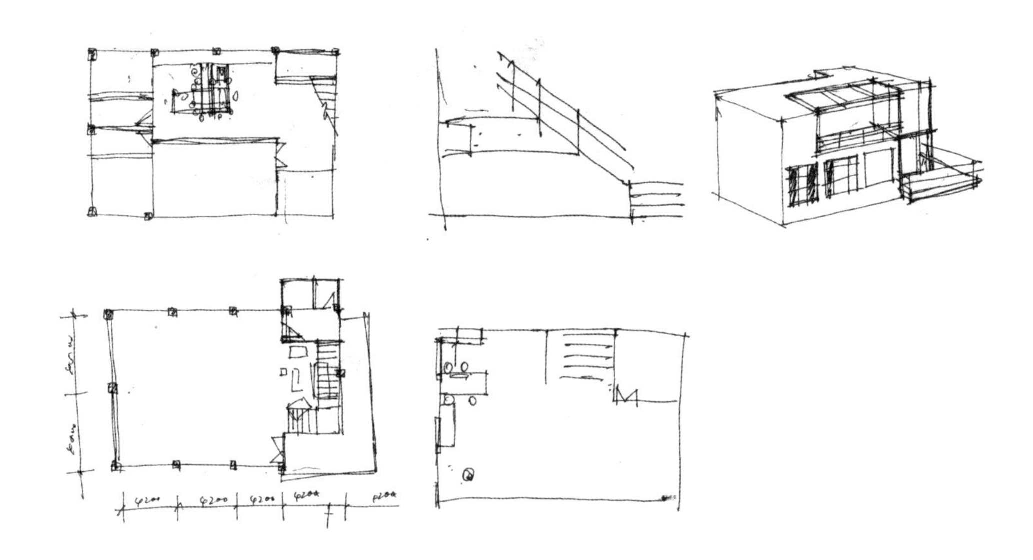

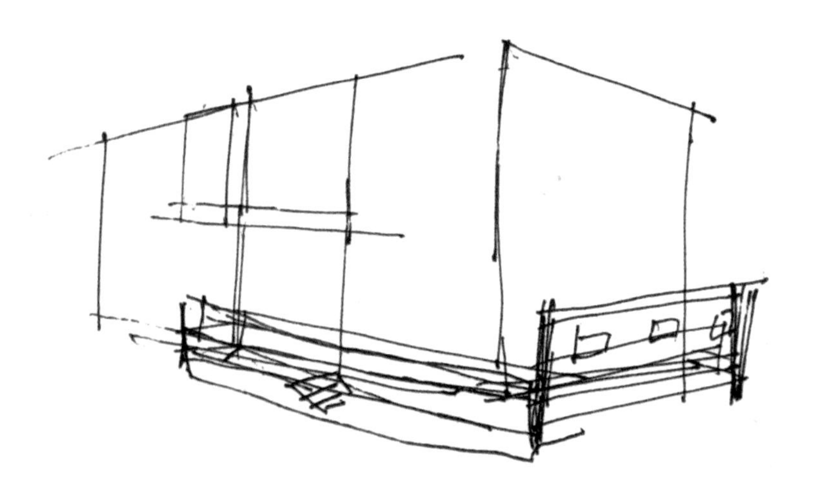

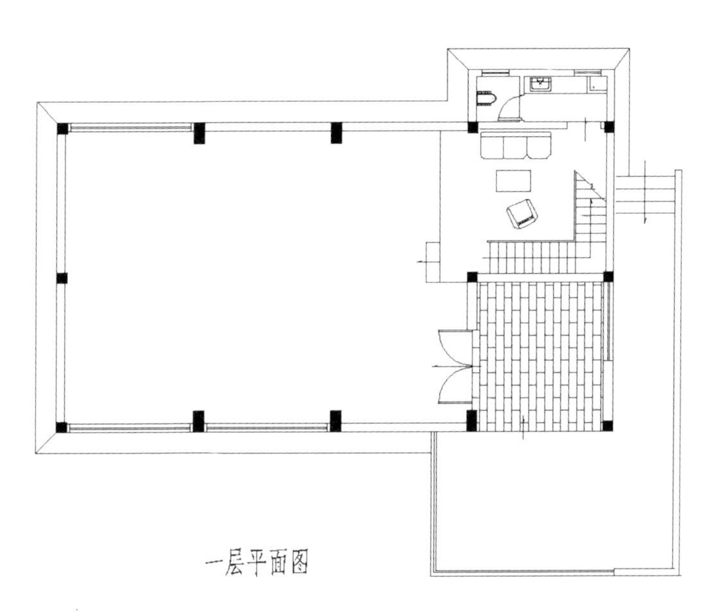

一层平面图

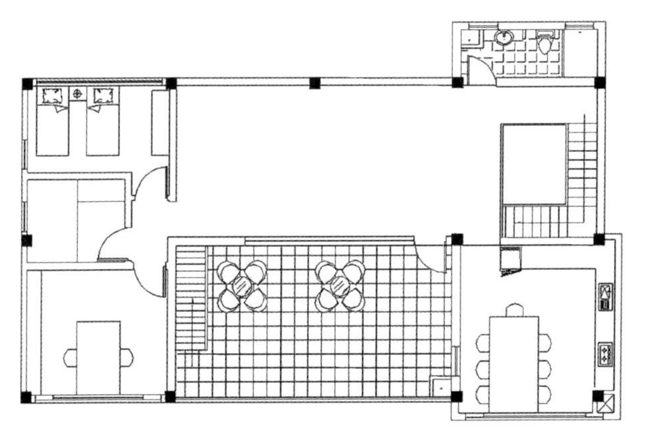

二层平面图

命令罢了。

C：我看了你这一系列方案以后，有一种感觉，就是你的方案很多都是采用方体盒子来组合空间的，难道在自己的作品中不能表现得更为自由一点儿吗？你是怎么想的？

W：这主要是从一个实用性的角度来考虑的。在艺术村这个项目的总体规划中，房子的占地（宅基地）面积只能达到总场地面积的10%，也就是说每一亩土地只能修66.7M^2，而建筑的高度也规定不能超过8米。在建筑的占地面积被限定的情况下，方形的空间肯定比异形的空间利用率高。前面我提到了一个场地的综合配套设施费，它是按每亩收取的，也就是说，你的房子占地面积越大，所要交的综合配套设施费也就越高。如果钱不是个问题的话，要个八亩、十亩的，自然可以搞些如像解构主义的弗兰克·盖里（Frank Gehry），或是扎哈·哈迪德（Zaha Hadid）[1]等那些怪怪的花样（图6），但那是以牺牲使用面积为前提条件的。

C：所以你就搞出个柯布西耶的住房机器！

W：你还知道柯布西耶？

C：别小看人，谁不知道柯布西耶（Le Corbusier）呢？就如同不知画界的毕加索（Picasso）一样可笑吧！

W：是啊，柯布堪称现代主义的旗手，那一本薄薄的仅二百多页的《走向新建筑》就决定了二十世纪大多数建筑的走向。在这本书里，他所宣扬的“机械美学”、“住房机器”等已成为现代主义的精神教义，底层架空、自由平面、自由立面、水平横条长窗、屋顶花园等新建筑五要素成为学习建筑的青年学生认识现代主义建筑的必修课程；另一个“扇阴风，点鬼火”的密斯（Mies Van De Rohe）也在摇旗呐喊，什么“Less is more.”（“少就是多”）、“流动空间”、“均质空间”等，筑就出现代主义空间的崭新形象，成为“国际主义风格”（International Style）[2] 的代名词。

C：“国际主义”，就是指的那些钢和玻璃的盒子式建筑吗？

W：可以这样理解，当然不仅仅是钢和玻璃，还有混凝土，这是现代主义建筑的三种最主要的建筑材料。

在二十世纪初，现代主义曾经背负着拯救社会、挽救建筑的抱负而站立起来，成为适应工业化社会发展的一种具原创意义的建筑风格。这种风格在二战以后的重建工作中表现出色，成绩卓著；但在上一世纪的60—70年代之间，现代主义在其发展过程中暴露出来的诸多问题和缺陷却成为后现代主义嘲笑和抨击的对象。当查尔斯·詹克

[1] **扎哈·哈迪德**（Zaha Hadid,1950-）：巴格达的英籍女建筑师。普利策建筑奖2004年的得主。早年在黎巴嫩就读过数学系，1972年进入伦敦的建筑联盟（AA）学院学习建筑学，对20年代的苏联前卫艺术，包括马列维奇（Malevich）和康定斯基(Kandinsky)的构成主义非常感兴趣。毕业后曾在荷兰的OMA城市建筑事务所工作，任教于AA school。此后多次在国际性的投标方案中展露才华，1993年，因“维特拉家具公司消防站”的设计而一举成名，其独具个性的作品风格受到世界各地建筑师的关注。主要作品有奥地利因斯布鲁克滑雪跳台、德国园艺博览会展览馆、法国斯拉斯堡停车场和铁路终点站、德国莱比锡宝马大楼、沃物斯堡科学中心等。

[2] **国际主义风格**(International Style)：国际主义风格是二战以前在欧洲发展起来的“现代主义”设计，经过在美国的发展，成为在二战以后影响世界各国的建筑、产品、平面设计的一种垄断性的风格。国际主义风格源于现代主义建筑设计。早在1927年，美国建筑师、建筑评论家菲利普·约翰逊就注意到在德国斯图加特近郊举办的魏森霍夫现代住宅建筑展的这种风格，他认为这种单纯、理性、冷漠、机械式的风格将成为国际流行的建筑风格，并因此称之为“国际主义”风格，这是“国际主义”的开端。二战以后，国际主义风格成为世界各大都市建筑设计的主导风格，它的单一化的形式模式使传统的地域文化特色迅速消失，使世界各地的城市几乎变得一模一样，从而引起了年青一代的强烈不满， 国际主义风格在多元化的设计浪潮中逐渐式微。

[3] **查尔斯·詹克斯** (Charles Jencks,1939-)：英国当代建筑理论家。在哈佛大学学习建筑和英国文学后，又以学者身份在伦敦大学深造。出版有《后现代建筑语言》、《晚期现代主义及其它》等多本有关当代建筑艺术的著作，也是各种国际性建筑杂志中常见的活跃撰稿人。

[4] **《后现代建筑语言》**（《The Language of POST-MODERN ARCHITECTURE》）：是英国著名建筑评论家查尔斯·詹克斯的名著之一，初版于1977年。这部著作被许多人称作是一本对“现代建筑”的宣战书。作者在批评“现代建筑”的同时，系统地阐述了后现代建筑的理论和手法。尽管该文的许多观点尚有争论之处，但不失为了解后现代建筑的重要依据。

斯（Charles Jencks）[3] 在他那本《后现代建筑语言》[4] 一书中宣布现代主义死亡日期的时候，现代主义就开始正式经历它的低迷时期。

C：难道一种建筑运动的结束还有个准确的时间？

W：是啊，他在这本书的一开始就宣布："现代建筑，1972年7月15日下午3点32分于密苏里州圣·路易斯城死去。"位于该城的帕鲁伊特·伊戈住宅区，是按现代建筑国际协会（CIAM）最先进的理想建成的，它有纯粹主义风格的14层板式建筑群、合乎理性的"空中街道"以及被柯布西耶称为都市生活方式三项基本享受的"阳光、空间和绿化"等一切符合现代建筑语言和方式的要素，但事与愿违的是在它建成以后却成为许多暴力、罪案的发生地，被其黑人居民们所破坏、肢解和糟蹋，虽然曾试图让它存活下来，但最后还是无法避免的在"蓬、蓬、蓬"几声巨响声中被炸毁。

C：还真有"其人其事"！

W：这是詹克斯对现代主义建筑的辛辣讽刺。他认为，现代主义建筑是启蒙运动的儿子，是启蒙主义天性稚气的继承者，"这种天真是太伟大太令人敬畏了，以致不能保证在一本只设计房屋的书中将它驳倒。"的确，现代主义建筑的初衷是充满理想主义色彩的，有着伟大的纲领和明晰的哲学理念，那些载入史册的著名建筑从不同的角度塑造出这一丰碑。但正如一切美好的愿望不一定都会产生一个美好的结果一样，当范斯沃斯医生将密斯告上法庭，起诉密斯为她设计的私人住宅严重剥夺了她作为个人的隐私权利而使她的私人生活暴露在众目睽睽之下的时候（图7），当萨伏伊一家在搬进柯布西耶为他们设计的充分表达了现代建筑的五点要素并坚持认为平屋顶优越于坡屋顶的白色萨伏伊别墅（图8）才一星期，就因屋面漏雨而致使这家的男孩胸部感染以至患上肺炎的时候，现代主义建筑的问题就在逐渐地显露；当二战以后的世界各大城市空间相继被“国际风格”的盒子建筑所占据的时候，当被现代主义的以功能分区为主导的城市规划（图9）把城市搞得七零八落、问题丛生的时候，现代主义的诸多弊端再也无法回避：曾经那些熟悉的门廊和窗户、山墙上那雕刻的图案被冷冰冰的玻璃门窗、光秃秃的白墙所替代；曾经那些熟悉的街道、那些熟悉的街坊邻居都消失得无影无踪，不知了去向；曾经那些熟悉的聚会的场所、亲切的小店铺、休闲的咖啡馆都被安排在现代化的购物商场里。当为生计而奔波的人们为了养家糊口而不得不早起，搭乘地铁或公交车去离家很远的城市中心打一份工，在忙碌了一天以后又不得不拖着疲惫不堪的身躯，头顶着星星月亮回到郊区的“卧城”，而此时在城市中心的“空城”里却到处是一起起罪案的发生现场……我们的城市空间变得异样的冷酷和陌生，到处都是生硬的景观，人性的位置摇摆不定。从祖辈那里继承下来的传统文明遭受到现代文明的严重冲击，承载着各地方地域文化重要信息的传统建筑被功能化的现代建筑所取代（图10）。从美国纽约到日本东京，从英国伦敦到印度孟买，从加拿大多伦多到中国香港，到处充斥着光亮而洁净的空间、超级摩天大楼、玻璃与钢铁交织的银行、机场航站楼等公共空间，猛然间不禁会产生一种奇怪的幻觉，问自己：我身在何处？何处是我家？

C：是啊，你所说的这些问题的确是存在的。但我想，现代主义从它产生到发展的整个过程毕竟都只有很短的时间，它的历史与漫长的人类社会发展史及漫长的工业化社会以前的建筑历史相比，它是相当短暂的，不是有一句话说“年轻人犯错误，上帝都会原谅的”吗？

W：对啊，我也是认为这属于“年轻人”的错误。就我个人的看法，现代主义建筑在建筑史上所作出的贡献是巨大的，因为它摆脱了当时西方新古典主义在建筑形式与构

图6：扎哈·哈迪德设计的获普利策建筑奖的维特拉消防站。

图7：私人生活暴露在众目睽睽之下的范斯沃斯住宅。

图8：平屋顶的白色萨伏伊别墅。

图9：柯布西耶“光辉城市”居住区规划的一个局部。

图10：地域文化消失殆尽的现代主义城市。

筑材料上的表里不一，摒弃了当时的盲目模仿之风和滥用装饰之风，在功能、形式、空间与材料等多个方面找到了一种较为合理的解决方案，是适应当时社会情况的。应该说成绩是主要的，但问题也存在，而根本不是像詹克斯所说的——“死亡了”，反之，它继续活在当代的建筑中，甚至活在被它猛烈抨击的所谓后现代主义建筑中。

C：哦，这话怎么理解呢？

W：从客观上来讲，后现代主义不可能从根本上抛弃现代主义，它只是对现代主义所作的一种修正。

C：搞修正主义？

W：啊，后现代主义产生于上个世纪60、70年代的西方国家消费文化盛行之时。当经历了二战以后的重建，社会生产力大大恢复，物质财富空前丰富的时候，人的异化现象也随之开始：工业化时期大规模生产的大体积产品被如今科技化含量更高的小型化产品所替代，科技使产品的质量和性能不再是消费者特别关注的第一问题，取而代之的是商品所产生的附加值成为人们选择商品的重要依据。所以，汽车不再仅仅是一种作为代步的工具而存在，而是作为身份与品味的一种符号，只要条件允许，汽车不必等到开不动而报废之时才会更换新的，换新车的理由可能很大程度上是因为旧车与我的身份不配了，而只要您愿意，天天都可以换辆新车来开；一名普通的白领职员可能有不止10个以上的名牌手袋、20双以上的名牌皮鞋以及30条以上适合各季节穿着的名牌牛仔裤。市场上的同类商品太多，商人要卖好自己的商品，就不得不与别的同类产品拉开距离，“品牌”是产品的包装，广告人绞尽脑汁的想对策，广告业成为这个时代的宠儿；美国波普艺术家安迪 · 沃霍尔（Andy Warhol）[5] 说过，在这个时代里每个人都可能成为十五分钟的名人。空前发达的信息传播业使每一种地域文化都可能迅速地传播到其他地方，而所谓的“风格”就成为一种如同超级市场里货架上摆放的可消费的商品供人们任意选择；社会生产力大幅度提高的结果不仅是让大众可以享受到大量的物质产品，同时也大大解放了劳动力，由于劳动力知识水平的提高，社会白领阶层的数量呈逐年上升之势，高知识结构的白领不再需要整年忙碌和辛苦，他们有着大量的闲暇时间到世界各地旅游观光，享受各地的异域风情，并在自己的家居布置上摹仿不同文化的符号，以标榜自己独特的品味……在这一社会文化背景下，现代主义那冷漠的外表、无视个性需要的功能性空间，以及脱离大众审美趣味的高高在上的姿态，都显得与这个时代隔隔不入。所以，罗伯特·文丘里在他那本《建筑的复杂性和矛盾性》[6]一书中以“多才是多”、“少就是讨厌”来强烈对抗密斯的“少即是多”的经典论述，并在《向拉斯维加斯学习》[7]一书中提倡建筑应该面向大众，通俗性和大众性应该在当代的建筑表现中成为一个重要的方面。

C：那怎么解释后现代主义是对现代主义的修正呢？

[5] **安迪·沃霍尔**（Andy Warhol 1928-1987）：被誉为20世纪艺术界最有名的人物之一，是波普艺术的倡导者和领袖，也是对波普艺术影响最大的艺术家。作品涉猎广告、绘画、电影制作等，曾以玛丽莲·梦露、猫王、伊丽莎白·泰勒等人的照片为题材创作了一系列名人肖像丝网印刷版画以及一系列以八十二美元、三十二罐坎贝尔浓汤罐头，二百一十罐可口可乐为主题的版画，成为波普艺术的经典代表性作品。

[6] **《建筑的复杂性和矛盾性》**(Complexity and Contradiction in Architecture)：是罗伯特·文丘里很有影响的一部建筑理论著作，写成于1965年，发表于1966年，被学界认为是后现代主义建筑的理论宣言。作者在文中明确指出要在现代建筑中采用历史因素，改变建筑单一、刻板的面貌，它也因而奠定了后现代主义中历史折衷主义的原则立场。文丘里还认为，建筑具有不定性，出色的建筑应该是复杂和矛盾的，而不是像现代主义那样非此即彼的简单、明确、直截了当和单调纯粹。意义的丰富性胜于简明，甚至杂乱而有活力胜于明显的统一，用“少就是厌烦”、“多才是多”回应密斯的“少即是多”的经典教条。

[7] **《向拉斯维加斯学习》**：本书是罗伯特·文丘里继《建筑的复杂性和矛盾性》之后又一部被认为是后现代主义建筑思潮的宣言，该书出版于1972年。文丘里认为群众不懂现代主义建筑语言，群众喜欢的建筑往往是形式平凡、活泼、装饰性强，又具有隐喻性，他认为赌城拉斯维加斯的面貌，包括狭窄的街道、霓虹灯、广告牌、快餐馆等商标式的造型，正好反映了群众的喜好。因此他在书中呼吁建筑师要同群众对话，接受群众的兴趣和价值，收敛为自我吹捧的自负态度，向拉斯维加斯学习。

W：现代主义建筑发展了适应工业化生产的现代建筑技术和材料，它在空间理论上的研究和贡献也是成绩卓著的，这些都是后现代主义无法抛弃的东西。后现代主义虽提倡地域传统文化在建筑中的表现，但它又不可能从建筑的构造方式上真正回到过去、回到传统，毕竟现代建筑建构技术和材料带来了建筑空间的根本改观、相对低成本的造价和适应现代生活方式的空间形式，介于这点，后现代主义其实具有两面性，它并不是一个革命者，充其量是一位改革家。

C：你怎么看待后现代主义呢？

W：后现代主义在指导思想上是可取的，但在具体的表现手法和方式上却很幼稚，其突出的表现就是喜欢做各种拼贴的游戏，将传统文化有代表性的一些符号拿来拼贴到现代钢筋混凝土的空间外表上，形成一个有如舞台布景般的效果（图11），好似闹剧一场。所以，它也没有流行多长时间就收场了。但自它以后，在当代的建筑舞台上，各种主义接踵而至，什么解构主义[8]、高技派[9]、新理性主义[10]、新地方主义[11]，等等，从这个意义上来讲，它开启了当代建筑多元化时代的新局面。

C：就你个人来看，你比较认同哪一派呢？

W：所谓的“主义”、“流派”什么的在当代表现得异常热闹，它们只是一些理论“标签”而已，不必太在意这些名称。我比较认可的是那些具体的作品以及作品背后建筑师的思想。

C：你对哪些作品比较看重呢？

W：有很多作品及其设计者的思想都是我比较喜欢的，如像日本建筑师安藤忠雄（Tadao Ando）设计的住吉的长屋[12]、美国建筑师理查德·迈耶（Richard Meier）[13]设计的道格拉斯住宅[14]（图12）、日本建筑师隈彦吾（Kengo Kuma）[15] 设计的三得利

图11：后现代主义喜欢做各种拼贴的游戏，图为查尔斯·摩尔设计的美国新奥尔良意大利广场。

图12：理查德·迈耶设计的道格拉斯住宅建筑外观和建筑室内。

[8] **解构主义**（Deconstruction）：解构主义一词是从“结构主义”（Constructionism）中演化出来的。因此，它的形式实质是对于结构主义的破坏和分解。解构主义最早被哲学家贾克·德里达（Jacques Derrida)在1967年所提出，但作为一种设计风格，形成于20世纪80年代。解构主义在建筑设计上是对正统原则和正统标准的否定和批判，其最大的特色是反中心、反权威、反二元对立，表现出无绝对权威的、个人的和非中心的思想，主张利用更加宽容、自由、多元的方式将传统的以及现代的建筑元素重新加以组合和建构。伯纳德·屈米、彼得·艾森曼被认为是在建筑中发展了解构主义理论的代表人物，而弗兰克·盖里、扎哈·哈迪德、丹尼·雷柏斯金、库柏·辛门布劳等人被认为是在作品中集中反映和表现了解构主义思想的代表性建筑师。

[9] **高技派**（High Tech）：又称重技派，是继现代主义之后出现于20世纪70年代的一个建筑风格流派。其作品表现在建筑形式上突出当代技术的特色，突现科学技术的象征性内容，以夸张的形式来达到突出高科技的表现力。该风格给予工业结构、工业构造、机械部件以美学价值。其代表作品有意大利建筑师伦佐·皮阿诺（Renzo Piano）和英国建筑师理查德·罗杰斯（Richard Rogers）设计的巴黎蓬皮杜文化中心以及英国建筑师诺尔曼·福斯特（Norman Foster）设计的香港汇丰银行等。

[10] **新理性主义**（Neo-Rational）：是当代西方最具有影响力的美学思潮之一。又称坦丹萨（Tendenza）学派——倾向派。它旨在使建筑艺术摆脱商业消费的影响，并且在理论上把它从因无孔不入的高度集约化的技术和经济实力而遭致破坏的状态中拯救出来。它以两本别具创意又互相补充的著作为发端，这就是阿尔多·罗西1966年所著的《城市建筑学》和乔奇奥·格拉西1967年所著的《建筑的逻辑结构》。

[11] **新地方主义**（Neo-Regionalism）：也称新地域主义、新地区主义或新乡土主义。是指建筑上吸收本地的、民族的和民俗的风格，使现代建筑中体现出地方的特定风格。作为一种富有当代性的创作倾向或流派，它其实来源于传统的地方主义或乡土主义，是建筑中的一种方言或者是民间风格。新地方主义不等于地方传统建筑的仿古和复旧，这种风格既区别于历史式样，又为群众所熟悉，具有广泛的民族基础，但它依然是现代建筑的组成部分。

[12] **住吉的长屋**：位于日本大坂，是安藤忠雄的成名作，设计建造于1975—1976年。安藤在一片老旧的居住区中一个极其狭小的建筑用地上用一个简洁的混凝土体块替代了传统的年代久远的木构建筑。新的建筑在平面上分成明显的三个部分，两端为房间，中间是一个室外的庭院，为业主提供了一种在日常生活中与自然接触的空间和途径，从而成为了住宅生活的中心。它同时也表现出自然界丰富多彩的各个方面，成为一种重新体验在现代城市中早已失去的风、光、雨、露的装置。随着时间的变化，光线从天空洒落在光洁的混凝土墙壁上而形成空间中生动的元素。

[13] **理查德·迈耶**（Richard Meier,1934-）：美国当代享有盛名的建筑师，现代建筑中“白色派”（The Whites）的重要代表。1934年出生于新泽西州的内瓦克。在纽约州的伊萨卡的康奈尔大学接受建筑教育。最初在纽约的三个建筑设计公司工作，1963年建立了自己的事务所。理查德·迈耶是著名的纽约五人组的成员之一，推崇与早期现代理性建筑类似的一种风格以及勒·柯布西耶充满灵性的纯净形式。在迈耶几十年的专业实践中，其设计手法一直保持了这种风格。在迈耶的建筑空间中，光线是用来定义空间的最重要的元素，而白色可以使光线得到强化，“白色”成为迈耶作品的一种重要的标志。他曾获得包括普利策建筑奖在内的多种建筑奖项。主要代表作品有：亚特兰大的艺术大博物馆、荷兰海牙市政厅和图书馆、盖蒂中心以及大量的私人住宅。

图13：妹岛和世设计的小住宅建筑室内和建筑外观。
图14：迈克尔·格雷夫斯设计的迪斯尼天鹅海豚度假宾馆建筑外观和建筑室内。
图15：隈彦吾设计的竹屋建筑外观和建筑室内。

［14］ **道格拉斯住宅**：美国当代著名建筑师、“白色派”（The Whites）的代表理查德·迈耶的代表作品。该住宅设计建成于1971-1973年，位于美国密执安州哈伯斯普林，濒临密歇根湖畔，处于一雄伟、陡峭的孤立坡地上，四周满是密实的针叶林。由于地势的陡峭和险峻，以至于整座住宅看起来就像是掉落于此似的，一座非常人工化的物体矗立在一片纯自然的环境中间，加上建筑的白和水的蓝、树的绿相映成趣，展开一场人文与自然的充满戏剧性的对话，自然与建筑形成一片优美而和谐的景色。

［15］ **隈彦吾**（Kengo Kuma，1954-）：日本当代著名建筑师。隈研吾都市设计中心代表，日本庆应义塾大学教授。毕业于东京大学研究所，1985—1986年在美国哥伦比亚大学建筑研究所及亚洲文化协会当访问学者，1990年创立自己的设计事务所，1998年任教于庆应义塾大学。作品包括私人住宅、商业建筑、文化设施及都市设计等多方面，曾在世界各地举办展览，并获得1995年文化及公共设施类JCD首奖、1996年日本AIJ奖、美国AIA1996年Dupont Benedictus首奖、2001年意大利International Stone Architecture奖、2002年芬兰Spirit of Nature Wood Architecture奖，等。在中国的代表作品有北京长城脚下的公社之“竹屋”等。

［16］ **三得利美术馆**（Sundory Art Museum）：日本当代著名建筑师隈研吾的设计作品之一。坐落于东京城中，馆中藏有约三千件价值不菲的艺术品，包括绘画、漆器、陶瓷、染织等日本传统艺术品，以及东西方传统的玻璃艺术品。隈研吾以一个“都市中的客厅”作设计概念，把整个都市看作一个大居庭，美术馆就是当中可以给人们在里面慢慢享受的客厅。建筑师运用直条状设计、柔和的光线以及水等元素营造了一个被人们称为“新和”感觉的风格。美术馆外墙面采用白色直条子设计，条子上嵌薄薄白色陶瓷板块充满着强烈的时尚感，很难令人想象到这是一间用以展示传统美术作品的地方。

美术馆（Sundory Art Museum）[16]、日本建筑师妹岛和世[17]设计的小住宅（图13）等。

安藤是一位很富传奇色彩的人物，没有经历过一天建筑专业的正规学习，靠着自己惊人的努力和不可思议的悟性向世人讲述着一个动人的自学成才的故事。我早在读研究生的时候，就在专业刊物上读到过他及其作品中的思想，并被深深地感染。

C：那是什么时候？

W：1991年。住吉的长屋是一件非常单纯的作品，我特别喜欢它的单纯，单纯的空间、单纯的材料构筑出一个内涵丰富的场所。在他的作品中始终有种“静”的意境，有一种只属于东方式的禅意在里面，而基本的建筑语汇却仅仅是素色混凝土和对光影的精彩演绎，安藤是当今建筑界极其厉害的高手，他就是有那种用世界语言讲述日本故事的本事。

理查德·迈耶（Richard Meier）早年是“纽约五人”（New York Five）[18]小组的成员之一。后来五人分道扬镳，各自发展。小组中的彼得·艾森曼（Peter Eisenman）[19]在解构主义阵营里发展了自己的建筑哲学，而迈克尔·格雷夫斯（Michael Graves）[20]后来成为后现代主义的极力鼓吹者，其作品是后现代主义风格的生动阐释。记得我在读研究生的时候就翻译过一篇关于他设计的迪斯尼天鹅海豚度假宾馆（图14）的文章。在这件作品中，格雷夫斯运用了一系列夸张的造型、艳丽的色彩以及富有装饰趣味的图案，创造出一个极富娱乐性和通俗性的“卡通”作品。与格雷夫斯极为不同的是，理查德·迈耶（Richard Meier）是位坚定不移的现代主义的捍卫者，同时又发展出属于他自己的独特建筑语言。他设计的一系列小住宅是我非常喜欢的。“白色”是他的建筑作品中一种基本的要素，因而“白色派”成为迈耶的代名词，从中可以看出受到柯布西耶（Le Corbusier）的影响。除此之外，生动的光影在白色空间中的尽情挥洒，营造出的富有灵动之气的空间意境，好似一首首轻松的钢琴曲般的抒情和浪漫。

日本建筑师隈彦吾（Kengo Kuma）擅长于研究材料的可能性，在他的作品中常常使用一种主要的材料来组成空间，并善于在对材料的运用中表现地域性与现代性之间的关系。在北京长城脚下的公社系列建筑之一——“竹屋”（图15）这件作品中，竹子这种普通的材料在传统性、地域性和当代性之间架起一座沟通的桥梁，成为富于地域色彩的当代建筑。

[17] **妹岛和世**（1956-）：日本当代著名女建筑师。生于日本茨城县，1981年毕业于日本女子大学，获硕士学位，然后进入伊东丰雄的建筑事务所，并于1987年创立自己的事务所。设计建成了“栈桥”Ⅰ、“栈桥”Ⅱ以及她最著名的作品“熊本市再春馆制药女子公寓”；1995年与西泽立卫一起成立了SANAA事务所，并于1997年合作设计了熊野古道美术馆。妹岛和世的每件作品都极具个性，作品细腻、精致，富于女性气息。凭着她的努力和才干，其作品正受到世界的瞩目，并悄然地改变着女建筑师在日本建筑界的地位。

[18] **“纽约五人”**（New York Five）：是一个具有现代主义风格的建筑设计团队。1969年，纽约的现代艺术博物馆举办了一个展览和学术活动，称为“研究环境的建筑家会议”（Conference of Architects for the Study of the Environment），主要由五位主张发展现代主义建筑的青年建筑师参与，他们是彼得·艾森曼、迈克·格雷夫斯、查尔斯·加斯米、约翰·海杜克和理查德·迈耶。他们形成自己的集团，这就是大名鼎鼎的“纽约五人”。展览中展出了他们自己具有高度现代主义特色的建筑——全部采用单纯的白色作为他们简单、朴素建筑的基本色调，因此被美国和西方的新闻媒介和评论家称为“白色派”（The Whites）。

[19] **彼得·艾森曼**（Peter Eisenman,1932-）：1932年生于美国新泽西州的约瓦克。1951—1955年毕业于康奈尔大学。1959—1960年在哥伦比亚大学、1960—1963年在英国剑桥大学学习建筑。在普林斯顿大学、Cooper Union 执教。1973—1982年任《Opposition》杂志的编辑。IAUS的第一代领导人。1966年参加了“40 under 40”展、1988年参加MoMA的“解构主义者建筑”展等数个在建筑界颇具里程碑意义的展览会。以具有广博知识的理论家、评论家而著称。

[20] **迈克尔·格雷夫斯**（Michael Graves,1934-）：美国当代著名建筑师，其作品被认为是后现代主义风格最重要的代表之一。1934年出生于美国印第安纳波利斯。在辛辛那提大学学过建筑，于1959年又到哈佛大学深造，获硕士学位，1962年在普林斯顿开业，并在普林斯顿大学任教。格雷夫斯早期追随柯布西耶，具有扎实的现代建筑功底。后来，他从古典建筑中汲取营养，在现代建筑的基础上建立了建筑与文化象征性的联系，以隐喻的手法不断地在经典的建筑词汇中挖掘一些对自己有用的东西，创造出属于自己的独特风格——一种很美国化的作风、有点POP味。其代表作品有：休曼纳大厦、桃树街10号、日本KASUMI研究培训中心、汤姆逊电器公司美洲总部、迪斯尼世界天鹅旅馆和海豚旅馆、台湾史前博物馆等。

还有另一位日本建筑师妹岛和世也是我比较喜欢的。

C：好象是一位女建筑师吧？

W：对，她是日本当今走红的女建筑师。作为建筑师的职业，同时又作为一名女性，这可是一种两难的角色。

C：难道女性不适合做建筑吗？

W：这倒不是，我的意思是说任何一个建筑，不管它的规模是大是小，它都是一个很复杂的综合体，需要考虑的因素和解决的问题很多——功能、形式、空间、结构、技术、时尚、美学、哲学、还有资金和材料等，这需要建筑师有极为宽广的知识、独到的洞察力、超强的耐力、处理问题的原则性与灵活性、良好的人际沟通能力和语言表达能力、健全的体魄以及健康的心理……

C：（笑起来）好了好了，太多了，你干脆说建筑师就如同是一位超人吧。

W：差不多是这样吧，夸张了点，应该说是一位站得高又看得远的普通人。为什么这么讲呢？首先，如果你不是一个普通人的话，你可能就有点儿不食人间烟火，那么你就不可能做到建筑为人而设计，而这点是很重要的。毛主席教导我们说“为人民服务”，在各行各业中，建筑与人的关系更为密切，更是一个特别需要为人民服务的工作。第二，建筑师的工作差不多是在为别人安排生活行为，自然对生活的理解要高出常人才行，如果没有一个鸟瞰全局的视野，站不高也看不远的话，你就是一个以建筑为职业，而不是以建筑为事业的人，只可能永远跟在时代的后面随波逐流，是不可能在建筑学这个专业领域里有所建树的，也就是说你不可能做到大师的份上。总之，做建筑这行很难，做一名女建筑师更难，而做一名女建筑大师难上加难。

C：这可能就是女建筑大师特别少的原因吧。

W：说到女建筑大师，还有一位，她是英籍的伊拉克人扎哈·哈迪德（Zaha Hadid），建筑界把她归为解构主义的代表。她曾在瑞姆·库哈斯（Rem Koolhaas）的大都会建筑工作室干过一段时间，后来成立了自己的工作室，在哈佛大学设计学院获得丹下健三教席，又在伊利诺大学芝加哥建筑学院获得沙利文教席，同时还出任多所著名大学的客座教授等，2004年因设计作品维特拉消防站获得普利策建筑奖。

C：对于她的作品，你怎样看呢？

W：对她的作品其实我并没有怎么仔细研究过，倒是我能从她的作品中感觉到她的一种做人对事的大无畏精神，那些大胆的形式、具有梦幻般体验的空间表现，强烈传达出一种决不向世俗妥协的实验精神。

而妹岛的作品中却存在着一种具东方人特质的敏感、含蓄和睿智，这是她的作品吸引我的地方。她设计的位于东京繁华地段上的一幢小住宅，由于占地面积的限制，建筑师将不同层面的几个空间在平面关系上做了重心的错动，从而使建筑的外观产生了变异，位于建筑中部开敞的楼梯筒这一主要的承重结构与周围的空间距离也发生了变化。其细腻的空间处理手法和对日常生活的关爱都表现出妹岛自己的女性特质，而不是像扎哈·哈迪德（Zaha Hadid）那样试图将此模糊掉。而妹岛在与西泽（妹岛的另一位合作人）的合作中，也始终能从作品中看到她的特质的存在，如金泽21世纪美术馆（图16），大量使用的通透玻璃材料，不仅反映了信息时代建筑的"轻"、"薄"、"透"，同时也表现出妹岛那特有的东方式的"冰雪聪明"。

C：我听了这么多，好象觉得你还是比较倾向于现代主义的东西？对后现代主义不太苟同吧？

W：我觉得我们应该历史地来看待。现在看来，后现代主义里面肯定是有现代主义的

图16：妹岛和世和西泽立卫设计的金泽21世纪美术馆。
上图：建筑外观。
下图：建筑室内。

图17：瑞姆·库哈斯设计的中国央视CCTV新办公大楼。

图18：赫尔佐格和德梅隆设计的中国国家体育中心——“鸟巢”。

东西，尽管现代主义被它批判得一文不值，但它无法摆脱的是由现代主义所确立的空间理论和对空间的营造技术；而在当代各种主义、流派里面同样也有后现代主义的存在——即对传统与地域，对个体性、多样性、差异性的尊重，呈现出一种更为宽松的文化环境。作为后现代主义在历史中的存在，它好象是在给现代主义“提个醒”：伙计，可别太极端了，要适当考虑点不同的地域、不同的文化以及不同的人性啊！也别太高高在上了，这个时代没有英雄，一切都得回到普通大众的层面上来吧。如果从宏观上来看，当代建筑整个应该是现代主义发展的支流，而现代主义则是它们的源头。

C：所以，今天罗小钢的“椒盐”普通话会比罗京同志（注：在此书最后定稿之时，罗京已去世）那字正腔圆的普通话更受欢迎，更有人气。

W：就是那个四川话和普通话混搭着说的罗小钢？

C：是啊，你听过他的《天下好吃门，人人当食神》这个节目没有？

W：你一说我就想起来了，听过，很有人缘，很幽默、很风趣，尤其是很多女孩子比较喜欢。作为一个地方台节目，它这样做是可以的，因为它有很强的受众针对性，后现代文化一个基本点就是重视作品的受众，以及它所处的地域环境。所以，王朔的大白话小说那么受欢迎，英达导演的电视情景喜剧成为老百姓茶余饭后的休闲内容，《我爱我家》中那个老干部父亲形象再不是什么“英雄”、“光辉”、“革命”的形象了，而是被“卡通”了一把——成为一个着实可爱的“普通人”。

C：所谓的后现代性可能就是这种没有标准、且更为通俗的文化现象吧。

W：一点儿没错，是这样的。“存在的即是合理的”，没有经典、没有永久、一切皆有可能，一切都会发生。

C：所以，今天建筑所表现出来的多元局面，应该是身处整个文化环境下的结果。

W：是的，在多元的当代文化背景下，现代主义也仍然继续存在和发展着，但是它已经大大不同于二战前的那个“清教徒”似的一切强调功能性的现代主义了。现代主义早期的那些板着面孔、表情严肃的“清规戒律”在当代文化环境下也在不断地作出调整和改变，呈现出与大众间更为和善友好的态度。值得一提的是，当后现代主义在上个世纪70、80年代盛行的时候，始终有一部分人仍然留在现代主义阵营里，坚持它的道路，如像前面提到的理查德·迈耶（Richard Meier），还有安藤忠雄（Tadao Ando），以及贝聿铭（Leoh Ming Pei）等。但从他们的作品中，已经明显地感到与那些早期现代主义有所不同。他们的作品已将现代建筑语言发展得更为丰富与生动，对地域、传统、文化等多个方面做出了与时代同步协调的应有的回应，这就是被冠以“新”的前缀的所谓“新现代主义”，或叫作“后期现代”、“晚期现代”。除了前面提到的诸位，还有近年来大红大紫的瑞姆·库哈斯（Rem Koolhaas）（图17）、雅克·赫尔佐格（Jacques Herzog）和皮埃尔·德梅隆（Pierre de Meuron）[21]（图18）等，使这一阵营更为强势。肯定的说现代主义的回归是当代建筑的一种主流趋势，反而曾经红极一时的罗伯特·文丘里（Robert Venturi）、格雷夫斯（Michael Graves）等似乎销声匿迹了。

[21] **雅克·赫尔佐格和皮埃尔·德梅隆**（Jacques Herzog and Pierre de Meuron1950-）：瑞士当代著名建筑师。雅克·赫尔佐格和皮埃尔·德梅隆都于1950年出生于瑞士巴塞尔，有着几乎平行的职业生涯，上了同样的学校并且在1978年建立了一个合作的建筑事务所。他们的建筑作品扎根于欧洲的传统，但却融合了当代的技术，作品中建筑的意义、场地等形而上的因素让位于材料、效果等更为直接、更具有感性意义的因素，抛弃了一切芜杂的手段，直接从材料和建构入手，而绝不照搬某种被风格化了的现代主义教条，其作品中所体现出的生机与活力成为当代建筑中富有创新精神的一种象征。2001年，其设计作品泰特现代美术馆获得普利策建筑奖，这是由一座发电厂改建而成的项目。他们在中国最引人注目的设计是2008年奥委会中国国家体育场馆方案——“鸟巢”。

C：这真是“三十年河东，三十年河西”啊！建筑也不例外。

W：“建筑”也是一个江湖，有人的地方就有江湖。

C：我等只是看热闹的罢了。

W：江湖上有看热闹的，也就有制造热闹的。

C：你想在你的这个建筑中制造何种热闹呢？

W：至于说到我的“方体盒子”，首先，我可不想制造什么“热闹”，所以，你也别把它与柯布西耶联系起来，认为它有什么现代主义风格的东西在里面，其实，我很讨厌任何形式的标签，就像把人简单的分为什么外向型、内向型一样幼稚可笑，不过就是一个房子而已，这点大概很让你失望吧。

C：是有那么点儿，和我预想的不太一样。

W：这就是评论别人的作品跟自己做一个作品感觉总是有距离的。评论别人的东西总是自上而下地看，是从最后的结果来看，然后猜测建筑师怎么想的？想表达什么？而自己做设计却总是从相反的角度来思考——自下而上，我并不知道别人怎么做的，但我认为做建筑是一个推理的结果，首先要自己给自己提出很多问题——这房子用来做什么的？什么人使用的？怎么使用它？给什么人看的？需要得到什么人的认可？它的周围环境是怎样的？它与周围的关系应该怎样？……等等，可能首先想到的并不是风格以及外在的形式问题，而是内在的一些东西。

C：你是说那些外在形式都是内在东西的反映？

W：很难说是先有内容，然后才有形式，还是先有形式，再去考虑内容，可能每个人思考的角度和侧重的点不同。沙利文说“形式追随功能”，密斯说“功能追随形式”，路易斯·康说“形式发生功能”，查尔斯·柯里亚（Charles Correa）[22]说“形式服从气候”（图19）……你听谁的说教？

——都听，都不听。

C：“形式与内容”，是“鸡生蛋，还是蛋生鸡”的问题。

W：我们做设计的时候，需要把这些东西都抛开，要知道理论是产生不了作品的，理论又不是救世主，理论就是理论，它跟你有何关系？这要看你自己怎样来用它了。“方体盒子”只是一个结果，一个从错综复杂的问题堆中梳理出来的结果。

C：你的问题堆是些什么问题呢？

W：第一，场地的限制，资金的限制，所以就只能建那么大的面积；第二，建筑高度的限制，只能建那么高，所以房子的层高不能随心所欲，空间的层面也不能太有变化，因为空间层面一多，楼梯或梯步就会很多，而楼梯和梯步都会占用很多空间面积；第三，作为画室的房子，要有一个相对大的空间，要有远距离看画的空间尺度，而且不能有柱子在那儿干扰视线；第四，要有足够的悬挂绘画作品的墙面，所以，不能到处开窗，而且想开什么地方就开什么地方；第五，要有相应的生活配套设施，如卫生间、厨房、卧室等，也就是说要在仅有的空间面积里，给以上功能以一席之地；第六，作为一座坐落于郊区地理环境的房子，不同于城市里的房子，它应该有更多接

[22] **查尔斯·柯里亚**（Charles Correa,1930-）：印度当代最卓越的建筑大师之一。1930年生于印度，后到美国留学，在密歇根大学和麻省理工学院学习建筑学。1958年回到印度孟买成立个人事务所。他的作品范围很广，包括有沙巴麦迪·阿希兰姆的麦哈特玛·甘地纪念馆，赛普洱的贾瓦哈·卡拉·肯得拉，麦达哈雅·普来得西的州议会大楼，以及德里、孟买、艾哈麦达巴德和印度其他城市的几个城镇规划和住宅项目。其所有作品均注重印度地域文化、地方资源与气候条件的关系，将西方现代主义建筑的精髓与印度独特的人文地理相结合，创造出赋予地域主义色彩的当代建筑，被学界看作是当代地域主义建筑的代表。在二十多年的建筑实践中，发展了“开敞空间”、“管式住宅”两种空间典范，并成为其作品中一贯的主题。

图19：查尔斯·柯里亚设计的 印度贾瓦哈·卡拉·肯德拉博物馆（1986—1992）。
上图：遮阳格架是柯里亚建筑中适应印度地域气候的建筑语汇
下图：充满印度地域色彩的建筑

触周围环境、接触自然的空间场所，然而又要具有相对的私密性；第七，工作室不仅是一个工作的环境，同时也是一个交流的场所，所以在空间中应该兼顾到一定的公共性和休闲性的接待功能，但又需要与极具个人性的卧室、卫生间相区隔；第八，房子的方位，在方位上的考虑决定了作为画室的工作区域的采光，人在室内活动中视线与周围环境的关系，以及气候对建筑的影响；第九，作为工作室的性质，建筑与基地应该发生一种什么关系，突出或是隐逸，这对于表现建筑的特质起着很重要的作用，我想在此表现的是平淡和含蓄，这决定了建筑入口的位置以及进入建筑的方式；第十，作为一座地处市郊，平时没有住人的房子，安全问题的考虑，而这决定了建筑开窗的方式和位置以及其他的防范措施……我们可以把诸多的问题看成是内容，而形式是从内容中生成的，在这点上我好象是一个不折不扣的功能理性主义者，一切从实用的立场出发，是沙利文的追随者，而并不具有象路易斯·康式的先形式后功能，或者说形式优先、形式大于内容等建筑诗哲般的品质。当然，我在考虑方案的时候并没有想那么多，这只是“事后诸葛亮”而已。

C：所以，你才认为十几个方案并不算多，它们反应了你寻求答案的一个过程，因为你要寻找出最接近答案的那一个。

W：是的，对一个问题的解决方法可能是多种多样的，而上面所提出的问题基本上都能在最后的结果——你今天所看到的房子上面找到相应的答案。设计就是一个寻找答案的过程，而建筑的魅力就是总有些东西你是不可能完全把握住的，特别是建筑需要很多人的努力，很多事情你无能为力，要调动各工种的人来做，别人不理解的东西，只能靠自己的嘴巴说，靠图纸说，但也不是都能说清楚，最后完成的效果有些可能是不如你所愿的，而有些却比你臆想的要好。总之，最后的答案也只是一个相对性的结果。

C：“方体盒子”的结果如你所愿吗？

W：我感觉在满足各种前提条件的情况下，它可能就只能是这样了，除非前提改变，或部分改变，尽管我对这个答案还不是十分的满意。

C：满意度能打多少分呢？

W：70分？或许再多点儿？不太好说吧。

C：打分严格的老师！

W：如果资金能再多一点，可能效果会好些。不，不能这么讲，每件作品都有它的独特性，是它的独特的条件造就的独特结果，条件改变了，可能就不是它了，而是另外的一件作品。

C：就像你是你妈和你爸的作品一样，如果你妈不是现在的你妈，或你爸不是现在的你爸，你就不是现在的你了。

W：对，这就如同我们每个人都是独特的一样。

呃，你怎么还是以前在学校里读书时候的那种性格呵？

C：你也一样，一点儿没变。

I have a house dream, 2001

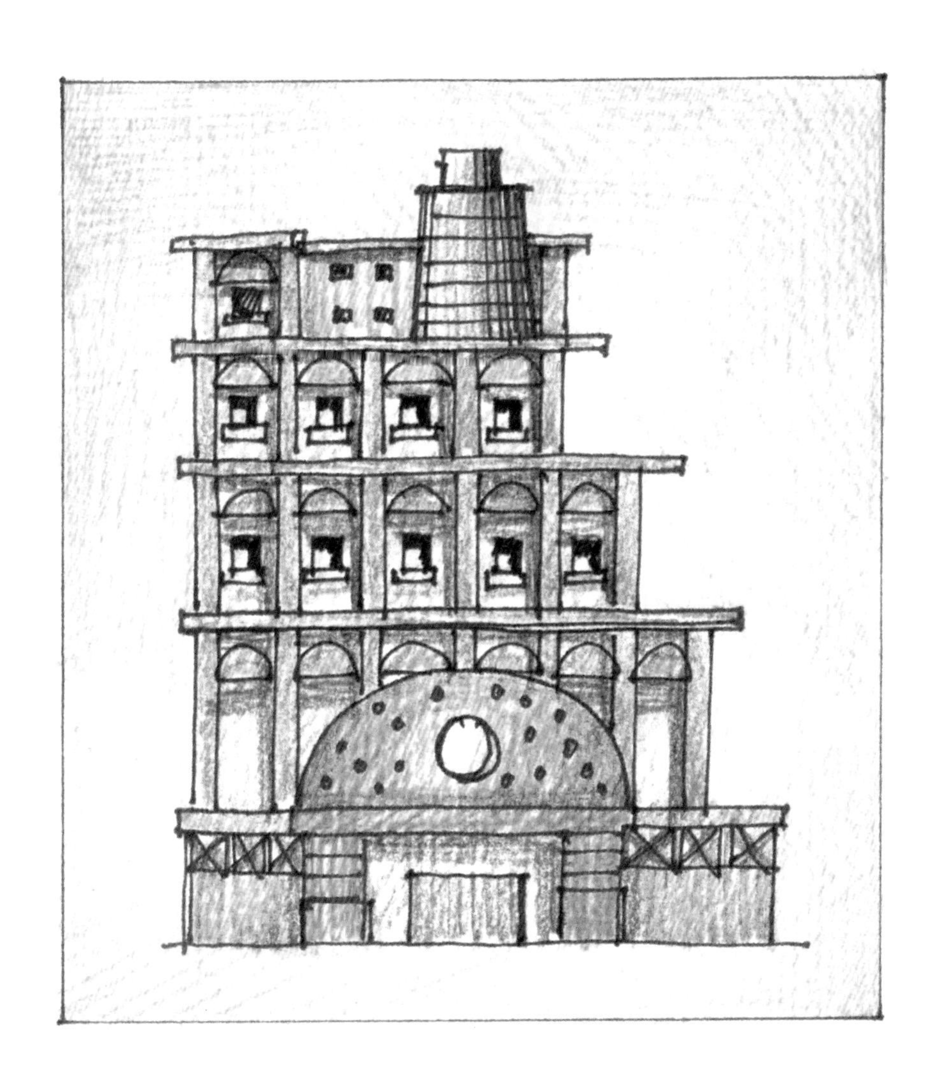

谈话4：凹凸之间
Conversation 4: Between Concave and Convex

时间：2007.6.19
地点：浓园凹宅
人物：万征（凹宅的设计者）
D先生（职业艺术家）

在建筑中，我们同样可以进行投机，造型的投机；这是一笔“买卖”，我们可能赚，也可能赔。

——勒·柯布西耶（Le Corbusier）

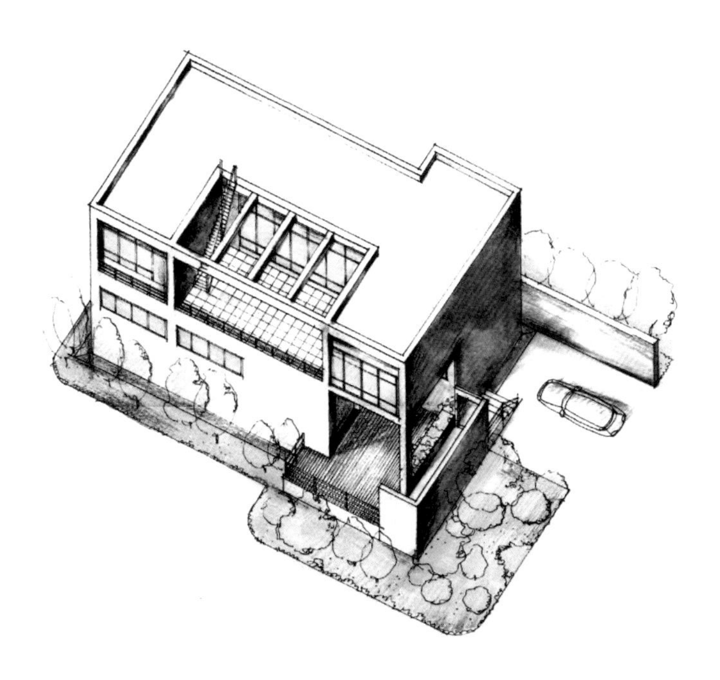

D先生（以下简称D）：刚才我接到一个电话，是一个要好的朋友给我打来的，说夫人刚生了一子，要我帮忙给取个名儿，嘿，还真是个苦差事。现在的人都很重视这个名字，又要好听，又要吉利，连多少笔划都要请人算一算，不能多，也不能少，更重要的是还要特别有个性，不能和别人重复。

万征（以下简称W）：这是因为现在的人都只能生一个孩子的缘故，一个孩子就特别重视，换在以前，农村里生一大堆小孩，养孩子跟养猪、养猫养狗似的，随便取个什么“小二”、“狗蛋儿”这样贱一点的名字，孩子兴许还会长得好一些。而现在，名字是一个人的终生大事，我不知道是不是有迷信的成份，好像名字取得好，就会带来一生的荣华富贵，当然这“荣华富贵”是一种世俗的哲学。在现在这个信息时代，要的就是一个标新立异，否则就会被淹没在人群中，你看那个叫做“杨二车娜姆”的名字好不好？很特别吧？

D：呃，五个字的，是有个性。

W：要不然一个字的，给你讲个笑话。有一个人，他家狗的名字叫“爽”。有一天这狗很不幸死了，这人很难过，逢人就愁眉苦脸地说：“爽死了！爽死了！”大家都很纳闷，便问：“既然爽死了，怎么不高兴点儿呢？何必哭殇个脸？”这人就说：“不是啊，是爽死了！”众人都不解地看着他……你看这名儿取得有意思吧。

D：（大笑一阵）……名字不仅要有个性，还得要有个文化认同的问题。你这房子有一个很特别的名字，叫“凹宅”，是吧？

W：是呵。

D：那你说说为什么取这个名儿。

W：自己设计的房子就如同自己生的孩子一样，经过艰苦的怀胎，孩子终于诞生了，当然要取个名儿，好叫它嘛，名字就是一个代指，你看现在的猫呵、狗呵的等宠物，都有自己的名字。这房子的名字其实很简单，一点儿不神秘，就缘于它的造型。

D：造型？

W：是啊，你没有觉得这房子就是一个立体的“凹”字吗（图1）？

D：（想了想）哦，原来是这样，我怎么在这方面一点都不敏感呢？

W：中国文字是象形文字，“凹”取的就是这个房子的形（图2），而“宅”取中国传统对于住宅的一种说法：“宅，择也，择吉处而营之也。”（汉代刘熙《释名》论“宅”），合起来就构成了“凹宅”。

D：那你在设计这个房子之初是不是想到了这个“凹”字呢？然后从形式上去适应它？

W：并没有。在设计之初想到的都是一些如何使用上的问题。张永和不是有篇文章叫做《坠入空间——寻找不可画建筑》吗？他认为建筑是拿来“使”的，不是仅仅“看”的。我也同样这样认为，建筑的主要功能在于使用，而不是简单的“看”或“欣赏”的。另外还想到的是这房子怎么与周围环境发生关系，建筑怎么落位的问题。当然，路易斯·沙利文（Louis.H.Sullivan）[1]“形式追随功能”的说法并不意味着形式就是对功能的简单解释。事实上，形式与功能总是纠缠不清的，所以才有路

[1] **路易斯·沙利文**（Louis.H.Sullivan,1856-1924）：现代主义建筑的先驱之一，美国最早的现代主义建筑师，芝加哥学派(Chicago School of Architecture)的代表人物。他的设计影响了整个美国19世纪末和20世纪初的建筑设计。对于世界的高层建筑设计，也具有相当的影响力。他被建筑界视为美国现代建筑，特别是早期高层建筑的精神领袖。沙利文曾提炼出“形式追随功能”(From follows Function)的著名建筑设计思想，提出建筑设计最重要的是好的功能，然后再加上合理的形式，对现代主义建筑产生了极其重要的影响。其主要作品有：芝加哥会议大楼、现在作为美国普天寿人寿保险公司大楼的纽约州布法罗市的瓜拉地大楼、密苏里州圣路易市的温莱特大楼、芝加哥施莱辛格大楼、芝加哥迈耶公司大楼等等。

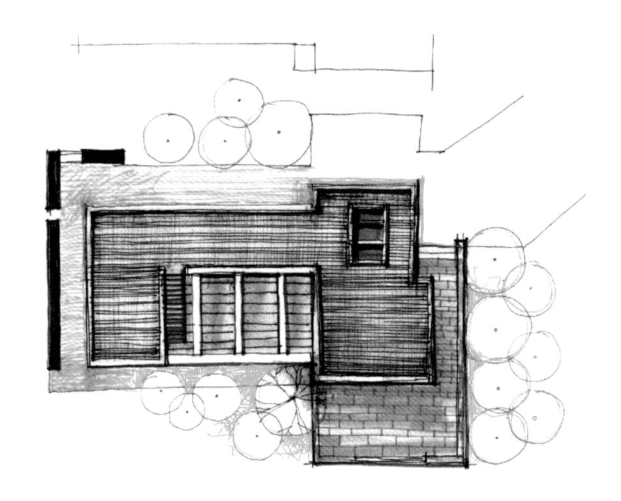

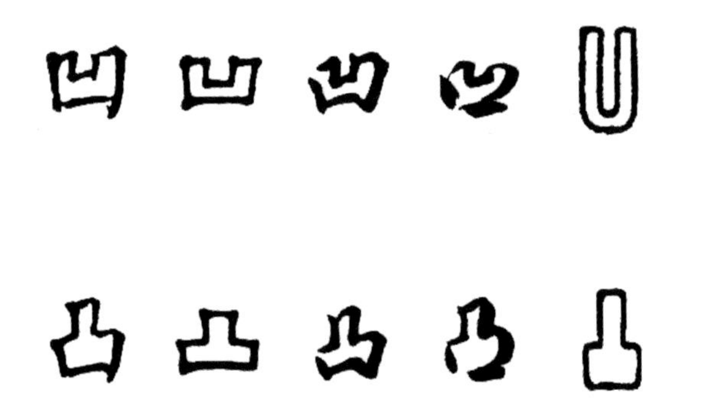

图1：房子是一个立体的“凹”字，取名“凹宅”。
图2：中国文字是象形文字，“凹”取的就是这个房子的形（中国文字各体中的“凹”字）。
图3：与“凹”对应的还有一个“凸”字（中国文字各体中的“凸”字）。
图4：袋穴是从垂直方向上向地面凹进的，这是从洞穴向地面建筑发展的一种过渡形式。
图5：中国传统的风水图式。

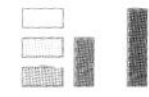

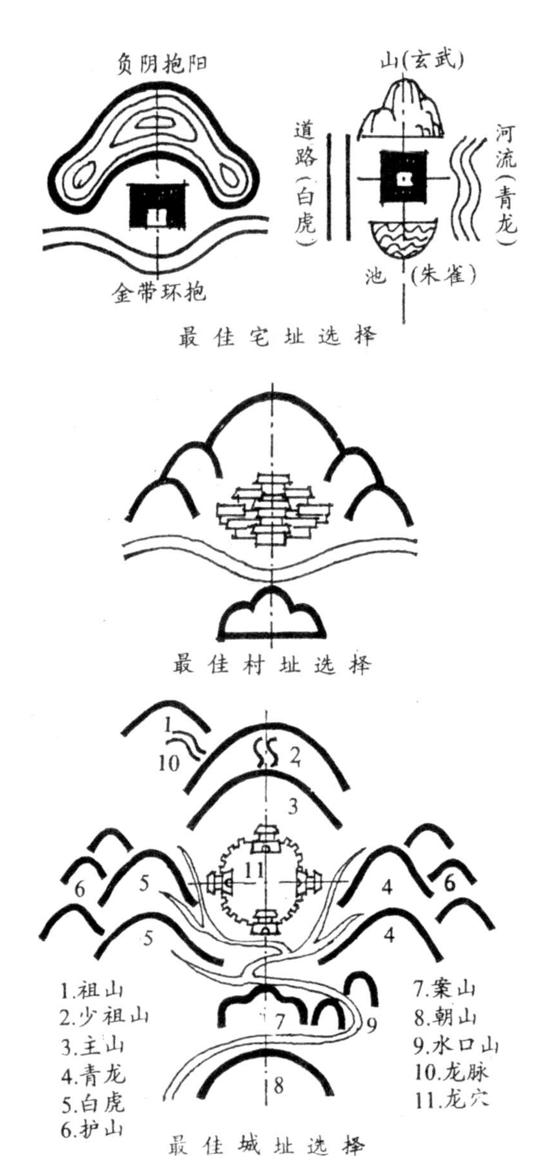

易斯·康（Louis Isadore Kahn）的“形式发生功能”以及密斯（Mies Van De Rohe）的“功能追随形式”的提法。但我在考虑方案的时候并没有想那么多，如果你想得太多的话，只可能是寸步难行。思考是一个过程，而“凹”只是一个结果而已。但当我发现了这个“凹”的存在的时候，觉得应该从整个形式上给予肯定和强调，所以又从功能的考虑上去适应这个“凹”形的——设计一座房子就好象解一道数学题一样，与数学解题所不同的是，数学题的答案只可能是一个，而建筑解题的答案却有很多，不同的人来解都可能会得到不同的答案，这就是建筑比数学有意思的地方。

D：你的数学一定不好吧？

W：你怎么知道？

D：刚才你已经不是说了吗？“建筑比数学有意思”。

W：啊，真是这样的。每个人其实都会有许多弱点的，我特别不擅长于做只有一个答案的事情。

D：建筑解题的方法、过程以及最后的答案都会是带有设计师个人色彩的，有设计师个人的东西在那儿“作怪”吧。

W：当然了，如果我可以把这房子称为是一件“作品”的话，那么我认为任何作品都是作者个性、情感以及经验的一种投射，这里面无形中夹杂着你对以往有过的对人性、对空间、对场所和对生活的价值取向以及认同，也就是说你以往所经历过、所体会到的东西都可能反映到作品中，成为你的具有独特性的东西。

D：从你的这个“凹宅”中能反映出你的一些过往的经验吗？

W：我不能把它们一一对应起来说，似如哪部分就是哪种经验的反映，而哪部分又与哪种生活场景有关，但有一点是可以肯定的，就是“凹”反映了我的一种生活态度，或者说我所向往的一种东西。

D：为什么？

W：我从小就很喜欢这个“凹”字，觉得它那空的地方好象还可以装个什么东西似的，它除了是个字以外，还更像是个图形。与“凹”对应的还有一个“凸”字（图3）。中国的文字是象形文字，但很多字经过几千年的演变，到今天已经看不到它当初那个象形的模样了，你明白我的意思吗？但这个“凹”和“凸”却异常的象形，字的形象很鲜明、很直接地传达了它们所要表达的意思。它们既是文字，更是图画。另外一点就是它们的简洁性，非常的富有现代感，将它们扣在一起，就是一个阴阳交合的图形。几千年前的老子说：“一阴一阳谓之道”，道是什么？道是无法用语言表达的东西，道是无处不在的，这里面藏着很深的道理。在中国的文化里，有很多这种成双成对的从自然现象中衍生出来的“阴阳”概念，如天地、昼夜、日月、雄雌、男女等等，与此对应，“凹”代表了具有“阴”的那些概念，它是吸纳的、接受的，而非攻击性的。中国的古人还从对构成自然界的各种物质元素：金属、树木、水流、火焰和土壤的认识中产生了“金木水火土”五行之说。阴阳五行学说是中国文化的一个基本框架，它构成了自然、人、社会三者之间同源同构、互感互动的宇宙图式，任何事物、任何现象都可以在这个框架中找到合理的位置，以及寻到一种相应的解释。“凹”的阴性具有静态的特点，它会让人联想到空虚性、模糊性、柔软性、安全性等等抽象概念，这可能是一种下意识的东西，但无形中我却让它们跑到空间语言里面来了。

你看，母亲的子宫是一个人最初的居所，它温暖而又安全，极像是一处“凹宅”；人类最初的居所是洞穴，这是一种凹进一个实体的虚体空间，山洞是凹进山体里面的，而袋穴是从垂直方向上向地面凹进的，这是从洞穴向地面建筑发展的一种过渡形式（图4），人类最早的地面建筑同样也有一部分是凹入地面的，这些形式都具有保护性和安全性。而当人类有了地面建筑的时候，这种安全性却受到了来自自然以及人类自身的威胁，于是人们通过各种可利用的手段来继续寻求这种安全性和保护性——风水学出现了，围墙出现了，院落出现了……《老子》中说“万物负阴而抱阳”，“负阴抱阳”就是在自然地理环境中取得一种稳定而安全的格局，背有依托而览视前方进而把握全局，在人与自然的构成关系上，人处于一种主动而有利的位置。典型的风水图式与“凹”字是吻合的（图5），所以，中国古人把风水学叫做“堪舆”。

D：“堪舆”？

W：“堪舆”一词的意思就是“天地之道”，这种说法最早出现在汉代，历朝历代对此都有释义，比如东汉的许慎曾谓：“堪，天道；舆，地道”，堪舆就是天地之道的意思。也有学者干脆将它叫做“堪椅”。

D：“堪椅”？

W：是啊，椅子与凳子是不同的，在英语中椅子读作“Chair”，而“Chairman”即主席，直译过来就是坐椅的人，非常生动地表达了座椅是权利的象征。椅子是背有依靠，两边有扶手的，所以，椅子坐起来比凳子更舒服，好的风水应该像是人坐在一把太师椅上那么舒服和自在。所以，椅子的图式与“凹”字也是吻合的（图6）。

D：是的。

W：另外，风水也叫相地。在传统的中国建筑文化里，除了城镇、村落、宅居的选址要符合风水的要求以外，在具体的建筑形式上同样比较喜欢围合的形式。中国汉民族

图6：椅子的图式与“凹”字也是吻合的。

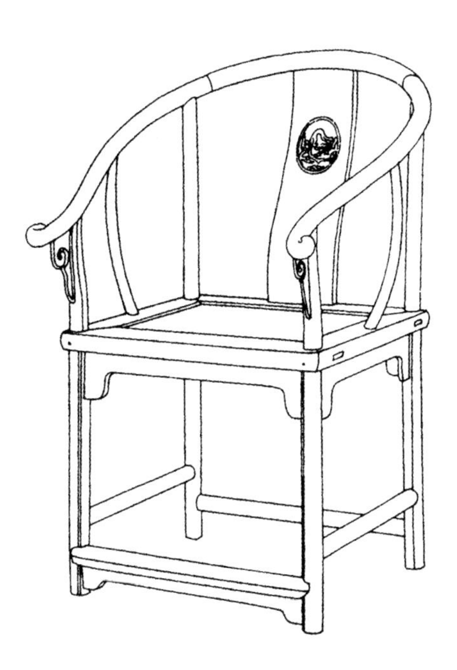

的建筑文化整个具有一个用围墙、用建筑去不断围隔出一种具有安全性、稳定性和私密性空间的特点，事实上这样做都是在寻求“凹”的性质。从本质上来讲，“凹”就是一种围合，是一个内空，它本身就暗示了空间的存在，具有建筑的特点。你看它象不象一个空间，难道你不觉得每一个空间都与这个“凹”字很像吗？或者说是对“凹”的不同解释吗？

D：嗯，我想想……“凹”是三面围合的，而我们的很多空间都是四面围合的，这怎么解释呢？

W：完全封闭的四面围合空间几乎是没有的，否则人就进出不了，只要是空间，就得是个内空的，人可以进出。所以，从实用性上来说，四面围合的空间总是有开口、开洞什么的，好让空间与外界取得或多或少的联系。只是说限定性越强的空间，它的开洞越少，越封闭，并且空间的实体感越强。而现代建筑在寻求室内外空间交融的过程中，已经将室内、室外的界限打破了。比如，玻璃墙，虽对空间有限定作用，但它通透的视线在人的心理上似乎已经没有什么隐私性、安全性和保护性。所以，尽管密斯（Mies Van De Rohe）的范斯沃斯住宅很美，但范斯沃斯医生还是觉得个人的隐私权无法得到保障。在很多的现代建筑中，大面积的开窗、开洞已经使室内空间的内向性大大降低了，甚至有时不知自己是身在室内还是在室外。而在传统的建筑空间中，内环境与外环境总是很明确的。比如，古罗马的万神庙，据传说是古罗马的哈德良皇帝[2]亲自设计的，他偏爱穹顶，因此，这座建筑的主要空间的平面是一个圆形的，四周墙体没有开窗，墙体向空间顶部逐渐收拢，形成一个很大的穹顶，仅仅在穹顶上开了一个圆形的口，作为采光并与外界取得交流。无疑，这是一种极内向的空间，具有宗教建筑空间的静穆与神圣感（图7）。据说，年轻的安藤就是被它深深地感染而立志学习建筑的。后来在安藤的成名作——住吉的长屋中，我们也能看到封闭感与实体感以及顶面采光等语言的运用。当然，在路易·康（Louis Isadore Kahn）（图8）和马里奥·博塔（Mario Botta）[3]（图9）的作品中，这样的空间语言也是显而易见的。

D：你比较喜欢围合性较强，具有封闭感和实体感的空间，所以，“凹”在形式上具有这种性质。你一定是个有点自闭倾向的人。

W：我不知道，但我总是愿意关起门来做自己的事，和外界的交流是非常有限的。

D：听说你不怎么用手机，是吗？

W：一点没错，我一年的手机话费非常少，我觉得开着手机总是在方便别人找我，而别人打搅我，给我很多的不便，我不知道现在的人为什么总喜欢被别人打搅呢？不喜欢过自己的生活，而愿意过集体生活。

D：你这是典型的个人主义。

---

[2] **哈德良皇帝**（Publius Aelius Traianus Hadrianus,76-138）：罗马帝国五贤帝之一，外号勇帝，117-138年在位。哈德良是一位博学多才的皇帝，具有艺术家的气质。他在诗歌、数学、建筑和绘画等方面都有很高造诣。这位天才的罗马皇帝平生有两个最大的嗜好：一是旅行，另一个就是建筑。哈德良在位时完成了一系列的建筑工程，主要有万神殿、维纳斯庙和罗马庙，后面两座建筑均已被毁坏，只有万神殿留存。另一个建筑杰作就是他为自己营造的“伊甸园”，大型皇家花园——哈德良别墅，在久远的古罗马文明中独树一帜，一直是后世意大利花园风格的典范，可以称得上是罗马的“万园之园”。

[3] **马里奥·博塔**（Mario Botta,1943-）：1943年出生于瑞士的提契诺州门德里西奥。年青时曾边学习边从事实际设计活动。1961-1964年在意大利米兰艺术学院学习，1965年在勒·柯布西耶的工作室参加了威尼斯市立养老院的设计工作。1969年毕业于威尼斯建筑大学。1969年与路易斯·康合作设计了威尼斯会议厅。1970年在卢加诺开设事务所。1970年以来，在洛桑联邦工科大学以及欧洲、美国、拉丁美洲等多所大学从事授课、开设研讨班等教学活动，并在各地举办个人作品展览。马里奥·博塔的建筑简洁、明确、有力而内向。他在一系列住宅设计中形成了一套典型的个人语言：对称的平面布局、简洁的几何形体、封闭而厚实的墙……他坚信建筑不是制造出来的，而是在特定的环境中生长出来的。其在瑞士提契诺的建筑设计中展示了具有地方传统特色的“谷仓”的形式，力图让人们回到过去那种更合乎自然的居住形式中。其代表作品有：圣维塔莱河独家住宅、普瑞加桑那独家住宅、斯塔比奥圆房子、塔马诺山顶小教堂、朗西拉一号、旧金山现代艺术博物馆等。

图7：古罗马万神庙是一种极内向的空间，具有宗教建筑空间的静穆与神圣感。

图8：路易·康设计的纽黑文耶鲁大学美术馆。

W：让你说中了，我从小学到中学，老师每学期给我的评语，总有这么一句话："希望以后多关心集体"，"不关心集体"好象是个很严重的缺点。

D：是挺严重的，但作为艺术家来说，这大概可能算是个不错的品质吧。

W：我，非艺术家也，所以，应该还算是个缺点吧，不过，改是改不了了。

D：什么优点、缺点的，这叫本性，"江山易改，本性难移"嘛。

W：这个问题很深奥，不好说。我们已经偏题了，还是继续说我们的正题吧。

建筑的本质就是用各种材料实体去限定出各种虚体的空间，有用的那一部分其实是空虚的。一间房间是这样，一座院落也是这样。在典型的中国宅院空间里，院落是用建筑或墙等实体围合出来的，它既是一个室外空间，同样也是一个具有室内性质的空间，它既具有开放性，同时也具有很强的私密性，这是我对这种空间形式很着迷的地方。

但是，话又说回来，建筑毕竟是要解决一些实际的问题，我觉得这个"凹"形让我找到了形式与功能的解决之道，让理想中以及现实中的问题在此交汇，形成一个发生点，让我很多想要表达的东西以及不得不面对解决的问题都有了可行的办法——这可能就像是一把钥匙的作用吧。

D：一把钥匙开一扇门。

W：其实，这把钥匙就是16个平面为4000mm×4200mm的方体盒子在空间关系上的并置、叠加以及挖除组合而成的一个大的方体盒子（图10），说到底就是每个小方体盒子是一个模数单位，把它们进行"加"或"减"，这其实有点儿像在电脑上制作表格，相加就是"合并单元格"，减去就是"删除单元格"，最后得到你想要的"表格"。

图9：马里奥·博塔设计的普瑞加桑那独家住宅。

图10：16个平面为4000×4200（mm）的方体盒子在空间关系上的并置、叠加以及挖除组合而成的一个大的方体盒子。

图11：姑且将这些4000×4200（mm）的空间模数单位称为“单元格”。

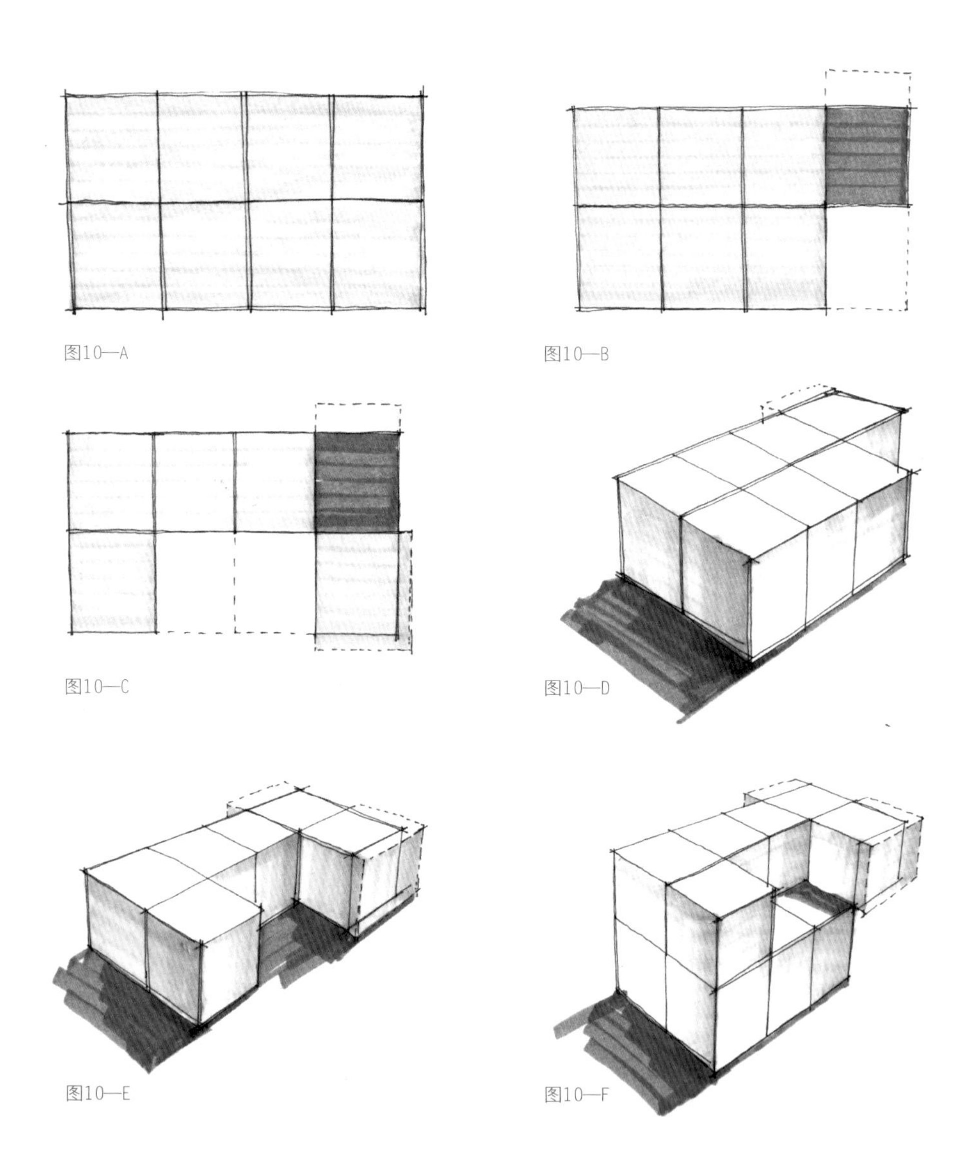

图10—A

图10—B

图10—C

图10—D

图10—E

图10—F

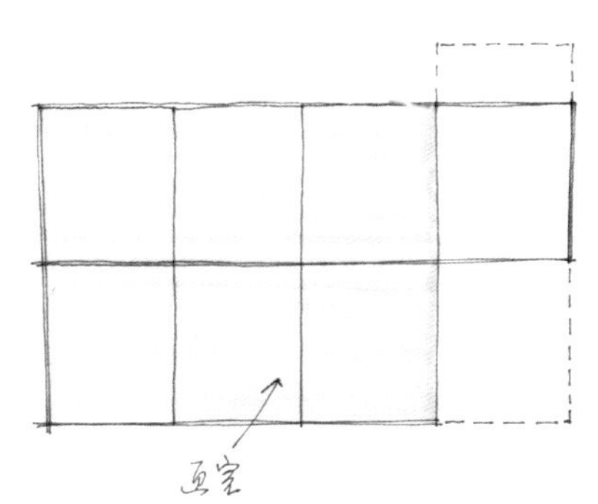

图11—A：一层画室是6个“单元格”的合并。

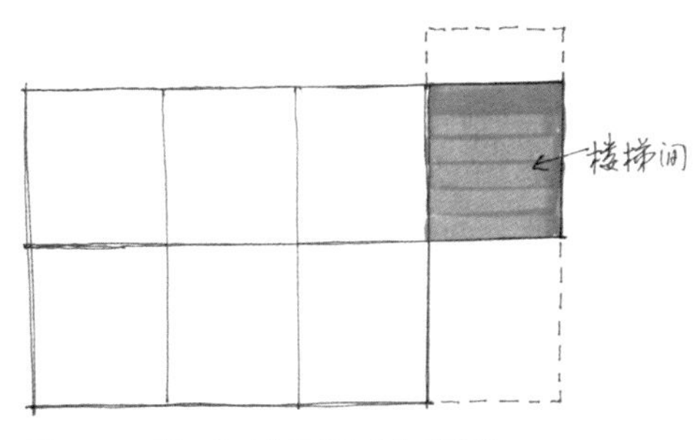

图11—B：另一个“单元格”作为楼梯间。

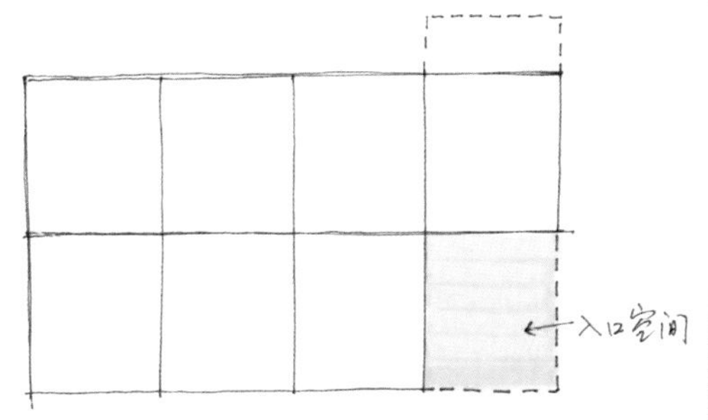

图11—C：还有一个“单元格”我将它作为一个半室内半室外的入口空间来处理。

D：哦……听者容易做者难啊！

W：我姑且将这些4000mm×4200mm的空间模数单位称为“单元格”吧。一层的画室是6个“单元格”的合并（图11—A），因为这样相对来说可以满足画室对使用面积的要求；另1个“单元格”作为楼梯间（图11—B），又作为一个节点空间与二层空间相连，同时，它与画室之间虽有用地坪的高差（600mm的高差）所作的分隔，但在视觉上还是具有连贯性的；还有1个“单元格”，我将它作为一个半室内半室外的入口空间处理（图11—C），在整个建筑的外部形体关系上是一块“挖除”的“虚”空间，因为其上部是有顶的，所以此空间相较于二层的露台仍具有相对的内向性。而在二层空间里，有1个“单元格”我将它的尺寸放大了点，向东和向南两个方向各放宽了500mm，这样把它安排在一层的入口空间上面，因为悬挑了一些出去，在整个形体关系上比较含蓄的暗示了入口空间的重要性（图12），同时使建筑的“凹”字形有了一些变化，使其不至于是一个完全对称的，如果完全对称的话会比较呆板；中部的露台是2个“单元格”的合并，从整个建筑的形体关系上说，是一块“挖除”的虚空间（图13），能与其他的实体部分形成一种强烈的对比。虽说是有点儿“浪费”空间，但它可以在二层空间上获得一个较为开放的空间，同时又具有一定的私密性，顶部的几根横梁让此空间具有一定的限定性，可以把它看成是一个被抬高的院落（图14），同时还可以安排下一座楼梯，从露台再上到屋面——一个相对开放性的空间（图15），从而完成从户外进入建筑，从一层进入二层，又从二层的室内再次步入一个半开放性空间，直到完全开放性的空间的一个完整空间序列——室外→半室外半室内→一层室内→楼梯节点空间→二层室内→露台半私密半开放性过渡空间→屋面完全开放性空间；而那个被特别放大了的“单元格”我将它作为厨房来使用，这就是你现在正

图12：有一个“单元格”我将它的尺寸放大了点，因为悬挑了一些出去，在整个形体关系上比较含蓄的暗示了入口空间的重要性。

图13：中部的露台是两个“单元格”的合并，从整个建筑形体上说，是一块“挖除”的虚空间。

图18：处于二层西面的另两个“单元格”，我把它们安排为相对较具私密性的一间书房和两间小卧室。

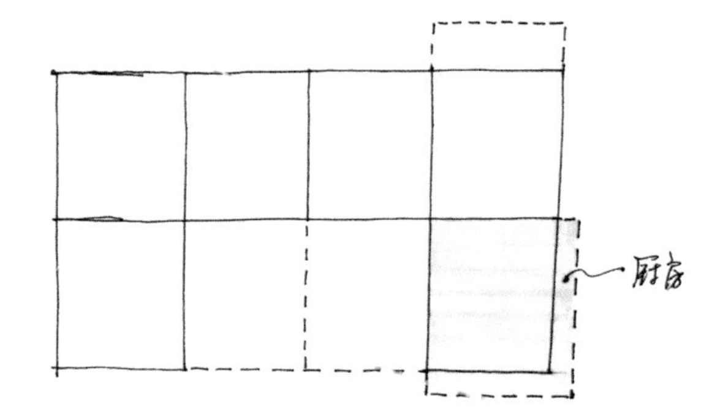

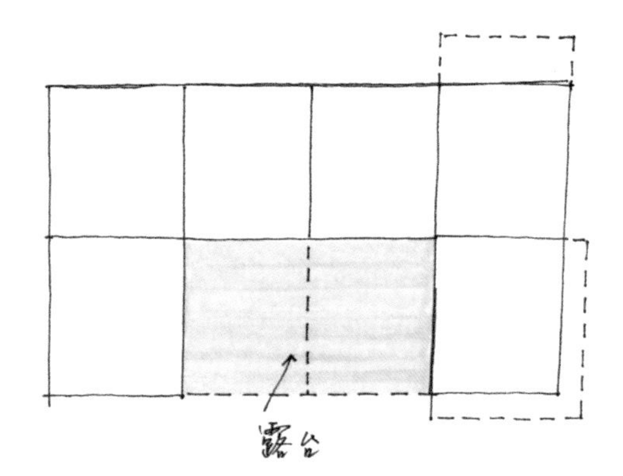

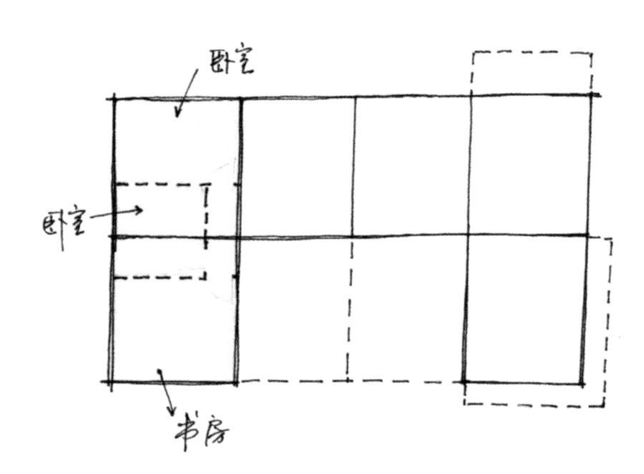

图14：顶部的几根横梁让此空间具有一定的限定性，可以把它看成是一个被抬高的院落。

图15：从露台再上到屋面——一个相对开放性的空间。

图16：二层的展厅是两个“单元格”的合并。

图17：我把展厅的一面墙处理成窗墙，这样在视觉上与露台是连贯的。

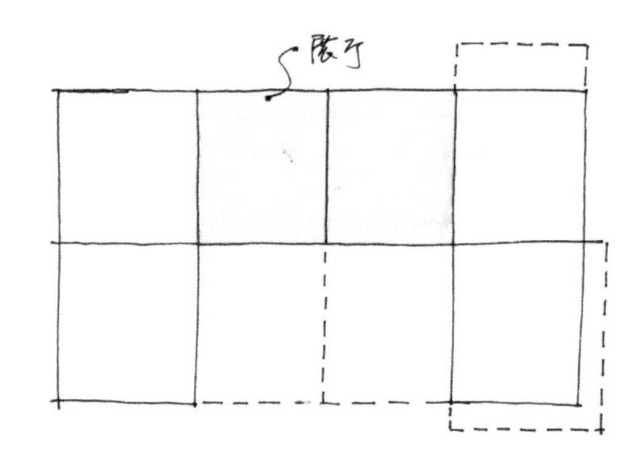

图19：在建筑的北面，一、二层相贯通的有一小块凸出去的部分，它使建筑的北面不至于单调。

处于的空间；那么二层的展厅是2个“单元格”的合并（图16），我把它的一面墙处理成窗墙，这样在视觉上与露台是连贯的（图17），使此空间与半开放性露台空间有一种很密切的关系，从而加强了这一空间的公共性质；处于二层西面的另2个“单元格”，我把它们安排为相对较具私密性的一间书房和两间小卧室（图18），它们避开了主要的空间序列，所以一般外来的人是不会走到那里去的，这是一处较安静的环境；另外，在建筑的北面，一、二层相贯通有一小块凸出去的部分（1500mm宽），它使建筑的北面不至于单调（图19），有了凹凸的变化，同时又使这个“凹”形有了一些小小的变异，在严格的秩序中玩个“小花样”，象音乐中的不协调音有时是必须的一样，它可以破了那个沉闷的格局，而这部分空间的实用功能是分别服务于两层楼的卫生间——这其实是一个较为重要的空间。

D：听你这么一说，我好象理解了许多。

W：我这里可以引用路易·康（Louis Isadore Kahn）的一段话来说明这个问题：“设计者总是希望建筑以自己的方式创造它自身，而不是用试图愉悦人的视觉的手法来实现。当找到一个能够很自然地创造空间的几何形体，并且平面中几何形体的组成能够服务于结构、采光和空间创造的时候，将是一个多么令人高兴的时刻。”

D：是啊，因为你从这么个单纯的形式中找到了很多问题的解决办法。

W：说来这其实是一种很简单的方式，这就象是在讲述一个动人的故事，故事要精彩、要感人，并不在于它的情节要有多么复杂，而是要主题明确，逻辑合理；感人是需要触动人们内心的某种欲念，内涵应该是藏在里面的。

我想其中的单纯性是很重要的。

我们生活的世界是纷繁复杂的，路易·康（Louis Isadore Kahn）曾说“一座房子是世界中的小世界，它应当把场所个性化，以忠实于崇神、居住以及人类其他需要的天性。”那么，所谓“场所”，就是对人产生意义的空间，而“小世界”一定是那个“大世界”的缩影，一种内在的秩序关系是将这“世界”中各要素统领起来的方式，设计房子也好，建筑也罢，不管其规模大小，都是将组成空间的各要素秩序化的过程，而这种“秩序”就是——“单纯性”，它一定是从纷繁复杂的关系中提炼出来的，只有提炼过的东西才会更单纯，只有单纯的东西才更明确、更强烈地传达出更具个性化的东西。张艺谋的电影里面有这种单纯性，安藤忠雄的建筑里面也有这种单纯性，我想这是它们打动人的一个重要方面。路易·康所说的“场所个性化”就是一种被秩序化的空间，就是说你的空间里面一定要有一种逻辑的关系，这是建筑之所以能被称为建筑的一个基本的前提。

今天，我们回过头去看前人优秀的作品时，一定能感觉到这一点。中国封建社会文化时期的城市与建筑是非常具有秩序关系的，风水学就是合理安排人与自然的秩序关系，城池是在空间上组织人与人之间的关系。古代的都城大多是环环相套的格局，居中为尊，“天子中而处”（《管子·度地篇》）、“王者必居天下之中，礼也”（《荀子·大略篇》）。最中心位置的是宫城，宫城以外的是内城，再周围是廓城，“择中”是贯穿数千年的规划意识：择天下之中而立国，择国之中而立都，择都之中而立宫，择宫之中而立庙。建城筑居都包含了天时、地利、人和三方面的秩序关系。城市往往被规划为棋盘状的格局，每一格称为“里坊”，呈矩形（图20），里坊的周围用高大的夯土墙包围，方正规矩的空间规划将百姓绳之以礼制和秩序中，直到每一座院落的单位空间里都贯穿着封建宗法制度的高度完善以及儒家思想对人伦的种种教化。院落空间布局的秩序、方位的秩序、尺度规模的秩序、色彩的秩序、装饰图样的

图20：中国古代城市的棋盘状格局（明清北京城平面图）。

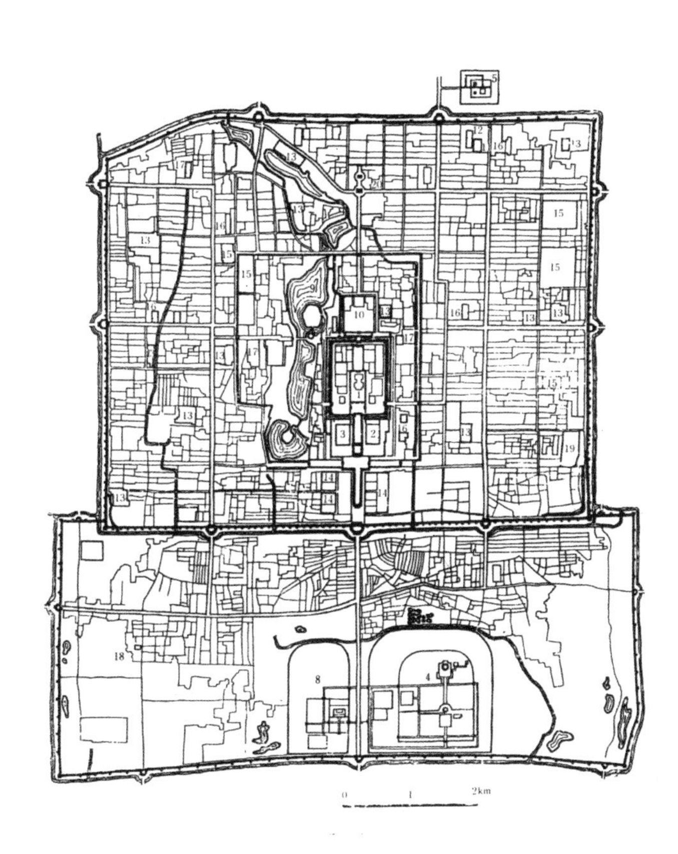

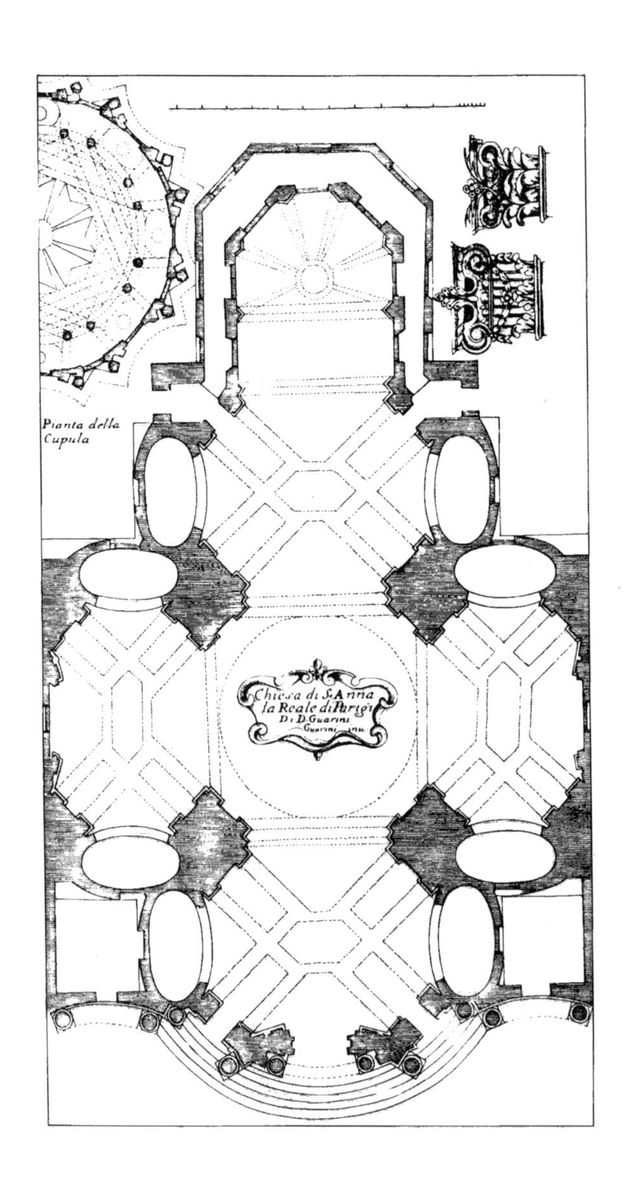

图21：瓜里诺·瓜里尼设计的巴黎圣安妮—拉—罗亚尔教堂平面图。

秩序……等，都有着极其严格的规定。从某种意义上来讲，中国传统建筑的精华不在单体，而在群组的关系上。所以，中国传统的城市设计、园林设计的成果是大于单体建筑设计成果的。

而西方的古典建筑更是讲究空间形式的逻辑关系。几何学，严格地说是欧几里德几何学，对西方建筑的发展起着举足轻重的作用。建筑师不仅借助几何形体来界定、表达空间，而且还在几何形体的背后发掘了象征性的价值，使它们传达了建筑的意义。从文艺复兴时期的安德烈亚·帕拉蒂奥（ Andrea Palladio）[4]，巴洛克时期的瓜利诺·瓜里尼（Guarino Guarini）[5]（图21），19世纪的布雷（Etienne-Louis Boullée）[6]和勒杜（Ledoux Claude-Nicolas）[7]，到20世纪的路易·康（Louis Isadore Kahn）、马里奥·

[4] **安德烈亚·帕拉蒂奥**（Andrea Palladio,1508-1580）：意大利文艺复兴时期最具影响力的建筑师之一。1508年生于帕多瓦，1580年卒于维琴察。年青时在诗人特里西诺的庇护下开始了他的建筑生涯，特里西诺为他提供了环游罗马的机会。在那里，帕拉第奥研究了这座城市的古典建筑，这段经历引导他出版了关于这座不朽城市的第一部导游手册——《古罗马遗迹》。他还详细研究了从古罗马时期流传下来的维特鲁威仅有的遗著——《建筑十书》。帕拉第奥第一个大型的建筑作品是关于巴西利卡的改造，现在被称为帕拉第奥式巴西利卡。在维琴察， 他还建造了许多住宅。 此外，从1560年开始，他在威尼斯设计了几座教堂，例如圣乔治·马乔雷女修道院教堂等。

[5] **瓜利诺·瓜里尼**（Guarino Guarini）：是17世纪的意大利神学家、科学家，巴洛克时期的建筑师，也是较早试图赋予抽象的几何形式以具体涵义的人。在建筑方面的理论收入在他的论文集《建筑学》（Architetura Civile）中。书中以大量篇幅描述了几何形的组合与处理，并探讨了它们在设计和工程中的运用。

[6] **布雷**（Etienne-Louis Boullée, 1723-1799）：法国18世纪启蒙运动时期的建筑师。是一位对于未来建筑充满了理想主义憧憬、具有探索精神的建筑师，其建筑作品中所表现出来的现代性对后世的现代主义建筑的发展具有积极的影响。如1784年的“牛顿纪念堂”，由一个巨大的圆形空间组成，简洁的形式和纯几何化秩序具有鲜明的现代性，是具有英雄主义色彩的现代建筑最早的设想方案之一。

[7] **勒杜**（Ledoux Claude-Nicolas, 1736-1806）：法国18世纪启蒙运动时期的建筑师和规划师。现代主义产生之前积极探索时代需求与新建筑发展形式之间关系的建筑师，1804年所作的舍五的理想城规划是关于工业建筑的一种初步尝试，它把生产单元和工人住宅有意识地结合在一起，建筑群里的每一部分均根据其不同的特点予以安排，对后世的建筑及城市规划有一定的影响。

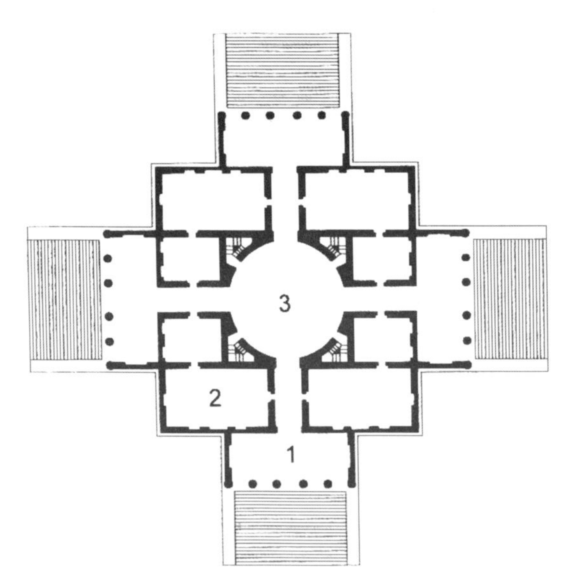

图22—A：圆厅别墅平面图

图22—B：圆厅别墅建筑外观

图22：帕拉蒂奥设计的圆厅别墅。

图23：马里奥·博塔设计的斯塔比奥圆房子。

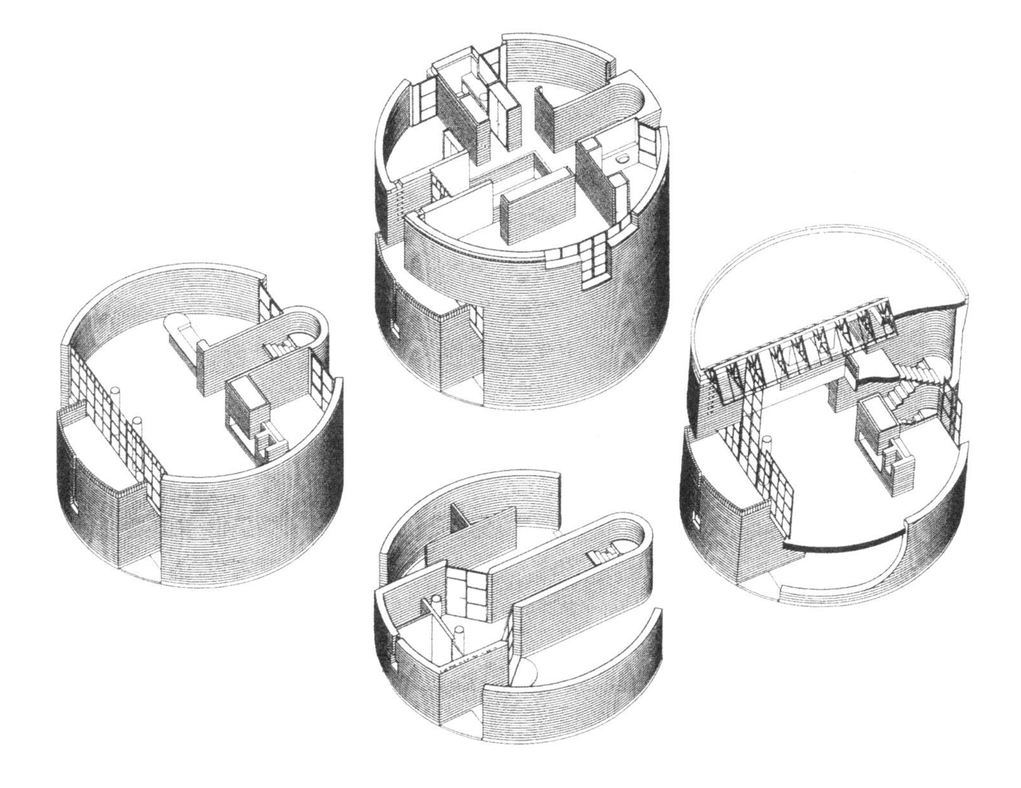

博塔（Mario Botta），在他们的作品中，基本几何形式的运用是不言而喻的。帕拉蒂奥的圆厅别墅（图22）、布雷的牛顿纪念堂、勒杜的守林人住宅、路易·康（Louis Isadore Kahn）的犹太教堂、马里奥·博塔（Mario Botta）的斯塔比奥圆房子（图23）等都是其中具有代表性的作品。

D：西方人似乎总是对几何形体情有独衷。比如说金字塔就是一个很完美的几何形体，古希腊的几何学是对人类文明很重要的贡献，文艺复兴、巴洛克时期的建筑、城市和园林根本就是几何形式语言的集大成，发展到近现代，在艺术上又出现了什么立体主义。

W：对啊，保罗·塞尚（Paul Cezanne）[8]说“……所有的事物都不外乎是球体、立方体和圆柱体。”这些几何形式是对世间万物的一种提炼，或者说是一种看事物的方法。方体盒子是一种基本的形式，它单纯而具有包容性，同时也具有在空间组合关系上的灵活性，

D：我明白了，可否把“单元格”看成是你这座房子的秩序关系？

W：可以这么说吧，它是组成“房间的社会”的纽带。

D：“房间的社会”？

W：对，这是路易·康的一种说法，他认为每一栋住宅都是一个“房间的社会”，与城市相平行。简洁的直线与方体盒子的凹凸变化是这房子的基本语言，这是形式上的特征。而从功能内容上来看，方体的盒子能够适应作为工作室，准确地讲是画室对空间方面的要求，同时，它也能够获得较为实用、简洁的空间利用。同时，这样的“单元格”的组合方式也是很“低技”的，因为只需要一般的建筑材料和技术就能将它搞定了，这样可以满足一个低成本的需要。

D：那么，你这房子是用的什么结构？

W：混凝土框架结构。

D：成本也并不算低啊，为什么采用这样的结构？

W：一般的砖混结构要获得像画室那样十几米、甚至二十几米宽度或长度的空间是不大可能的。而如果采用钢结构来建造的话，一是成本太高了，另外，从隔热保温以及经久耐用性上来说，混凝土还是要耐用一些。我觉得建筑并不需要以表现技术为目的，技术只是服务于建筑的建造和使用，它只是手段而已。

D：建筑的解决之道是一种综合性的方案，它是各方面条件与限制下的结果。但是让我不解的是，在这么宝贵的用地前提下，你为什么还要留出一层的入口和二层的露台这两大块空间，这似乎是两处无用的部分，如果把它们都变成室内空间的话，岂不是可以大大提高建筑空间的利用率吗？

W：我不这样认为。这两块被“挖除”的“单元格”看似无用，其实是有用的。首先，从形式上来讲，它们使建筑获得了一个很大的凹凸变化。柯布西耶曾说：“建筑是对阳光下的各种体量作精练的、正确的和卓越的处理。”正如没有“影”就无所谓“光”一样，没有“空虚”就无所谓“实在”，建筑形体上的起伏和转折可以更加突显光的魅力和精彩，以及建筑体量的沉稳和厚重。一层的入口与向南伸出建筑的平台是连在一起的，目的就是想在完全开放的户外空间与内向封闭的室内空间之间形成一

[8] **保罗·塞尚**（Paul Cezanne，1839-1906）：法国画家，后印象主义绘画代表人物之一，也是对20世纪绘画最有影响力的画家之一，在西方被公认为现代绘画之父。1839年生于普罗旺斯的埃克斯，1861年放弃学习法律，到巴黎学习绘画直至1870年。他与印象派一起展览作品，但是始终不曾同他们打成一片。他发展了结构分析的画法，对立体主义有深刻影响。1886年他继承父亲的遗产，回到普罗旺斯的雅德布方画画。卒于1906年。重要作品有《圣维克多瓦山》、《樱桃和桃子》、《厨桌》、《玩牌者》等。

种过渡性的空间，不至于很突然地就进入到建筑的内部。事实上，在处理“进入”建筑的这个行为方式上，我更看重的是“时间”的参与。建筑的东面我设计了一个长长的引道，在房子东面偏东北方向，我设计了一块与房子呈倾斜角度的场地，这样来的人都是从建筑的东北方向、从背面首先看到建筑的，这样的方式，我觉得比较含蓄、比较低调，不是那种一眼就要打动你的态势，平淡总是为精彩而准备的，这也是秉承了我们先人的所谓“先抑后扬”的理论。

D：我知道一览无余总是不好的，要“柳暗花明又一村”嘛。

W：呃，你的悟性不错，是不是可以考虑做建筑玩玩啊？

D：那太开玩笑了。

W：可真有些人搞了一辈子的建筑，一点儿悟性都没有，我要努力争取不要成为这样的人，是金子，发一回光也行呵，就怕是一回光也发不了。

D：我觉得你那个小门挺有意思，好玩，为什么做那么一扇小小的门呢？

W：这门只有1400mm高，为的是与东面引道的矮墙的高度保持一致，同时作为引道的开始，暗示步入建筑区域的开始，小小的尺度也是为了保持低调的态度，给人的心理一种很平缓的过渡，让空间缓慢的展开——让这故事娓娓地道来……

D：你是在写文学剧本吗？

W：有点儿那个意思，最好还是部侦探小说，一开始就有个悬念，让人期待着、期待着……最后，结果出人意料，但仔细一想，一切又皆在情理之中。

D：你真是这么想的吗？

W：为什么不呢？我喜欢看《阳光下的罪恶》这部电影，大侦探博罗先生为破案而设想了很多种可能性。这其实有点儿像是在做设计，为寻求最好的答案，也是需要设想很多种可能性的，每一种可能性都会有它的合理性以及局限性，从中筛选出尽可能优点多的那一个，斟酌以后，觉得应该否定的就一个个打“×”给否定掉了，剩下的那个就是最接近真理的。其实很多东西都是相通的，在进行空间设计的时候也如同在设想某种生活的场景，所不同的是，文学创作是用文字语言来描述场景：时间、地点、人物……而建筑设计则是用空间语言来描述场景，同样也是要表述时间、地点、人物……但显然，空间的语言它并不像文字语言那样能够表露得那么明确和直白，处于空间中的人可能只是在下意识的读它，这种阅读是有一定的被动性的，除非你是专业的研究者，可能会主动的去理解和寻找空间语言的表述。

D：但空间的语言有没有文化上的局限性呢？比如英语是一种国际性的语言，但不懂英语的人当然就读不懂了。

W：当然是有的。比如说传统日本的数寄屋，就是茶室，往往有一个很低矮、很小的入口，它的高度只有600mm（图24），人要双膝跪着，弯着腰低着头蹲伏着才能进去。这么低矮的入口，对于处于其它文化环境中的人是不可思议的，这样的建筑空间语言是由姿态和视线总是向下的地板上的生活方式决定的；再如，在传统的西方古典建筑中，一个气势非凡、冠冕堂皇的入口是建筑应该具备的基本语言要素。但在西方的现代主义建筑中，一种平民化的文化倾向使建筑的入口常常并不显赫，来人常会因找不到入口而尴尬着慌。但建筑空间的形式语言多是具有共同性的，不同文化背景的人也多有相同的感受。比如大尺度的空间，给人以力度和大气之感，比较适合公共性的行为活动，而小尺度的空间就给人以温暖和私密性，适合较具私人性质的行为活动，这些都是比较概念性的，就不一一列举。

D：那你说说这“凹宅”的故事吧。

图24：日本的茶室往往有一个很低矮的入口，高度只有600mm。

图25：日本皇家建筑桂离宫御幸门。

W：刚才已经说到的小门，这是一个极其平淡的开头。我很喜欢日本建筑桂离宫的入口，作为皇家建筑，它并没有应有的铺张和排场（图25），那个入口只是一道不起眼的用木头和茅草做的小门，非常的朴素而平民化，就像一个有内涵的人，当你第一眼看到他（她）的时候，总是觉得没什么很特别的，极其平常。苏州的很多私家园林也是这样的，一个很平常很不起眼的入口隐没在市井的喧闹环境中，这本身就具有故事性，让人期待、让人想象。所以，我并不想给人一个太明确、太显眼的入口。

经过这道小门，有四级梯步将建筑整个抬高了600mm，一个长约十来米，宽1800mm的引道，与伸出建筑一层的平台相连。引道前进方向的右边是两层楼（8000mm）高的建筑东面墙体，而左边则是仅800mm高的一道矮墙（图26），矮墙外是茂密的树林，走过这引道的时候，既能有慢慢步入建筑区域的感觉，又能感受到周围的绿意。这种尺度关系使得该空间的限定性还是较弱的，它仍然具有一定的开放性；而当经过入口区域的东面墙用钢管做的那段隔断的时候，能从钢横条的缝隙处看到一层的入口空间，如果工作室的门开着，还会隐隐约约地看到室内的情景，这种空间的层次关系无形中会给人造成一种空间的深远感；当走完这引道以后，要来个180°的大转弯才能到入口空间，这样从小门到引道、再转弯，这一过程使“进入建筑”的行为变得有意思，这里面强化了“时间”这一要素的作用——“时间”让空间丰富起来（图27）。入口空间是三面围合的，有一面敞开与平台相连，这个空间起到了一种室内外空间递进的作用，它介于室内与室外之间，是一种过渡性的空间，而这种过渡性的空间我认为在建筑中是非常重要的。

D：为什么这么讲呢？

W：应该说它就像绘画中的灰色一样重要。呵，我这是不是有班门弄斧之嫌？

图26：引道前进方向的右边是两层楼（8000mm）高的建筑东面墙体，而左边则是仅800mm高的一道矮墙。

四川大学
设计艺术中心
四工作室

D：哦？怎么会，你讲。

W：在色彩学中，一般会根据色彩所具有的“色相”、“明度”和“纯度”三要素来对色彩进行定位和描述。在对色彩进行分类时，通常将世间万物无穷丰富的色彩划分为有彩色和无彩色两大类。有彩色是指含有色彩倾向的色彩，如红、带红味儿的灰色，绿色、带绿味儿的灰色等都可被认为是有彩色；而无彩色则通常指没有色彩倾向的黑、白，以及介于这两者之间的无数灰色。“灰度”即指这些中间灰色的深浅程度，我们一般用深灰、中灰、浅灰、亮灰等术语来描述这些灰色的明度层次。

在绘画中，有素描，即单色画的表现形式。素描画可排开色彩在色相和纯度上的因素而单纯地以不同的明度关系来表现对象和形成画面的关系和秩序。法国古典绘画大师安格尔曾说：“画面当中要有一处最亮的和一处最暗的。”从而，我们是否可以这样来理解：“灰色”——它们是画面中变化最为丰富的部分。

按照色彩物理学的观点，红色的物体是吸收了除红色以外的其他几个光谱（橙、黄、绿、青、兰、紫），而反射了红色光谱而形成的，黑色则意味着是吸收了全部光谱，而白色则意味着是反射了全部光谱。而事实上，真正能够全部吸收光或全部反射光的物体表面是不存在的，或者更为准确的说法应该是：绝大部分地吸收光或反射光。根据这一道理，就意味着纯黑色与纯白色是不存在的。因此，所谓的“黑色”或“白色”事实上也只是“很深的灰色”或“很亮的灰色”，世间的色彩若以明度来划分则是由无穷多的灰色而组成的。在一幅素描作品中，画面中的灰色变化越多，则画面的层次感越强。如果我们将这一原理引伸到以空间设计为根本的建筑学中，是否也可以得到这样的启发呢？即空间围合的程度决定了空间的性格，建筑师通常会根据功能的需要来营造不同性格的空间，从“开放性”到“私密性”，以及介于两者之间的

图27：从小门到引道、再转弯，这一过程使“进入建筑”的行为变得有意思。
图29：坐在我这个位置上，能够看到露台上的楼梯。

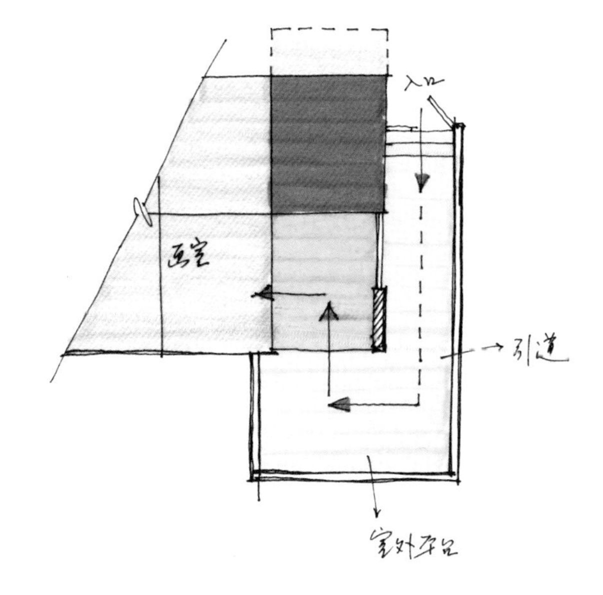

图28：窗墙——窗户几乎占满整个墙面。

无数中性空间。在建筑空间里，真正完全具有私密性和完全具有开放性的空间毕竟是少数，而我们大多数的空间环境其实都是介于两者之间的。日本著名建筑师黑川纪章（Kisho Kurokawa）[9]曾将介于“公共性”与“私密性”之间的过渡空间称为“灰色空间”，并发展了“灰色空间”理论。事实上，人更愿意呆在有一定的限定性，同时又具有一定的开放性的空间环境里。限定性可以使空间领域得到认可或者说确认，可以满足人的对安全、对保护、对自我行为以及价值的实现等需求的需要，而开放性则能够满足人的对自由、对交流、对群体行为意识及其价值实现等需求的需要。限定性意味着人是有依托的，而开放性则意味着人的自由、交流以及行为的多元化。而“灰色”空间是最有意思的空间，因为它们是介于这两者之间的，而大部分的空间都具有这种性质。

比如说你现在所在的这个空间，它是有六个面围合的标准室内空间，你会觉得坐在这里会比较安全、比较有私密性，可以安静地进行私人谈话，但是，你说话的时候，我看你的眼睛一直是盯着窗外看的，为什么呢？这就是人的两面性了，一方面需要保护，需要安全，而另一方面则又会不安于室内，需要与周围的环境进行交流、沟通。我们小的时候，都会有“关黑屋子”的恐吓，把一个人关在完全封闭的房间里，是对这个人的惩罚，是可怕的。所以，能坐在一处安全的地方，同时又能眼观四周，是一种很理想的状态。于是，这间房子我设计了一面窗墙，使窗户几乎占满整个墙面（图28），同时在西墙又设计了一扇立式的条窗。窗墙可以将周围的景物引进来，无论是鸟语，还是花香，荷塘以及树林，它们都在告诉你：这里远离喧嚣的都市，是郊外的村野之地。借来之景，为我所用，建筑与环境产生了关系，而立式的条窗又加强了与二层露台的交流，坐在我这个位置上，就能够看到露台上的楼梯（图29），而如果是站在露台上则能看到室内的情形，室内外就有了一种互动的关系。

在“凹宅”工作室这一建筑中，之所以留出一层入口和二层露台两处半开放性空间，就是为了从空间限定性上更加丰富我刚才说的空间的“灰色”层次。引道，以及一层的平台也都具有这个“灰色”的性质，只是它们的“灰度”是不同的，如果以深灰、中灰、浅灰、亮灰等术语来描述的话，一层的入口应该是深灰，因为它是有顶的，且三面围合（尽管有一面墙是横条铁管构成的虚面围合）；二层的露台是中灰，因为它有三面围合，顶面是三根梁的限定，是虚的限定，限定性较之一层入口要弱一些；建筑东面的引道则具有浅灰的性质，尽管它与平台相连，都具有一定的开放性，但因为尺寸较窄，又有一面高墙的限定，所以应该比一层平台的限定性要强一些，而亮灰则应该算是一层的平台了。在这一系列的“灰色”空间的安排上，我一方面是想给人以不同的空间体验，同时又想在郊外的环境中营造一些与周围环境互动的关系，让建筑空间与环境能够相互渗透，就是说你中有我，我中有你。

D：所以说这个“凹”形是一个接纳自然、接纳环境的一种姿态，它又暗含了中国传统风水的图式。

W：对，在这个房子的设计中，我比较看重的是空间的“灰度”由“明”到“暗”的层次关系，如果把室内空间部分和我刚才说的这些空间合起来排一个序的话，由

[9] **黑川纪章**（Kisho Kurokawa,1934-）：日本当代著名建筑大师，是极具影响的日本建筑新陈代谢运动的创始人之一。1934年生于名古屋一个建筑师之家。1957年毕业于京都大学工学部建筑学科，随后在东京大学丹下健三研究室工作，1959年获东京大学建筑学硕士学位，1961年独立开设黑川纪章建筑与都市设计事务所，1964年获东京大学建筑学博士学位。共生思想是黑川纪章的建筑创作思想的核心，其作品以高度的抽象性表现出日本文化特质的内在美，并以丰富的形式从地域性的立场对现代主义建筑作出新的阐释。代表性作品包括：东京中银舱体楼、福冈银行总部、大阪索尼公司大楼、墨尔本中心、滋贺县音乐厅、马来西亚吉隆坡国际机场航站楼等。

“明”到“暗”的顺序应该是：

◇ 屋面

◇ 建筑入口前的空地

◇ 一层平台

◇ 引道

◇ 二层露台

◇ 一层入口

◇ 二层展室

◇ 楼梯间

◇ 一层画室

◇ 二层厨房

◇ 二层小卧室

◇ 二层书房

◇二层大卧室

◇ 二层卫生间

◇ 一层卫生间

D：画室作为一个最重要的空间，我看你是把它放在限定性较强的位置上的，为此，你是如何考虑的？

W：画室是整个建筑中最大的一个空间，可以说修房子就是为了建这间画室，而其他

图30：画室的窗户开得很高。

的空间都是围绕它安排的，都是辅助性的空间，或者如路易·康所说的服务性空间，而画室则是一个被服务性的空间。我认为，画室应该相对地独立，同时又能与其他的空间有所关联。你也看到了，画室的窗户我是开得很高的（图30），而且开窗的面积并不太大，这一方面是为了留出大面积的墙面可以挂画，同时南北两面的横向高侧窗可以相互照亮，从而使工作区域的光线能够相对稳定一些，高窗也使得该空间的内向性得到加强，从建筑的外面是看不到画室内的情形的，高窗加强了安全性。而二层很多空间的南向我却都是开着面积很大的窗户，这样能够形成一种较为开放的空间性格，与一层画室的内向性形成一种对比的关系，又因为这部分是被抬高的，所以在安全性上还是有一定保障的。当然，任何防护措施都是只能防君子，而防不了小人的。

D：南向的窗户会不会感觉到强烈的阳光照射？

W：柯布西耶（Le Corbusier）曾将他反复讴歌的伟大太阳描述为“冬季行善夏季作恶”，看来太阳并不总是受到欢迎的。南面开窗在寒冷的冬季会很舒服，但在炎热的夏季却是不会好受的。所以，柯布采用建筑上固定的混凝土“遮阳”格构来应对“夏季作恶”的太阳，同时也使建筑立面获得了一种轮廓的精确性。但我想他怎么也不会想到中国人曾创造了“鸳鸯厅”的建筑空间形式来应对不同季节的太阳光，这种办法更为巧妙，当然也更为奢侈。

D：你说的“鸳鸯厅”好象是江南园林里面的一种建筑吧。

W：对，“鸳鸯厅”是苏州园林里的一种建筑类型，它不过是将一个普通的厅堂空间按照南北方向一分为二的结果——一个屋顶下，中间一隔断，朝南一面是冬天用的，朝北一面是夏天用的，就这么简单。

D：这倒是很好的办法啊，只不过是有点儿奢侈，因为总是有一半空间在一年中的哪个季节里是空闲着的。这要房子很大才行啊。

W：中国的风水讲究朝南接受、吸纳阳光、光照，当然，这在北方是特别需要的，因为那些地方的冬天寒冷而漫长，而南方就不一定了，夏季的炎热是难忍的。就四川盆地的气候来说，夏季闷热潮湿，热的时候，太阳光也是很厉害的，但总的来说四川仍然是一个缺少光照的地方。四川不是有一首民歌叫作《太阳出来喜洋洋》吗？特别是在冬季，通常会是阴冷的天气，这个时候就会觉得太阳光的可爱和可贵。所以，在安排开窗的方向以及开窗面积大小的问题上，还是从我们这儿一年中总的气候特点来考虑的。

D：我看你这房子的北面基本上都没有怎么开窗，而北面的光线其实是最稳定的，为什么不在北面开些大窗呢？

W：你这问题提得好，前段时间何多苓老师来这儿的时候，也提到过这点，为什么不开北窗？前面我们也提到过中国的风水讲究“负阴抱阳”，是因为中国整个国家的地理位置是处于北半球，所以说，南面是阳面，而北面是阴面，这在北方人的嘴里是经常提到的。“负阴”就是要背向着阴面，要背对着北面，“抱阳”就是要面向着阳面，要面对着南面，这是符合地理位置及其气候特点的。中国古代的城市一般是不开北城门的，如果一开北门，从北方西伯利亚来的寒风就会呼啸而来，长驱直入，使整个城镇都被北风所淹没，就会感到异常的寒冷。所以，在这个房子的设计中，我的这个“凹”形是遵循了老祖宗的“负阴抱阳”的传统理念的，房子好似一个人一样，是背对着北方，而面向着南方。所以，北面基本上是没什么表情，很严实、很墩厚，而南面就是另一番面带喜悦地接纳阳光、拥抱自然的景象了。不仅北面开窗很少，就连东面和西面也是围护感很强的处理，东面没有开窗，只有一层的一个虚的隔断处理，西面只有两个尺度很小的窗洞。这样的处理使建筑的几个面的关系形成有虚有实的变化，同时呼应“凹”的形式特点。

D：那作为画室，如果开北窗不是可以获得比较稳定的光线吗？

W：我们艺术学院的教学楼就有一些教室是大面积开北窗的，我曾经在这些教室里上过课，给我一个最大的感受就是，即使是阳光明媚的天气，外面暖意洋洋，而里面却是冰冷冰冷的，室内与室外判若两个世界，这在夏天是很舒服的，而冬天就会感觉特别的难受。

D：所以，这样的处理是各种关系权衡过后的结果。还是比较喜欢房子有阳气，忌讳阴冷。

W：其实，一层的画室因为开窗的面积比较少，而且都是很高的开窗，这样的方式使这个空间在夏季的确是很凉爽的，从外面炙热的太阳光照射下的环境中一走进来，就会感到凉意阵阵。

D：那二层的房间可能会比较热吧？

W：相对来说二层要热一点，我用伸拉式的白布窗帘来调节光线，窗帘可以挡住太阳光的直射，同时又可以透光，使室内光线柔和均匀。窗帘的颜色与墙面接近，这样使得“窗帘”这个元素在空间中并不抢眼，仍然能够保持工作室比较硬朗的空间个性。

D：从“凹”字中能够解读出如此多的内容，看来这个“凹”字，非等闲之辈，我回去得仔细想想、研究研究。呃，你说我们四川盆地是不是有点儿“凹”的意思，周围都是大山，中间空着，嗯，很像这个“凹”字，“少不入川”，那么多人一到了四川就不想走了，一定有它的道理。

W：好似一个安乐窝，太舒服了嘛！

D：哦，你这儿有吃的吗？我的肚子饿得不行了。

W：有呵，冰箱里有冷冻的水饺，一煮就行了，吃吗？

D：吃，有点醋就好了。

I have a house dream, 2001

谈话 5：白瓷砖与地域性
Conversation 5: White ceramic tiles and Region

时间：2007.7.22
地点：浓园凹宅
人物：万征（凹宅的设计者）
G小姐（美女作家）

一位著名的美学家，从佩萨克回来后宣称："住宅，是白色的。"我们给出过评价的标准：白色的立面。

——勒·柯布西耶（Le Corbusier）

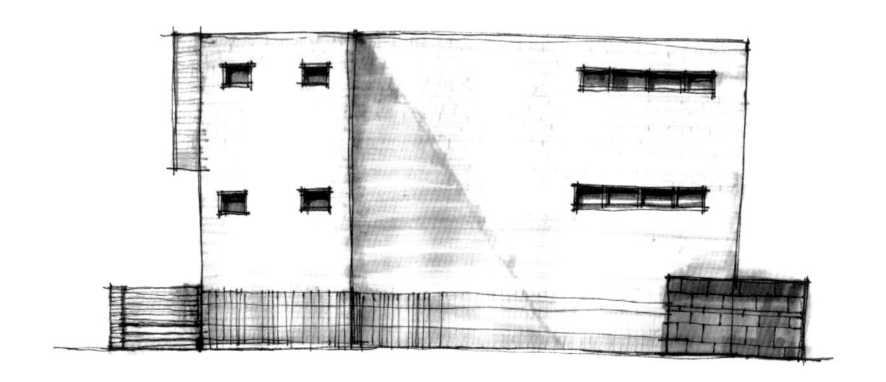

G小姐（以下简称G）：我最近在新出的一期《ELLE》杂志上看到关于对你这个房子的报道，那上面的标题好象是什么，“无国界的风水”，有意思得很（图1）。

万征（以下简称W）：这话虽不通，但你得承认它挺有创意的，至少我是想不出来的。

G：是呵，既然“风水”是中国人特有的东西，那怎么又能是“无国界”的呢？

W：标题看起来是很矛盾的，但它也反映了当代的文化现状，就是什么东西都得既和全球性又要和本土性扯在一起，这本身就是一个两难的问题。哲学家保罗·利库尔（Paul Ricoeur）[1]说过，事实上，每一种文化都无能承受及吸收来自现代文明的冲击，始终不解的谜是如何又成为现代的而又回到自己的源泉；如何又恢复一个古老的、沉睡的文化，而又参与到全球文明中去。

G：不是在文化人圈里有一个十分流行的说法叫做“越是民族的，就越具有世界性”吗？

W：世界遗产评选就是这么个行为。哦，最近在电视上看到不是又在评选世界七大奇迹吗？那些选出来的世界遗产都是上千年，甚至几千年前的东西，那时“全球化”这个词压根儿还没有冒出苗头，我们的祖先做梦也没想到这东西以后就成了什么世界遗产，就成了具有世界性的东西，我们今天的人想方设法要全球性、要地方性，把它们作为学术问题来推崇、来研究，可真把它当会事儿了，事情又变得困难起来。

G：（笑）哈哈，真是说得好。有道是“有心栽花花不开，无心插柳柳成荫”啊。

W：真正的学术并不是那几个时髦的学术名词的堆砌，从这个意义上讲，我们祖先的那些东西都是立足于自身需要的，并没有象今天的人那样把一些东西赋予那么多的涵义。古埃及的金字塔不过是法老的陵墓，而中国的万里长城也不过是中原汉人抵御北

图1：《ELLE》杂志的“无国界的风水”报道。

[1] **保罗·利库尔**（Paul Ricoeur,1913-2005）：法国著名哲学家，当代最重要的分析解释学哲学家之一。曾任法国特拉斯堡大学（Strasbourg）教授、巴黎大学（Sorbonne）教授、朗泰尔大学（Nanterres）教授，并为美国芝加哥大学、耶鲁大学、加拿大蒙特利尔大学等客座教授。2004年11月，被美国国会图书馆授予有人文领域的诺贝尔奖之称的“克鲁格奖”。其著作《历史与真理》中有关全球化与文化传统讨论的论述被当代谈论全球化问题的学者广泛引用。

方游牧民族入侵的一道防御设施。

G：任何解释都带有今天时代的立场和角度，而任何东西又都会走入历史，被后人评说的。

W：所以，我发誓，我真的没有思考过到底有没有所谓的“无国界”的风水。但是我想，既然俗话说得好：一方水土养一方人，比如说，北方人的粗犷豪爽和南方人的细腻精明与他们所处的地理、气候、资源、物产以及因此而形成的生活方式不无关联。那么，基于这点，传统的建筑也都是一方水土养育出来的结果。“风水”是适应环境的方式和结果，中国的汉人叫它“风水”，而在其他文化中，我想它应该有着不同的内容和表现的方式，也是存在的，只是可能没有“风水”这个叫法而已，所以“风水”应该是有国界的。

G：常听家里老一辈人讲，过去由于交通不便，人们的来往交流就很少，常常一座大山就分隔了两个不同的地域环境，山这边与那边的人讲着不同的方言，有着不同的习俗。

W：地域的差异很直接地影响到文化的差异，比如说我们国土上的秦岭、淮河就是一道南北地域的分界线，所谓的长江流域、黄河流域在文化的方式上是很不相同的。我觉得能这样多好啊！过去的各地民居有着极其丰富多彩的样式和风格，而现在你到中国各地走走看，任何地方，那怕是一个很小的城镇，只要是交通方便的，都会看到相同的景象：相同的房子，相同的人，相同的衣着打扮，就连人的表情都差不多，你真的不知道到了什么地方，那些有个性特色的地方文化正以惊人的速度消失了。从文化发展的角度看，这是非常可怕的事情，因为文化还是存在一个生态的问题。我们现在知道了要保护我们赖以生存的自然环境，要保护那些濒临灭绝的珍稀野生动植物，大熊猫是珍稀动物，藏羚羊是珍贵的，而那些正面临灭绝的地方传统文化不也是我们这个生态环境中的一个重要组成部分吗？而全世界的文化都呈现出趋同的现象，也就像生态的物种在一个个消失一样可怕。

G：我个人认为，全球化一定是人类的一场灾难。最有代表性的要数快餐文化，“肯德基”、“麦当劳”，它们要在味觉上推行全球化，让大家去适应一种饮食口味，而味觉上的差异是最能够代表一种地方文化的。

W：是呵，现在的小朋友，他们一生下来，吃的东西就是和国际接轨的，他们已很少知道他的家乡味是一种怎样的感觉，全球的饮食文化正在侵略我们自己的地方饮食文化。味觉上的无差异性可能使人的本乡本土的观念更加淡薄，以后大家都是世界公民，走到哪里都一样，没什么想不想家的说法了。而在以前，无论你是身在异国还是它乡的时候，想念家乡是人之常情的事，而想家的一个重要部分是和饮食相关联的，或许就是想念家乡的哪一种面条的味道。所以，你现在要想吃到什么有特色的饮食，要到小的地方才能够品尝到，因为越小的地方，交通就越不便，它跟外界的交流就越少，而它的文化可能就越能够保持自我的个性。而在大城市中，饮食已经变得南辕北辙，相互混搭，不伦不类了。比如说四川的乐山跟犍为应该算是一个大的地域环境，但犍为的叶儿粑就要比乐山的有特色些，因为地方小些，那儿的叶儿粑有种“粗野”的味道，传达出一种质朴的乡情。而乐山相对来说经济发达些，交通也更便捷些，所以饮食上就更“文雅”、“进化”一些，当然，这纯属是我个人的偏爱。

G：一谈到什么好吃的东西，总是那么让人兴奋！什么时候带我去吃啊？

W：行呵，你得把肚子准备好，先饿它三天三夜，然后回来一称体重还会多长三公斤出来。

G：哈哈！再减肥吧。

但越是经济落后的地区，就越是向往全球化，因为全球性所带来的经济一体化为这些地区注入了资金，解决了这些地方大量人口的就业问题，使他们的生活条件得到改善，并得到更多的实惠，全球化对经济相对落后的地区可能是件好事。

W：但是对于经济发达的国家和地区就不同了，最近在电视上看到报道说，德国的民众游行抗议八国峰会，因为全球化让他们的失业率进一步提高，以前还听说中国温州的制鞋业挤垮了很多西班牙的制鞋业，让大量制鞋企业破产，让制鞋工人失业。所以，这全球化是让几家欢喜几家愁的事情。

G：文化上的趋同以及经济上的相互依存，已经使得地域的概念迅速地消失。

W：强势的主流文化总是从现代文明的经济文化发达地区向相对弱势的经济文化不发达地区渗透，但在这种传播的过程中很多东西都是被误读的，我说的“误读”并不是贬义，而是说一种文化对另一种文化的渗透总是会被“Local”（本土化）的。你看到的目前遍布中国城乡那些清一色的用水泥建的房子都有着极其相似的特点，粗陋的用瓷砖贴的外墙，铝合金或塑钢玻璃窗，光线明亮、结实耐用。你很难说它们就是被学术界称为是“国际风格”的现代建筑，但是它们的确也不是我们传统意义上的老房子，那它们算是什么呢？是西方的现代主义建筑普遍原理同中国的具体建筑实践相结合的产物吗？是一种具有“中国特色”的现代主义建筑吗（图2）？

G：中国自改革开放以后的发展速度的确是太过惊人了，仿佛一夜之间，大江南北就旧貌换了新颜，只要有一点点钱，都会把老房子给拆了，建了新房。

W：而大量新房子的样板肯定是那些发达的西方国家已经有过的东西，只是对别人的东西一知半解，囫囵吞枣，拿到这里来还有点儿水土不符，不仅设计打折扣，材料和做工也打折扣，因为要快、快、更快，很多东西都来不及细想，难怪中国年轻的建筑师被国外的建筑师很是羡慕，甚至连刚毕业的学建筑的学生就能拿到大的工程项目，建筑设计与施工单位业务异常繁忙，夜以继日地加班加点，大干快上，不少的建筑垃圾被制造出来，污染着我们的视觉环境。再加上一些很有特色的假、大、空政绩工程在频频出现，遍地开花，如小县城大广场（图3）；混乱无序的道路扩建、改建工程使城市崭崭新新，然而又空空洞洞，冷冷清清（图4）；要不然就是打着“文化”旗号的假古董以极其拙劣的手法骗取游客的钱财和美好的想象。从城市到乡村，在这个“世界上最大的建筑工地”，我们那引以为傲的文化特征逐渐消失了，环境变得千篇一律，到处都似曾相识。

G：这也难怪，那些老房子是不能适应今天的生活了，不拆又能怎么样呢？都是文化人在那儿着急，人家还不是生活得好好的。老百姓他不管你那么多的，什么文化啦，古城风貌啦，道理很简单，他要的是有自来水、下水道、煤气管道，有电灯电话的房子，总之，有现代生活条件、有卫生设施设备的好用的房子。

W：是呵，你欣赏那些老房子的如诗如画，研究它们的文化价值，人家住在里面不舒服、不方便，你不能要求老百姓永远都生活在过去的文化里，他们有追求现代生活的权利。记得有一天晚上我从电视里收看凤凰台的《锵锵三人行》节目，那天刚好是建筑师张永和与洪晃[2] 在那儿谈建筑，其中谈到他们小时候都住过的北京四合院。洪晃描述了四合院的不方便，因为它的各个功能都是被分散在各个房间的，比如，厨

[2] **洪晃**：中国当代知名媒体人，出版人。自诩为名门痞女，目前为中国互动媒体集团的总裁，并策划出版了三本不同风格的杂志：《世界品牌乐》、《iLook》和《青春一族》。

房离住的房子有一段距离，要喝水，就要到离房间较远的厨房去烧水，灌满水壶后再回到房间，如果是在冬天，一家人围着火炉取暖，这时候，如果水喝完了，谁也不愿动，看谁倒霉谁去，因为要经过寒冷的院子，北京的冬天啊！而现在的单元楼在功能上就有很多的优越性。

G：一门关进，吃喝拉撒各项功能一应俱全，够方便的。

W：但就是觉得少了点儿什么，也许就是诗意的东西，精神上的东西。孤独，现在的人物质上享受的东西是够多的，而精神上的享受就不如我们的祖先，生存的压力是每一个现代人都必然要面对的。现代人普遍都有一种对身份的焦虑感，一切可以说明身份的物质东西都拿来用作一种证明：我是怎么样的一类人，房子就是其中之一。

G：太依赖于物质，人都被物质所异化了。

W：所以，人们总是愿意跟经济水平差不多的人住在一起。当然，自古以来也都是这样的，房子是划分不同阶层的一种极好的手段，拥有一种房子，就是拥有一种身份。因此，现在城市里的小区，都把自己“关禁闭”似的围起来，城市空间被一个个住宅小区割裂开来，虽住在城市，但是跟住在农村没有本质的区别，因为人们享受不到城市的乐趣——交流与共享的城市空间，以及高密度、快节奏的信息交换。付刚和费菁[3]曾写过一文，名“都市村庄”，表达的就是这个意思。

G：你是想说这又是一种“中国特色”的东西？

W：对，这是一种“集体无意识”的反映，就是荣格所说的“原型”概念，是世世代代普遍心理经验长期积累的结果，是历史在“种族记忆”中的投影。虽然我们的建筑在形式及设计手法上在学习西方的东西，但人骨子里的“精髓”还是会不自觉地暴露出来。比如，“围起来”的手法是我们文化传统中延续了几千年的封建文化在建筑空

图2：它们是“中国特色”的现代主义建筑吗?

图3：小县城大广场。

图4：城市崭崭新新，然而又空空洞洞、冷冷清清。

间上的典型反映，中国的建筑文化给人的一种极其强烈的印象就是那一祟祟的分隔与围合（图5）。所以，一个民族，一种文化中根深蒂固的东西是很难改变的。事实上，当现代主义建筑被传播到世界各地的时候，它决不可能在不同的地方产生同样的形式结果，而事实上恰恰相反，它总会与当地的地域条件和文化习俗相结合而产生新的表现方式。我个人认为，“相同”只是一个相对的概念，而“不同”是绝对的，也就是说，“国际式”只是一个大的概念，而深入到微观的层面上，“地域性”总是存在的。

其实很多人都对现代主义有一种很深的误解，认为它横扫一切传统文化，将各地域文化的差异性给彻底抹掉，是在努力确立一种无文化特征的“国际风格”。其实，如果我们客观地来看待它，会发现就在现代主义阵营里，在那些可以被称得上是大师的作品中，我们仍然是可以解读出对地域文化的尊重和不懈追求的精神的。

G：是吗？

W：当然，弗兰克·劳埃德·赖特（Frank Lloyd Wright）不就是一个代表吗？其早期在美国芝加哥郊外的橡树园设计的一系列私人独立住宅，被大家冠以“草原式住宅”的称谓，他提倡的有机建筑理论所重视的是建筑与环境的关系问题，之所以称为“草原式住宅”是因为这些建筑都有一些相似的特征：低矮的呈水平方向延伸的建筑形式，出檐很深的宽大的坡屋顶，质朴的土红色砖墙，以及室内同样呈暖色调的既朴素又高贵的家具和陈设，都极好地表达了属于赖特的风格，属于适应美国辽阔地域环境的真正像是“美国佬”的住宅，深得美国中产阶级的青睐（图6）。

美国早期文化及建筑的样式承继自欧洲文化的传统，也相对滞后于欧洲文化的发展，当现代主义在欧洲萌芽并开花的时候，美国仍旧流行欧洲新古典主义的传统，并

图5：中国的建筑文化给人的一种极其强烈的印象就是那一祟祟的分隔和围合。
图6：赖特设计的“草原式住宅”——罗比之家。

［3］ **付刚和费菁**：毕业于清华大学，注册建筑师，在纽约工作。《世界建筑》杂志通讯编辑和撰稿人。建筑设计作品在纽约、多伦多、柏林和北京等地展出。付刚是《曼哈顿·大都会的建筑与城市》的作者。费菁获纽约大学艺术硕士，曾在纽约举办油画个展，著有《媒体时代的建筑与艺术》。

没有真正属于美国佬自己的建筑。芝加哥学派是现代主义建筑史上的一个里程碑，同时，也是近现代美国建筑的开端。虽然它在整个现代建筑史上有着重要的地位，但在当时并不是建筑的主流，反而是控制着东部的那些受欧洲布扎学派教育的建筑师在建筑设计中占据着主导地位。赖特（Frank Lloyd Wright）早期的建筑活动就在芝加哥附近的橡树园，他的老师是芝加哥学派最具代表性的建筑师路易斯·沙利文（Louis. H.Sullivan），尽管沙利文在很多方面深深地影响了赖特，但赖特终归还是与老师分道扬镳，他设计的那些小住宅是结合美国本土地域特色的有着极其鲜明的赖特语言和美国文化的东西。

G：你说的是设计流水别墅的那位建筑师吗？

W：是的，流水别墅是赖特建筑生涯中重要的成就之一，在设计流水别墅时赖特达到了他一生事业的巅峰。这时的赖特虽已是年逾七旬的老翁，但仍然充满着创造的活力，据说赖特只用了一个下午的时间就把设计的构思给表达出来了。在这件不朽的作品中，赖特仍然坚持他的有机建筑理论，一幢架在瀑布上的房子，作为一处度假的别墅，房子与水，与地形、与周围的山野环境巧妙的融合在一起，建筑仿佛是从环境中自然生长出来似的。尽管这件作品也被很多人批评，如流水的声音太大，根本不适宜居住，8米深的大挑台在结构上的严重问题等，但这些缺陷还是不能动摇这件作品在现代建筑史上的重要地位。

当然，也有人指出，赖特根本不能算是现代主义阵营里的一员，因为在其作品中很显然地排斥工业化，排斥高密度城市，与柯布与密斯有着根本的不同。他的大部分作品都是低矮的，适宜一种低密度的“大草原”的环境，而他设计的高层建筑寥寥无几，他的“广田城市”理论可以说具有一种甜美的田园牧歌式的情调，与现代的工业文明极不协调，而我认为他的作品恰好印证了赖特本人的一句话：我是一个来自威斯康辛州的农民，这句话是赖特世界观的反映。

G：那赖特算不算得上是一个现代主义队伍里的特例呢？

W：不能算。其实就算是勒·柯布西耶（Le Corbusier）和密斯（Mies Van De Rohe）这样的拥抱现代工业文明、捍卫机械美学的旗手，也有"温情"的一面。现代主义虽具有横空出世一般的豪情壮志，但它的内在也出自于传统地域文化的孕育。刚才提到的弗兰克·劳埃德·赖特（Frank Lloyd Wright），其作品中就有受到日本文化的影响；勒·柯布西耶也有对古典传统和地中海地域建筑的学习和探讨；同样，没有对申克尔（Karl Friedrich Schinkel）[4]和贝伦斯（Peter Behrens）[5]的研究和学习，就诞生不了密斯。所以，现代主义虽创造了一种适应工业文明方式的无地域感的建筑文化，但这种建筑文化仍然有出自对传统，出自对地域文化的研究。

G：后来的后现代主义就是看不惯现代主义的"空洞乏味"，并揪着"无地域文化"、"无人性化"等"小辫子"不放。

W：是的，我觉得这不太公正，一枚钱币有着正反两面，一只手掌有手心和手背，不

[4] **申克尔**（Karl Friedrich Schinkel,1781-1841）：德国新古典主义建筑最重要、最具影响力的杰出建筑师之一。早年接受了全面的教育，并遵循当时的惯例，于1803年至1805年间赴意大利和法国学习美术。他的作品具有新古典主义和浪漫主义的风格，但从使用材料和构造技术上来看，他还追求一种建筑学上的推理，这种推理已经超出了新古典主义中象征性和考古学的争论范畴。而其建筑作品中所体现的思想对后来的密斯·凡·德·罗又产生过较大影响。

[5] **贝伦斯**（Peter Behrens，1868—1940）：德国建筑师，现代建筑思想的发起人之一，德国现代工业建筑设计和工业产品设计的先驱，也是德意志"工作同盟"的重要成员和主要领导人物。现代主义建筑运动的三位杰出人物格罗皮乌斯、勒·柯布西耶和密斯都曾受教于他，因此他是现代建筑史上具有举足轻重地位的人物。年轻时曾在汉堡学习艺术，1903年被任命为德国国立杜塞尔多夫美术和工艺学校校长。1907年为德国最大的电器生产企业德国电器公司设计电风扇、电灯和电水壶等工业产品以及公司的企业标志，这成为世界最早的企业形象设计。其后，他还设计了德国电器公司总部的管理和工厂混合大楼。

能说现代主义建筑存在着一些问题和缺陷，就将其所有的观念打倒，就像我们对待一个人一样，不能因为他有一些毛病和缺点就将这人全盘否定吧。看人也好，看事物也罢，都要从正反两面来看。现代主义建筑也并非都呈现出千篇一律的表情，我觉得芬兰建筑师阿尔瓦·阿尔托（Alvar Aalto）的作品就表达了现代主义“温柔”的另一面，或者说他的作品在很大程度上丰富了现代主义的“表情”。

G：阿尔瓦·阿尔托？

W：对，他的作品是现代主义在北欧地域环境下结的一个“硕大的果实”，是现代主义传播开来与北欧的地理、气候、资源、环境以及文化的一种很好的结合。阿尔托本人并没有像勒·柯布希耶（Le Corbusier）那样激进的思想和理论，他在气质上也许是一个更为平和、同时也很浪漫的人。其设计更多地是从人性的角度来探讨一些更实际的问题，如建筑与环境、空间的尺度、家具的尺度、对充满地域特征的材料的表现、精心设计的细节，等等，以及它们对人在生理与心理上的影响。

G：我以前听说过这位建筑师，好象他设计的家具非常出名，2005年的时候还在北京搞过一次展览，是吗？

W：是的，虽然阿尔托早在1976年就去世了，但作为世界知名品牌的Artek公司仍在经营销售他所设计的家具。

G：Artek公司？

W：1935年，阿尔托夫妇及其好友古里申夫妇共同成立的Artek公司主要生产销售阿尔托夫妇设计的家具、灯饰和纺织品，并将它们推向国际市场。阿尔托设计的家具大多都是为配合他的建筑而设计的，其中有不少是现代家具设计的典范。如为帕米奥结核病疗养院设计的帕米奥椅（图7—A），著名的三腿椅（图7—B）以及用层压胶合板制作的木构成悬挑椅（图7—C）等，它们除了都有着极好的符合人体工程学的造型和尺度以外，还有就是大力推销具有芬兰地域特色的材料——木材。芬兰国土的三分之二以上的地面为森林所覆盖，木材产量居欧洲第二位，阿尔托无论是在家具设计中，还是在建筑空间的界面处理上，都大量的运用木材。所以，在他设计的空间中能让人感受到特别温暖的色调和质感，这样的设计对于地处北极附近，漫长的严冬中每日只有几小时日照时间的芬兰来说，无疑是非常体贴的对人的关怀。

另外，在他的建筑及家具设计作品中还有许多曲线、曲面的表现，与当时典型的“国际式”截然不同。还有就是一些地方化材料的运用，如玛丽亚别墅就用了很多地方化的材料，有着浓郁乡村住宅的味道（图8—A）（图8—B）。而红砖也是他作品中常用到的一种较为突出的材料（图9）。红砖给人的感觉是非常亲切、质朴和厚实，一般都是用当地的粘土烧制而成的，所以，用红砖建造的房子总是与土地有着一种视觉和质感上的联系，再加上砌筑的手工感，会让人产生一种工业化文明之前那悠久而古老之韵味儿的感受。

G：不是说现在修房子不允许用红砖了吗？而实际情况是大多都用空心砖来砌筑墙体，然后再在外面抹上水泥、刷上涂料，或贴上各种瓷砖、石材等建筑材料。

W：对红砖是否能使用的具体规定我不太清楚，好象有些地方是不允许用（注：在此书成稿之时，笔者已在有关资料中获悉黏土砖从2000年起已经被禁止用于建筑材料的规定）。总的来说红砖是用得少了，这一方面有环保的因素，因为砖是用粘土烧制的，而另一方面，如果墙体是裸露的红砖，反而成本更高，比抹上水泥、刷上涂料或贴上瓷砖更贵。

G：为什么？

图7：阿尔瓦·阿尔托设计的家具。

图7—C：层压胶合板木悬挑椅
图7—A：帕米奥椅
图7—B：三腿椅（见后页）

图8：阿尔瓦·阿尔托设计的玛丽亚别墅。（左图：建筑外观；右图：建筑室内）
图9：红砖是阿尔瓦·阿尔托建筑作品中常用到的一种较为突出的材料。

图10—A：董豫赣设计的清水会馆建筑外观。
图10—B：董豫赣设计的清水会馆建筑外观。
图10—C：董豫赣设计的清水会馆建筑室内。

W：因为是手工劳动，砖要裸露出来就要用质量好的，还要讲究砌筑的工艺感，不像外面贴瓷砖或抹涂料的，反正要穿一件“外衣”，里面的砖质量差一点儿、做工差一点儿都没关系。当然砖怎么个砌法，如何排列，洞口部位怎么处理，砖缝的宽度应是多少，你都还要多花些时间和精力进行监督，并确保施工的质量。最近，一位建筑学者董豫赣[6]在北京郊区搞了一座完全是用红砖建造的建筑——清水会馆（图10—A）（图10—B），是为一位私人客户设计、修建的，这座建筑里里外外全是裸露的红砖。

G：连里面也是红砖？

W：是啊，据他说这还是客户本人要求的。

G：外墙用红砖还是可以接受的，但要是房子里面也用的话，会不会感觉上不够舒适？

W：是有可能。董豫赣是个搞建筑研究的，所以，作品中的“实验性”自然会表露出来。我觉得他的整个作品是想把他对东西方文化、建筑的理解融汇并贯通，然后，变异成自己的东西。所以，他的这件作品中有对中国园林的理解，也有山西大院的印象，当然我感觉他受到的影响最深的还是路易·康（Louis Isadore Kahn）。

G：你曾多次提到路易·康（Louis Isadore Kahn），他是位什么人物？

W：路易·康的作品中用到砖的还真不少。在现代建筑史上，路易·康通常被看作是

[6] **董豫赣**（1967-）：中国当代著名建筑师、建筑评论家、建筑研究学者，北京大学建筑学研究中心副教授。1991年毕业于西北建筑工程学院，1996年毕业于清华大学建筑学院。有专著两本出版：《极少主义》、《文学将杀死建筑》，在《建筑师》、《时代建筑》等专业刊物发表论文五十余篇。建筑作品有：水边宅、祝宅、清水会馆。

图12：孟加拉国首府达卡的巨大政府建筑群。（左图）
图11：路易·康的作品中没有我们通常意义上的“窗户”，而只有“孔洞”。
（图为孟加拉国首府达卡的政府建筑。）

现代主义向后现代主义过渡的一个承前启后的人物。他对建筑独特的理解来自于他的作品中对人文主义的重新认定。各种正方形、圆形、三角形等基本几何形的运用，以及遵循一定的秩序关系将它们组合起来的方式，是康所寻觅的来自远古时期建筑的基本而永恒的词汇。但这些元素在康的作品中则产生了非凡的效果——基本几何形的排列，有时甚至是惊人的重复所体现出的工业时代的空间模数化与单一的材料——砖所表现的人文主义精神形成了一种强烈而富有视觉感染力的空间体验。

G：你是说他的作品既有现代主义建筑的东西，又有很深的文化内涵？

W：对，他曾经对古罗马的废墟做过大量研究，他也很推崇古罗马的万神庙，认为它是一个巨大的圆形，且没有方向的空间，这样的空间能够产生很强烈的纪念性和永恒性，这就是为什么他的空间中总是喜欢用一些很基本的几何形，而表现出来的是一种超越时代的、很难界定的一种恒古之气。

G：废墟？一种多么让人想象的空间，充满了诗意的浪漫！

W：我喜欢他作品中那些巨大的孔洞，有人说它们是“钥匙孔”，在整个形体上会产生很深的阴影，像深邃的眼睛，表达着一种悲凉之情，不自觉的就会让人沉思。还有，我个人的理解是他的作品中没有我们通常意义上的“窗户”，而只有“孔洞”（图11），这样，总有一种未完成的感觉。据说，他在南亚次大陆设计的当时是东巴基斯坦（现在是孟加拉人民共和国）首府达卡的巨大政府建筑群（图12），甚至躲过了敌方空军的轰炸。

G：哦，为什么？

W：当然，一个是当时工程未完成，十分粗砺，脚手架东倒西歪，而另一方面就是建筑表面上遍布方形、圆形、三角形的巨大孔洞，敌军误以为是自己的某一支轰炸机群已经对之施行了袭击，故而已经是一堆废墟。

G：哦，这不是在讲笑话吧？

W：当然不是了，路易·康要想表现的就是“废墟”，他要回到过去。仿佛是从那遥远的年代走来的一位仙者，路易·康是位神秘的人物，有人评价他有发现永恒的价值——真理——生命的本源——灵魂的高度自觉，这就是多与他作品中所表现出来的古典气质有关，同时也与他那晦涩难懂的言论所透露出的哲学家气质不无关系。

G：我看现在有很多建筑师都喜欢把自己搞得跟哲学家似的。

W：路易·康只是很忌讳用流行的俗语，而喜欢自创一些很另类的词汇，这是很多大师的共有特点。比如，“城市规划”在康那里就叫做“有高度意愿的建筑”，他还喜欢用到“可用性”这个词来表达他对各种空间的理解，他曾经将万神庙的圆孔称赞为“最卓越的”光源和“对世界中的世界的表达”……还有他著名的“Order is.”——“秩序是”。

G：是什么？

W：他并没有说。

倒是一种很强烈的吸引力让我们到他言论中的字里行间去细心地品读，那抽象的、玄学般的和精神性的东西，这是他很让我着迷的地方，用当代的话来说也许就是——“很酷”。

G：你要靠想象力去揣摩，这就是诗性——即，超越现实性。

W：他的建筑与他的言论都具有这种品性，尽管是普通的材料——砖，经他那“秩序”性的组合后，产生了个人主义与永恒精神的完美结合。

G：你多次提到路易·康的个人性以及“永恒”这个词，在路易·康的作品中它们是怎样体现的？

W：这个很难说清楚，我认为“个人性”和“永恒性”是一对矛盾，很难结合得好。“个人性”代表的只是短暂的、片面的、感性的和充满变化的，与之相反，“永恒性”所表达的是恒定不变的、包容的和理性的，是放之四海而皆准的东西，正如最近各媒体纷纷热烈议论的话题：李安的《色·戒》。

G：嗯，她是根据张爱玲发表于1950年的同名小说拍成的电影。

W：“色”与“戒”本身就是一对矛盾。

李安说：“色，是我们的野心，我们的情感，一切着色相；戒，是怎样能够适可而止，怎样能做好，不过分，不走到毁灭的地步。”“‘色’好像是感性，‘戒’好像是理性一样，有一个辩证的味道在里面。”“色”与“戒”就是欲望与戒律之间的矛盾与平衡。其实，在中国传统文人士大夫哲学中，就有入世哲学与出世哲学之说，所谓“入世”就是儒家思想的一套，要按照社会的规范积极地面对人生，要通过世途的方式来达到世俗社会所设定的人生高度；而“出世”就是老庄的道家思想的一套，要超越世俗，要把个人与社会脱离开来以寻求个人精神上的自由。这其实也就是“色”与“戒”，这种矛盾性是很有表现力、很有文章可作的。有人评价李安所有电影的主题都可以说是“色戒”，《喜宴》、《饮食男女》、《卧虎藏龙》……

G：对，李安自己就是充满矛盾的，是很多矛盾的集合体。生活中中规中矩的他与电影中所释放的想象，中国末代传统士大夫家庭的长子，却又在美国走上了电影艺术的道路。

W：哦，有人说李安笑起来的时候好象是在哭。

G：你说得真是太神了，我怎么也有这样的感觉呢？

W：俗话说两极相通，喜到极致可就是悲，悲到极致可否是喜呢？

G：又是一个哲学命题？

W：听说李安拍《色·戒》之投入，连感情都不能自控了，甚至就会自己一个人在那儿不停地哭起来。

G：动了真情。我们常说“动之以情，晓之以理”，或者说“合情合理”，应该说这是一个做人做事的最高境界吧。

W：一点儿没错。不仅是电影，在一切艺术作品中都应该存在这种特质，就是强烈的矛盾性，能将各种冲突与矛盾集合起来，以一种很独特的的方式把它们表达出来。从路易·康的作品中我看到了这种矛盾性与他自己独特的思考。比如，他将现代建筑的功能性与西方古典建筑，准确的说是古罗马、文艺复兴建筑的纪念性很好地结合起来。他对中世纪城堡的着迷促使他设计了很多类似于城堡气氛的集会空间，像密克维·以色列犹太教会堂（图13—A）（图13—B）（图13—C）、印度阿赫默得巴德（Ahmedabad）的印度经济管理学院（图14）。在前者中康设计了集中式平面以及有趣的“窗户房间”——很多圆柱体的开放的塔楼，而在后者中他表现了很多中世纪修道院的庭院形式，或许也让我们感受到了中世纪的牛津和剑桥。而在他之前的现代主义都太注重功能的表现，自路易·康开始，现代建筑开始把视野朝向过去，这叫回过头去看未来。因此，康影响了整整一代人，如像罗伯特·文丘里（Robert Venturi）、阿尔多·罗西（Aldo Rossi）[7] 这些大牌的人物，他们思想与作品的渊源都可以从康的身上找到。正如戴维·B·布朗宁（David B.Brownlee）和戴维·德·龙（David.G.De.Long）在《路易·I·康：在建筑的王国中》一书的绪论中所总结的：“它们成功地终止了国际式，并且开创了一条更加纯正的现代主义道路，一条建筑的地方主义和古典

图13—A：密克维·以色列犹太教会堂平面图。
图13—B：密克维·以色列犹太教会堂模型。
图13—C：密克维·以色列犹太教会堂圣殿透视。

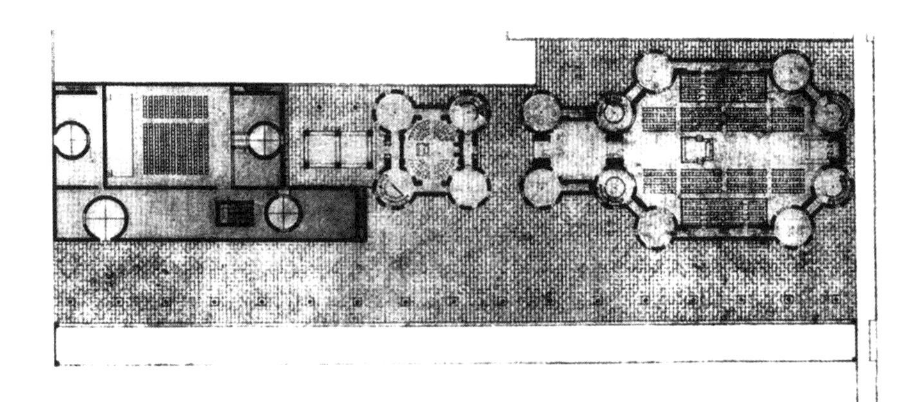

图14：路易·康设计的印度阿赫默得巴德的印度经济管理学院。

传统开始复兴的道路……"

G：所以你刚才说到他是一位承前启后的人物。

W：我认为"矛盾性"是整个后现代文化的一个重要特征，而康的作品具有这样的特征，他试图整合过去与当代的元素，而表现的是"恒定"的东西，他的独特性正是在这里。从这个意义上讲，路易·康是伟大的，因为他的作品中集合着伟大的矛盾，他开创了一个新的时代。

G：哈哈，伟大的矛盾？听起来是够矛盾的！

W：慢慢琢磨琢磨吧。我前面提到的董豫赣，他设计的"山西大院"清水会馆似乎很多方面都有路易·康的影响，除了刚才提到的孔洞，还有就是砖的运用了。

G：你说这砖倒是东西方都有的建筑材料，而它在不同的设计师的不同作品中所表现的东西却是不同的。

W：对啊，聪明的小姐！阿尔瓦·阿尔托作品里的"砖"是芬兰地域温情的乡土，而在路易·康的作品中却是与遥远古代废墟的对话，在中国建筑师董豫赣那里就成了"山西大院"了，经不同的建筑师的摆弄一番后，竟然有如此丰富的表现，这是很有趣的话题。

[7] **阿尔多·罗西**（Aldo Rossi,1931-1997）：意大利当代著名建筑师。同时也是一位画家，还是一名作家，并作为室内设计师、家具设计师而享有盛誉。1931年生于意大利米兰，1955年到1964年从事建筑杂志《卡沙贝拉》的编辑工作，1959年从米兰工艺学校获得建筑学学位。1966年，罗西出版的《城市中的建筑》一书，是他在城市设计方面颇有成就的研究和总结，成为了罗西在理论研究上的巅峰。书中所宣扬的理论基石是建筑应该成为城市肌理的一部分，被罗西自己称为是建筑学上的"灾难"，它为年轻一代的建筑师提供了一种独特的视角来重新发现、研究和分析城市。罗西始终避开时髦与流行，独立地坚持自己的建筑创作道路，孜孜不倦地追求"超越风格的建筑、普遍的建筑"。先后在美国和欧洲的一些大学执教和讲学，1990年获得普利策建筑奖。

G：就像同样的食材，经不同厨师的烹饪料理，就会表现出各异的菜品，味道千差万别。

W：太对了！

但我想，在建筑中更多的还是一种材料与形式之间的关系问题，这种关系就是康所称作的“序”——“设计要求人懂得‘序’”。

康曾经有一段著名的关于他与砖之间的真诚对话：大意是“当你面对砖，或做有关砖的设计，你必须问问砖，它希望成为什么，或者它能做什么。若你问砖希望成为什么，它会说：‘嗯，我喜欢做个券。’接下来你会说：‘不过，券不容易做，花费也多。我认为你可以用混凝土穿过你的洞口，这是一样的。’可是砖会说：‘噢，我明白，我明白你是对的。但要知道，如果你问我喜欢什么，我喜欢券。’有人会说：‘唔，为什么这么固执，你知道吗？’砖说道：‘可否让我做一个小小的评述？你是否明白，你是在谈一种存在方式？对砖而言，这就是券。’这就是所谓的‘序’。要了解其本质，了解它能做什么，给予充分的重视。如果你要与砖打交道，不要把这当成退而求其次的选择，或者只是因为它比较廉价。不，你必须给予它绝对的尊荣，这乃是它唯一正当的地位。”

G：看来路易·康对“砖”如此之重视，它已不仅仅是一种简单的建筑材料了。

W：是这样的，“砖”是他作品形式表达的一种基本语言。

在“砖”中，路易·康发现了一种友好的、简单的、粗壮的建筑体系，它能够坦诚地表露自己却没有因复杂的技术而产生分散视觉的因素。这就是康自己指出的，砖的正确的构造可以使他的建筑看上去“很老式”。当然，在他的一些作品中，砖的经济性也是一个考虑的因素。

G：砖可以说是迄今为止最为古老的建筑材料之一，那它到底产生于什么年代呢？

W：砖到底产生于什么年代？也许无从考证，我知道古罗马的砖券技术就已经很精湛了，我也知道中国汉代墓葬中的画像砖不仅具有文化价值，它同时也向后人传达了一种明确的信息，作为一种重要的建筑材料在那遥远的年代就已经存在了，但我更知道砖的历史比这要久远得多。还是路易·康说得好："历史，不可能从他们讲起的那个地方开始。历史比这更早，只不过没有记载罢了。"

G：我们小时候写作文时常会写上这么一句"为社会主义事业添砖加瓦"什么的，这"砖"呵、"瓦"的已成为组成建筑的一种很基本的材料，它们似乎就是建筑的代名词。

W：是的，"砖"的确有一种很强烈的吸引力让我去思考为什么这样一种极普通的材料，放在不同的文化环境、地域环境中都会产生很人文、很赋予内涵的效果呢？比如你今天仍然可以在欧洲的法国、西班牙等曾经历史上是古罗马统治疆域内的国家看到古罗马时期修建的引水渠，它们多是通过砖券架设在山谷里、河沟上像是桥一样的构筑物，尽管在今天它们已失去了实用价值，而大多数人也不会去追问它们的准确年代，但它们就是有一种历史的、温暖的感觉会让你很感动。但我不太喜欢那色彩鲜艳的新砖，看起来很单薄，很浮躁，最好是那种旧旧的、暗暗的色调，经过风雨的冲刷后，留下岁月的痕迹，显得沉稳而有力度。我曾经在自己家的设计中使用过从旧房子上拆下来的旧砖，其实，就是觉得旧的要耐看些。

G：在建筑的审美中，材料是不是占有较大的比重呢？

W：材料是空间的一部分，材料是会影响到空间的质量的，同样一个空间，如果用不同的材料来表现的话，感受情况是不同的。

G：那为什么你的这个房子不用红砖，而用的是极其普通的白色瓷砖呢？

W：这个问题问得很好。其实，我一直都很喜欢材料坦诚的裸露，里外一致，显得质朴而又单纯，我想人类早期的建筑一定是这样的，因为那个时候的房子是一种生存的必须，而并不是可以用来表达其他观念的东西。而当建筑发展到一定阶段，材料不再仅仅是构筑空间的物质，它们通常也可以用来表达一些精神性东西的时候，建筑就与人类一样变得“虚伪”了。古罗马时期的建筑就出现了外层的大理石仅仅是薄薄的一层，它们包裹着里面的混凝土的情况，这样在节约建筑成本的同时，又可以获得似乎是同样的效果。于是，西方建筑的装饰之风盛起，建筑空间成了各种装饰元素的集大成，发展到后来的巴洛克、洛可可风格，形成了一种过度设计之风。装饰的“风格”成为在设计中占主导地位的东西，以致到了各种风格的任意滥用的折衷主义、各种古典主义复兴的大杂汇时期。有人看不惯了，出来推崇西方中世纪的哥特式建筑，因为哥特式建筑的结构是裸露出来的，结构本身就是一种装饰，威廉·莫里斯（William Morris）、 约翰·拉斯金（John Ruskin）[8]等人把它称为是“诚实的建筑”，后来的密斯·凡·德·罗也提倡在现代主义建筑中遵循这种诚实的精神。

G：我们现在大量普通的建筑中都会用到白色的粉刷，将原来混凝土或砖的墙体掩盖起来，这算不算是一种材料覆盖另一种材料的不诚实呢？

W：严格地说是这样的，但为了一种舒适的感觉，人们需要这种不诚实。人们甚至一天都不能忍受住在裸露的混凝土清水房里那种冷冰冰的感觉。

G：我看普通的人也不能忍受住在像董豫赣设计的清水会馆那样的裸露红砖的房间里。

W：今天的人们甚至一天也离不了“装饰”，没有“装饰”的日子怎么过？

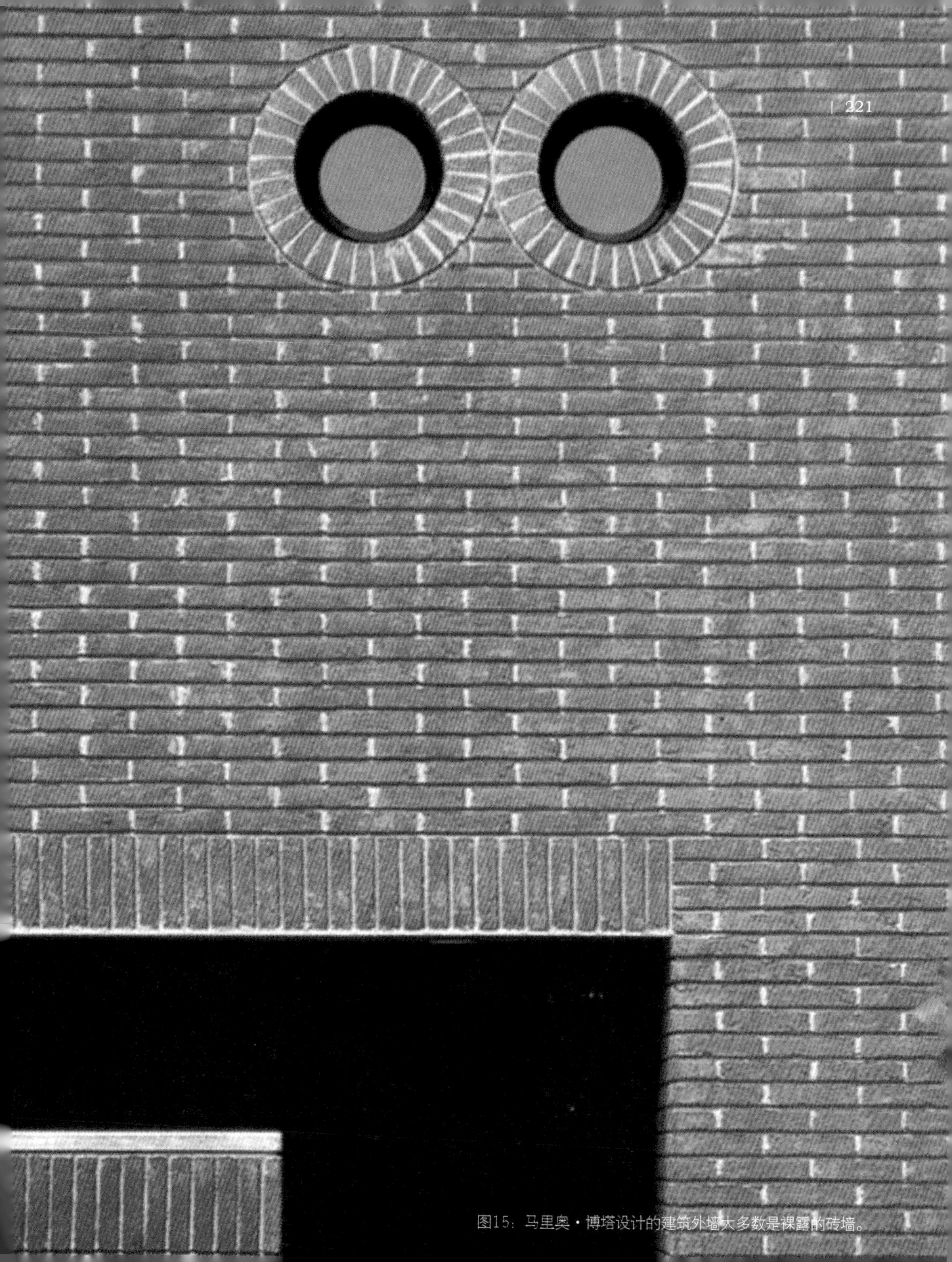

图15：马里奥·博塔设计的建筑外墙大多数是裸露的砖墙。

G：因为人们已经把“装饰”看成是习以为常的东西了。

W：我们生活的空间到处都充满了装饰，在自己家、在商场里、在餐馆酒吧、在宾馆、在学校、在机场……我们的建筑装饰业根本不愁没有生意，装饰材料的发展也是突飞猛进，因为现在的人都很习惯住在用各种装饰材料包裹起来的空间里，哪怕是用印着砖墙图案的壁纸摹仿裸露的砖墙，也不要直接的砖材料裸露，甚至人们会很随意而直接地把“装饰”与“装修”混同起来。

G：现在的房子那么贵，好不容易买了房子，不好好地花点钱装饰装饰，怎么对得起这房子呢？装修就是面子嘛。再说餐馆酒吧，不好好地装饰装饰也许就没有生意，因为装修要有档次或者要有风格，菜品酒水才可能卖出好的价钱。

W：是这样的。

所以，在当代的建筑空间中，“内”与“外”的不一致性似乎是一个极普遍的现象，不管是“内”或是“外”，那层附着在上面的“表皮”是可以不跟“内在”发生关系的，且随时可更换，随潮流而动，建筑与时装越来越相似。

至于说到我的这座房子为什么没有采用我喜欢的砖墙裸露的形式，而仅仅用的是极普通的白色瓷砖，主要有几方面的考虑。首先，前面我已提到过了，裸露的红砖要做好的话，其实很贵，成本比在外墙上贴砖要高，再者就是防水的问题，不管是春秋的绵绵细雨还是盛夏的磅礴大雨，雨水是很容易把裸露的砖墙浸透的，要解决这个问题，当然也有办法，比如像马里奥·博塔设计的建筑，外墙大多是裸露的砖墙（图15）。但是，他通常都会设计两层墙体，外层的砖墙与内层的结构墙体。这样，外墙既起到装饰作用，同时又起到保护作用，雨水是不会浸透到内墙的，这样做不仅防水，而且保温隔热，冬暖夏凉。

G：那当然了，那么厚的墙体肯定会像堡垒一样坚固。

W：是很像城堡。而且博塔的建筑都很少开窗，不，叫开洞更为准确一些，这点他很像路易·康。这两人当然是有师承关系的，马里奥·博塔曾在康的手下工作过，受到老师的影响那是当然的事。只是两人的作品中虽都有“砖”这种显著的特征，但博塔除了受到康的影响以外，同时在其作品中也有柯布西耶以及他的另一位老师卡罗·斯帕卡（Carlo Scarpa）[9]的影响，以及瑞士提契诺州地区风格的影响，所以，他们又是不同的。博塔建筑上的开洞通常都会是很审慎的——一条缝隙，或是如路易·康的那种鲜明的几何形式。由于墙体的厚度很深，通常在建筑外墙上有着很深的阴影，形成强烈的形式对比关系。

G：但是，两层墙体会不会太占用建筑空间呢？

W：当然会有这个问题，我曾经也考虑过这种做法，就是觉得太占用空间。不过，如果是条件允许的话，今后还是会试一试这种方式的。

G：所以，外墙上贴砖的做法与功能问题的关联性更大一些？

W：是一个综合考虑的结果，白色瓷砖是在各种条件的限制下的一个折衷考虑——成

[8] 约翰·**拉斯金**（John Ruskin，1819—1900）：维多利亚时期最伟大的人物之一，兴趣广泛，在很多方面都取得了令人瞩目的成就，既是艺术家和艺术评论家，又是科学家、诗人、环保主义者和哲学家。著有《建筑的七盏明灯》、《建筑的诗歌》等。

[9] **卡罗·斯帕卡**（Carlo Scarpa，1906-1978）：意大利建筑师，出生于威尼斯，早年就读于威尼斯美术学院，毕业后进入威尼斯建筑大学从事教学及建筑设计活动。斯卡帕在威尼斯度过了一生中的大部分时间，深受其历史传统、地理特征及人文情感的影响，并将他对威尼斯丰富多变的水域空间特征、精湛的传统手工技术、传统材料以及城市建筑历史的理解不知不觉地映射到他的作品中，使人深刻地领略出其中的威尼斯情结。在几十年的建筑生涯中，斯卡帕参与了许多历史建筑的修复和改造，以及一些较小规模的设计项目。其作品遍布意大利各个城市以及其他国家，较具代表性的有Brion墓园、Castelvecchio博物馆、Querini Stampalia博物馆、Possagno雕塑美术馆、Olivetti商店等。

本、施工的方便性、防水，等，除了以上这些因素以外，还有一点就是地域性的问题。

G：地域性？白瓷砖与地域性有什么瓜葛吗？

W：前面我们不是提到了遍布中国城乡的水泥房子外贴瓷砖的做法吗？地域性并不总是意味着一陈不变的“传统”，当一种材料或一种形式具有了普遍性，并持续了一个时间段的时候，它们也就成为这个地方新的地域性，或者也可以说是一种新的传统。你好好看看我们这儿周围的房子，很难看到没有贴瓷砖的，如果有，那都是“背面”，或者说房子的主人认为不重要的那个面。

G：你说的真是，我常在路上看到临公路的一面通常都会贴上瓷砖，而两个侧面以及房子的背面就是水泥的了，因为他们觉得重要的一面贴上瓷砖是应该的，而其他的面或许别人不看吧！（哈哈大笑起来）节约？

W：（也笑起来）还好，我没有节约这个砖的钱，因为我房子的几个面都贴了砖。

G：多少钱一平方米？

W：大概是人民币9块多吧。

G：够便宜！

W：确实。

G：你大概不是因为便宜才这样做的吧？

W：便宜只是一个因素。外墙上贴砖的做法似乎是一个新的地域特征，我觉得房子的设计与周围环境的关系大体有两种，一是协调，二是对比。前者应该是一座城市或是一种聚落空间中大多数建筑应采用的姿态，像传统城市中的大多数民居一样，是“沉默的大多数”。意大利新理性主义建筑师阿尔多·罗西（Aldo Rossi）在他的《城市建筑学》一书中把它们称为“居住群落”；而后者则是城市或聚落空间中少数具有重要意义的建筑的姿态，像东、西方传统城市中的宫殿建筑、宗教祭祀建筑，以及现代城市中的具有纪念性、公共性的建筑，罗西将它们归为城市中的“主要元素”。与罗西相类似的是，卢森堡建筑师里昂·克里尔（Leon Krier）[10]则认为城市形态要素是由个人性形态要素和公共性形态要素组成的，公共性形态要素在整个城市形态中是具有“统治”地位的，因而它们在形式上可以是多样而复杂的，而个人性形态要素则只能从属于公共性形态要素，其形式也应当是统一而具有普遍性的。就像流存下来的中国古代传统城市的杰出代表作——北京，就具有这样一种主次分明、秩序井然的空间效果——大片统一甚至是单调的灰色的胡同四合院民居烘托出紫禁城的华丽与壮美。

G：西方传统的城市也是这样的，教堂、纪念碑、宫殿是城市的主角，它们决定了城市在空间上的性格，而其他大量的城市住宅则有着在形式与空间上的相似性和连贯性。

W：对，像我去过的许多欧洲传统城市都是这样的。我很喜欢荷兰的阿姆斯特丹，城市中绝大部分建筑都是由清一色的砖房子组成的。荷兰是个低地国家，整个国家都没有山，所以没有石材，砖是传统建筑的最主要的材料。那些城市住宅沿河岸排列，大同小异，尺度也相当，所不同的可能仅仅是每幢房子的立面略有不同，如窗户或山墙的样式，建筑外墙的色彩等，但从大体关系上来看都很协调（图16），可以用罗西的“类型”一词来加以概括。罗西学术的价值在于他认为当代的建筑也应该服从传统城

[10] **里昂·克里尔**（Leon Krier,1946-）：出生于卢森堡的后现代主义建筑师，与其哥哥罗伯·克里尔（Rob Krier,1938-）擅长于城市设计及其理论。

图17：斜屋顶的房子就是我们人类“家园”一个共同的“原型”。
图16：荷兰阿姆斯特丹的城市建筑。
图18：勒·柯布西耶倡导的平屋顶。图为柯布西耶手绘草图。
图19：成都的斜屋顶运动。

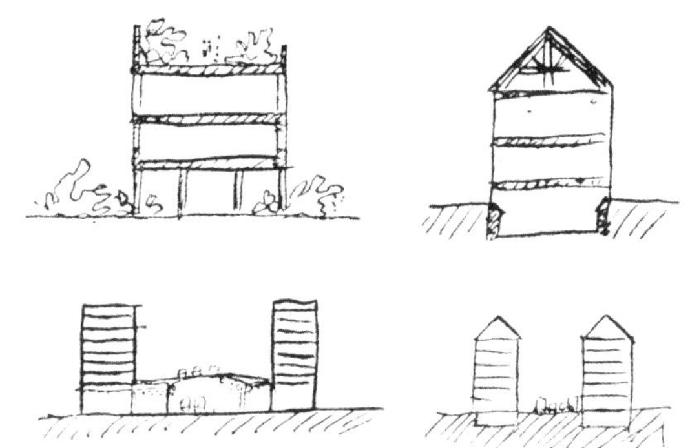

市遗留下来的对不同类型建筑的“身份”认定，这样，城市才能够将自己内在的结构关系及其空间价值关系永恒地保留下去，这就是以罗西为代表的从历史中去寻求“原型”的新理性主义思想的精髓。

G：“原型”指的是什么呢？

W：按荣格[11]的说法，“原型”就是一种“集体无意识”，是人们世世代代普遍性心理经验的长期积累，“沉积”在每一个人的无意识深处，它不属于个人的，而是集体的。比方说我们小的时候都画过房子——心目中那“美丽的家”，小孩子画的房子十有八九都会是坡面的屋顶。

G：是的，我也画过，现在我儿子画的房子也是斜斜的屋顶。

W：斜屋顶的房子就是我们人类“家园”的一个共同的“原型”（图17）。不管是东方还是西方的传统建筑中，都存在斜屋顶的房子，它不仅有在功能上利于排水的作用，同时，它总能传达出一种很温暖的感觉，在情感上是可依恋的。当然，勒·柯布西耶认为平屋顶在功能上要优于斜屋顶，因为它们可以被利用来作花园。其实，柯布以平屋顶反对传统的斜屋顶之初，并没有考虑过屋顶有成为花园的可能，只不过是为了解决混凝土热胀冷缩的裂缝问题，他采取了在屋面上堆土的做法来保温保湿，没想到的是，屋顶上那30cm厚的土壤，在自然的风与鸟的媒介作用下，在兵荒马乱、无人顾及的战火年代，居然长出个生机勃勃的花园来。为此，他就开始鼓吹平屋顶的妙用，把它作为新建筑的准则之一（图18），号召人们多多建造平屋顶的房子。现代主义“国际风格”的房子被称为“方盒子”，平屋顶起了很大的作用。

G：原来，平屋顶房子的历史并不长。

W：相对于在此之前的斜屋顶，它的确只有很短暂的时间。上世纪五十年代，梁思成在北京搞过“大屋顶”运动，是想借此能营造出北京城的历史风貌，在当时受到过批判，主要是从浪费的角度认为在现代建筑中做中国式传统的大屋顶是形式主义，没有什么实际的意义和作用。但老实说斜屋顶的房子确实没有平屋顶的房子那么呆板，而且也确实能传达出传统城市一定的氛围。当然，从现代主义讲究功能的角度来看，它确实是形式主义的东西。但这可以说明一点，斜屋顶的房子是一种传统建筑的“原形”，是被大家所认同的“集体无意识”，是根植于意识深处的牢固概念。所以，现在的城市建设中，一谈“夺回古都风貌”，必有斜屋顶的形式出现。

G：北京自不必多说，在现代建筑上加一个不伦不类的中国式大屋顶，如同在一身西装革履上头带一顶瓜皮帽一样可笑。

W：成都也有类似的做法，在一些历史性街区，也搞斜屋顶运动，生硬地在本来是平屋顶的现代建筑上加上一个装饰性的斜屋顶构件（图19），花了很多纳税人的钱，换来的可能并非是建筑艺术上的进步与成就。“屋顶”，这一本来是建筑上的一种构造形式，倒成了与政治、经济等紧密关联的“权宜之计”，你说，这个斜屋顶的“原型”在今天，以及漫长的将来难道都将是一个挥之不去的“记忆”吗？

G：有意思的话题。

W：还有一个更有意思的，就是——“围合空间”。

这应该算是中国传统建筑空间的一个“原型”，因为它渗透着中国文化的各个方面，这里很难一言以蔽之。在中国人骨子里，以血缘维系的“家”是世界的中心和

[11] **荣格**（Carl Gustav Jung,1875-1961）：瑞士心理学家和精神分析医师，与弗洛依德同为分析心理学的创立者。著有《无意识心理学》、《心理类型》、《寻求灵魂中的现代人》、《记忆、梦、反省》等。

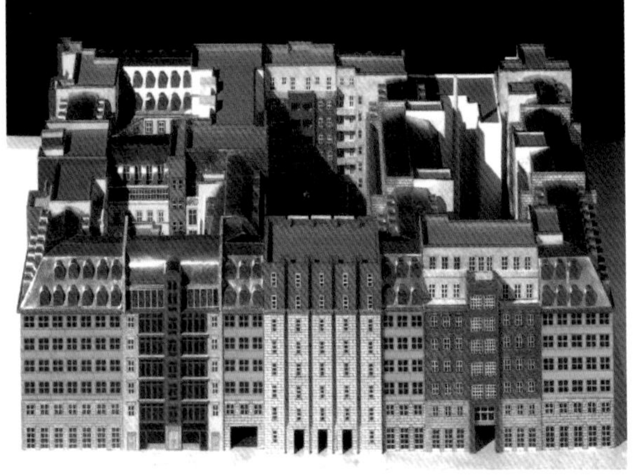

图20：现代化的小区依然被一堵堵的围墙所包围。
图21：阿尔多·罗西设计的建筑继承了传统建筑的诸多元素，它们属于城市的建筑，其本身也构成城市。

个人为之奋斗努力的全部，中国人常说“家丑不可外扬”，这“家”是“内”，而“外”则是围墙外的另一个世界，所以，中国人的“内”与“外”是有很严格的分别。因此中国人自古就没有城市公共生活，更缺乏城市的公共性空间。在当代的城市空间里，这种“围合”的空间观念同样无处不在：现代化的小区，有着当代最新潮流的建筑风格以及可以满足现代生活功能的各种设施和条件，却依然被一堵堵围墙所包围（图20）；不仅如此，我们的校园环境、政府机关环境等都是如此，而被围墙分隔出的剩余空间是支离破碎的城市。在过去、在当代，以及未来，这样的“集体无意识”还将继续存在，这就是“原型”，这是从文化中继承的东西，我们很难对之加以简单的褒或贬，就像你的父母就是你的“原型”，你的祖辈是你父母的“原型”一样，我们每一个人都享有我们祖辈的特征。

G：这有点儿像生物学上的“遗传”？

W：对啊，生物学上有“遗传”，同时也有“变异”。在西方文化中，亚当与夏娃是人类的“原型”，但你看现在有多少个亚当与夏娃。你很像你的父母，但是却又不完全一模一样，“类型学”的所谓“类型”就有点儿这个意思，你是属于你的家族这一“类型”的，也许这个比方并不太合适。所以，作为城市中的建筑应该确定自己的“身份”，安守“本分”，应该考虑与周围的文脉产生关系，而不要一味的“鹤立鸡群”（图21）。

G：但是，你这里并不是一个称得上是“城市”的空间环境呀？文脉何有？

W：是的，这里是低密度的郊区。但任何建筑它总是处在一个具体的“环境”当中，它脱离不了它的实际“环境”。不管是什么样的环境，建筑都应该对它的环境作出一种积极的回应。白色瓷砖是对这种环境的一种回应，在美学形式上也叫“呼应”，或者叫作“传递”。

G：为什么选择这样一种通俗的形式？

W：其实一种材料本身是无所谓“俗”与“雅”的，“雅”与“俗”通常都是人为的界定。“雅”就是少，就是曲高合寡，但一旦被摹仿，用得多了，也就“俗”了；而与之相反，“俗”就是多，就是司空见惯、见惯不惊，而一旦被认定为“俗”，大家都不愿意沾它，怕惹上“俗”的名声，被专业人士耻笑。但大家都回避很久的“俗”一旦又以新的姿态重现江湖，可能又成为“雅”了。对于瓷砖的考虑，我有三点，经济、实用与文脉。前两点已经说过了，这第三点“文脉”似乎也并不是一个新鲜的东西，“文脉”在建筑中就是房子与周围环境的关系。这是当代新地域主义（Neo-regionalism）（也被称为批判的地域主义）[12] 建筑学中的一个关键词，它比较重视环境对建筑的影响，而不是一味地强调和炫耀那孤零零的建筑，强调建筑的地方性的同时，并不拒绝现代主义中进步和解放的内容，这就是被肯尼思·弗兰姆普顿（Kenneth Frampton）[13] 称作的“批判的地域主义”。“批判的地域主义虽然反对那种对地方和乡土建筑的煽情模仿，但它并不反对对地方和乡土要素进行解释，并将其作为一种选择和分离性的手法或片断注入建筑整体。”存在于环境中的“文脉”并不意味着什么新奇的东西，它已经存在了很久，是陈旧的，多半也是通俗的，正因为是“通俗”的，所以才具有普遍性的特征，才具有“集体无意识”。通俗的对立面是“雅”，“阳春白雪”与“下里巴人”是融不到一起的，在传统文化中这种分别是很清楚的，而当代文化却试图消除这种对立。在当代哲学观念中，很多事物本来很清晰的对立概念已经变得越来越模糊了，如物质与非物质、主观与客观、表象与本质等等，普通老百姓家的闺女可以打扮得像昔日皇家的公主，收入平平的公司职员也可以跟老板的女儿一样摹仿当下流行的时尚明星，私人谈话可以在电视上向公众传播，通俗歌手可以比专业歌手更加受到大众的欢迎和追捧，这是一个什么事都在发生，也可能发生的世界，人们并不会去严格地分别和思考概念的两极。

G：对，最近看了姜文的新片《太阳照常升起》，觉得它并不像通常的电影那样有一种讲故事的逻辑性，甚至会感觉没什么故事情节，但似乎又有，或者觉得故事是在东拉西扯的吧。

W：没什么逻辑就是它的逻辑，它只是借一些人物和画面在表现一种电影语言。王家卫的电影也是这样的，他的一些电影甚至没有脚本，大致有一条思路后就开始拍。

G：哦，你说修房子可不可以没有图纸就开始建呢？

W：当然有了，但要看是什么项目了，建筑不是纯艺术，不是纯观赏性的，所关系的面较多，特别是人命关天，图纸要通过有关部门的审批，签字盖章后方能开始修建。

G：看来修房子还是没有那么多的自由度。

W：但室内设计在个人表现上所能发挥的空间要多一些，特别是在一些装饰性较强的处理上，自由度还是有的。

G：其实，我觉得除了绘画与文学创作是自由度相当高的以外，其他艺术形式都是要

[12] **新地域主义**：释义同“新地方主义”。

[13] **肯尼思·弗兰姆普顿**（Kenneth Frampton,1928-）：英国著名学者、建筑理论家，美国哥伦比亚大学的维尔讲席教授（Ware Professor），曾有许多经典建筑理论及建筑历史方面的著作问世，如《现代建筑——一部批判的历史》、《建构文化研究》等。

[14] **妹尾河童**（1930-）：日本当代具代表性的舞台设计家。1930年生于神户，1954年因舞台设计而崭露头角，此后活跃于戏剧、歌剧、芭蕾舞、音乐剧、电视等表演艺术领域，曾获“纪伊国屋演剧”、“山多利音乐”、“艺术祭优秀”、“兵库县文化”等众多奖项。著有《窥视日本》、《窥视印度》、《窥视工作间》、《河童杂记本》、《河童旅行素描本》等。

受到程度不同的各种条件限制的。

W：因为这些艺术形式都要受到制作手段和媒介的限制，而且不是一个人可以独立完成的。文字是可以天马行空的乱写，只要有人愿意看就成。但在这个图像暴力的时代，文字已是一种很传统的传播和沟通方式了，而代替传统文字的是多样的文本形式。最近，我看了一本日本当代具有代表性的舞台设计家妹尾河童[14]写的一本书，名叫《窥视工作间》，书中对很多名人的工作室做了很细致的描写，有教授、有医生、有艺妓等，每一个工作间还有河童画的详细的俯视图。

G："窥视"？在我的感觉中，这是一个很见不得人、很不光彩的词汇啊！在这儿怎么就成了一个很正面的行为了呢？

W：在以前的电影和文学作品中，"窥视"总是和偷偷摸摸联系在一起的，比如说偷看别人洗澡，偷看别人处理自己的私事，这种行为根本是不能拿到台面上来说的，更别说以此取个书名了。但这正是后现代文化的一种重要特征——台面下的事儿也可以走到台面上来说，登不了大雅之堂的也可以登上大雅之堂。陈丹青[15]的《退步集》从书名儿上就能感觉到他的观点和立场，"退步"是真的退步吗？还是另一种进步？我们都不能简单的用传统的方式加以注解和评论。这就是当代文化的方式和特征，这种文化上的特征也渗透到建筑中，现代主义中傲视群雄的所谓"英雄主义"已经成为过去，后现代主义的旗手查尔斯·詹克斯在《后现代建筑语言》一书中将后现代主义定义为两套译码：一是被专家所认可的，二是被大众所接受的，从本质上讲即是在建筑中同时反应出精英文化与通俗文化的结合。这也是后现代文化的一个重要特征——"雅"与"俗"并不是一对对立的关系，通常它们是可以相互转化的——雅到极致则俗，俗到极致则雅。整个后现代文化就是有"俗"文化的参与，像波普艺术，它就是要不断地重复那些通俗而流行的符号，通过新的方式的呈现而产生新的审美体验。“雅”与“俗”的标准不再像传统文化中那样的泾渭分明。一切都变得轻松起来！

G：怪不得现在女孩子都喜欢把内衣穿到外面来。

W：这叫“内衣外穿”嘛。

G：男孩儿带耳环，不知道这是混淆性别，还是反祖？

W：“反祖”？

G：就是跟着祖宗学啊，我想原始人一定是带耳环的。

W：倒也是，今天我们回过头去看那些文化经济相对落后的民族，越是落后，就越是喜欢用装饰性的物件来装饰自己。

G：老土！这可不是落后的表现，这是时髦，我看我们这些“60后”出身的人都快要过时了，现在是“80后”、“90后”的人一波一波的出来，人家的玩法跟咱们可是不同的了。

W：女孩子剃光头，男孩子留长发，对人在相貌上的两性分别和特征都不再像传统文化中所设定得那么严格了。女人可以走出家门，担当国家重任，男人可以回到家庭，带孩子洗衣做饭。现在的人更多在做人的意义上呈现出“中性”的特点，我们的文化也更多呈现出一种“灰色”的状态，没有“黑”与“白”，也很难简单的断定“是”与“非”。

[15] **陈丹青**（1953-）：中国当代著名画家。1953年生于上海，1970年至1978年辗转赣南与苏北农村插队落户，其间自习绘画。1978年以同等学历考入中央美术学院油画系研究生班。1980年毕业留校任教。1982年赴美国纽约定居，成为自由职业画家。2000年回国，现定居北京。早年作《西藏组画》，近十年作并置系列及书籍景物系列，业余写作，已出版有《陈丹青音乐笔记》、《多余的素材》、《退步集》等。

G：但你的房子却选择了白色？为什么？

W：你不喜欢吗？

G：也不是不喜欢，你不觉得白色很容易脏吗？

W：是的，是很容易脏，当初也考虑过用灰色，反复考虑过很久，最后还是决定用白色。我现在已经尝到了白色的“苦头”，就是大约半年就要清洗一次。

G：就像一位美人脸上长了皱纹或者长了斑一样难看吧。

W：是的，白色的确很娇嫩。不过，美人即便长了皱纹，但胚子还在，还是美人。当然，这个比方并不一定合适，因为我自己不能够说自己的房子是一位“美人”。就像我不能够说我自己是个美人一样，美人可是凤毛麟角，哪儿有那么多的美人。

G：哈哈，你又老土了！现在的美丑可是没什么界定的标准的。不信，你试试，你现在不管走到哪儿，都会有人看也不看你一眼的就立马叫你一声“美女”。

W：的确，“美女”一词已经跟它的实质性意义没有关系了，它变成了一种泛指。对不起，这是一个不太恰当的比喻。不过，选择白色，出自勒·柯布西耶的一句话：“在阳光下，我想建一座全是白色的城市，但还是需要绿色的柏树做点缀。”

G：呵，我好像以前在什么地方看到过这样的画面？

W：你是说他设计的一座建筑，叫萨伏伊别墅吧。

G：啊，对，我在照片上看到过，我一位去过法国的朋友告诉我的，她就在巴黎郊外的普瓦西。

W：这是一位真正的美人。

G：下次去一定要瞻仰瞻仰！

W：时间沧桑、岁月无情，只是这位美人的脸上可能已经布满皱纹。

G：（做出一幅鬼里怪气的表情）但美人的胚子还在，依然是位美人，岁月的磨砺可能更加让她有一种坚毅的独特气质。

W：噢，看不出你是一位抒情诗人。

G：本来她就充满了诗情画意嘛。

W：她是现代主义建筑的一个里程碑，萨伏伊被称为是“白色的女皇”，她那么高贵而矜持地站在一片绿色的大地上。白色的盒子被纤细的混凝土支柱架起，仿佛轻盈地飘浮起来，实现着柯布的底层架空、自由平面、自由立面、水平向条形长窗以及屋顶花园的新建筑经典五要素。而白色更是奠定了现代主义纯净的形式风格，相对于“黑色密斯”（密斯多用黑色的钢结构材料）来讲，被称为“白色柯布”。

G：色彩具有那么大的威慑力？色彩可以成为设计师的代名词？

W：色彩是视觉信息传播的第一要素，当你看到一样东西和一种景物时，你首先看到的是它们的色彩。在我们生活的世界，到处都充满了色彩，它无处不在，无时不有，没有哪个地方或哪个表面脱离了色彩的存在和色彩概念。柯布年轻时曾作过很多次旅行，在1910年和1911年，他进行了他的“东部之旅”，旅行了巴尔干半岛、土尔其、希腊和意大利中部。这些旅行改变了他对色彩、日光和空间的理解。地中海太阳的耀眼光芒激发了他对色彩的兴趣和心中对洁净的渴望，“白色”成为柯布这次旅行的主要经历。在那里，强烈的阳光使每样东西都反射出白色的光：白色的太阳、白色的天空、水中白色的倒影、白色的星星、白色的晨光、白色的薄雾、白色的辅路石、白色的沙子、白色的大理石、白色的桌子、白色的木椅、白色的织物、白色的农舍灰泥、白色的灯塔、白色的清真寺、白色的修道院墙壁、白色的房间……在那里，本土建筑的白色墙体给他留下了深刻的印象，他在日记里写道：“每个春天，人们所喜爱的

图22：白色的古希腊建筑。

［16］ **温克尔曼**（Johann Joachim Winckelmann,1717-1768）德国古典美学家。著有《古代造型艺术史》、《关于在绘画和雕刻中摹仿希腊作品的一些意见》等。温克尔曼是最早对古希腊造型艺术进行认真研究的学者，他探索古希腊造型艺术的源头，使人们对真正的古典主义逐渐有了较深的理解。在德国，他首创了对艺术史的研究，影响到后来的赫尔德、许莱格尔和黑格尔，对启蒙运动具有推动作用。

［17］ **高特弗里特·森佩尔**（Gottfried Semper1803-1879）19世纪德国建筑师和理论家，被誉为德国19世纪继辛克尔以后最伟大的建筑师和建筑理论家之一和“歌德真正的继承者”。曾出版和发表一系列理论文章及著作，其理论的核心及精髓可见于1851年出版的著名的《建筑的四个要素》，此书对以后的建筑发展产生了重要的影响，并对当代建筑的研究具有宝贵的价值。

房子会穿上一件新的外衣，白得闪闪发光，通过树叶和花丛，房子笑过整个夏季……房子经粉刷后，白得如此美丽，给我留下了深刻的印象。”这次旅行结束，回到瑞士后，他就为父母亲设计了一幢被称为是“发白的小屋”的房子，因为房子的外部涂有白色的粗灰泥。自此，采用白色的粗糙表面表现建筑的体积、光线和阴影成为柯布作品的一种基本语言。白色从西方传统建筑过于装饰华丽的空间中解放出来，成就了现代主义建筑朴素而单纯的表面。萨伏伊那白色的立方体被四周绿色的草木所簇拥的画面从此成为现代主义建筑的一种偶像和标本，影响了很多建筑师。

G：一个多么动人的故事！不过，我觉得在现代主义之前，好象就已经有白色建筑存在了，不是吗？古希腊建筑，都是由白色的大理石砌成的，她是那么的高贵而典雅。

W：你提的这个问题很好，这是一个有学术争议的问题。我们今天看到的古希腊建筑的确是白色的（图22）。18世纪德国的学者温克尔曼（Johann Joachim Winckelmann）[16]就明确提出希腊建筑纯粹是由白色的大理石构建而成的观点，有些人甚至认为希腊是白色大理石古典建筑形式的发祥地。不过，19世纪另一位颇具影响力的德国建筑师及理论家高特弗里特·森佩尔（Gottfried Semper）[17]的“穿衣”理论彻底粉碎了那“高贵的简洁和宁静的大气”的美好幻景——他认为古典的希腊庙宇和罗马纪念碑上使用了多色涂料，只是随着自然的风化和岁月的流逝，那些色彩涂料渐渐剥落掉了，露出了本来的大理石材料。

G：是真的吗？我以前一直认为古希腊建筑就是由白色的大理石构建的呢，这下让我对她这“美人”的印象要打点折扣了。

W：白色古典建筑的观点在今天依然盛行。整个20世纪的现代主义建筑运动是一个不断去掉装饰的过程，白色的建筑看上去很纯净、很简洁。但认真地讲，勒·柯布西耶

图24：阳光下的四宅。

的白色建筑与森佩尔的建筑“穿衣”理论并没有本质上的区别。

G：哦，为什么？

W：因为尽管是白色的建筑，但它本质上讲仍然是真实的材料被包裹在外层材料里面的，那“白色”还是一层薄薄的“衣服”而已，不是吗？

G：是这个理儿。那么，你说建筑穿“衣服”好，还是不穿“衣服”好呢？

W：你的问题不好回答，不穿“衣服”的建筑就要裸露结构和真实的建构材料，它是“诚实的建筑”，哥特式建筑的“诚实”被现代主义所推崇，但实际做起来就连阿道夫·路斯（Adolf Loos）[18]也是自相矛盾的，一边认为“装饰即是罪恶”，一边却在大讲“饰面的律令”，他设计的建筑表面都有另一种饰面材料的包裹。柯布的白色建筑看来是去掉了装饰，但实际上，那层“白色”难道不是一层装饰吗？它与那些繁琐的古典建筑装饰本质上是一样的。

G：你是想说在现代主义建筑中，装饰也是无法避免的，只是与传统建筑在装饰上的表现有所不同而已？

W：可以这样说吧，装饰并不是什么罪恶，虽然是不诚实的，但这是一种善意的“谎言”。其实，装饰是有很多作用的，人们离不了她。在当代的建筑中，装饰可以使外面的“衣服”与里面的结构骨架根本不同，这样结构可以去解决更多的构造问题，而“衣服”则可以更多地解决艺术上、感觉上的问题，这不很好吗？特别在室内空间中，装饰可以调整空间与人的关系，装饰可以让空间更符合人的心理感受和使用上的需要，是一种对人的关怀。当然，过度的装饰是不可取的，现在普遍有一种为了装饰而装饰的倾向。

好了，现在还是说我的白色瓷砖吧。你也知道了，选择白色其实还是有柯布的

“流毒”在起作用，白色的房子很纯净、很简洁，与环境的关系是既对比又协调。瓷砖有着它的本土性，刚才已说过了，虽然说我选的白瓷砖就是极其普通的白瓷砖，但它的表面并不光洁，有凹凸、亚光，这样整体看上去有一种质感，并且我还做了一点小小的处理。

G：是什么？

W：我把砖缝抹了一道白水泥。

G：是啊，怪不得我感觉与周围那些农舍的外墙所贴的白瓷砖是有点儿不同啊，原来是这样。

W：从施工质量来说，白缝勾得并不好。只能说整体效果还马马虎虎，勾了白缝以后房子显得更纯净、更整体一些，体积感也更强一些。

G：就这么一点点处理，应该说就超越了本土性吧。

W：也不能这么说，勾白水泥缝并不新鲜。只是周围农家的房子基本上都是用普通水泥勾的缝，看上去瓷砖一块一块的，反而破坏了房子的整体感。所以，我这座房子与他们的既相似，又不同。我表现的是一种地域特征的印象，而不是复制品。

G：是啊，初一看，好象没什么特别的，觉得很平常，但仔细观察，就会发现很多的

[18] **阿道夫·路斯**（Adolf Loos,1870-1933）奥地利现代建筑的奠基人之一，现代主义建筑早期的先驱人物。生于当时的奥匈帝国的摩尔维亚的布尔诺（即在原捷克共和国境内）。路斯是较早提出现代建筑设想的建筑师，他曾一度与分离派密切相关，而他的声望很大程度来自于他写的文章，其中重要的是发表于1908年的《装饰与罪恶》（Decoration or Crime）。文中他坦诚地提出自己反装饰的原则立场，认为装饰已不能适应现代机械化产品的需要，并认为简单几何形式的、功能主义的建筑才是符合20世纪新的社会发展需求的建筑，主张建筑应该摒弃繁琐的装饰，追求民主的和符合大众需要的新的道路。其鲜明的思想对现代主义建筑的发展产生了极其重要的影响，促进了现代设计运动的形成，同时也成为日后现代主义设计的意识形态原则。

图23：有人说她像一座被废弃的早期现代主义建筑。

不一样了。

W：有人说她像一座被废弃的早期现代主义建筑（图23），我有时也会有这种感觉，尽管我在考虑方案的过程中并没有那么想过，也没有那样追求过，想把一种发生于上个世纪20年代西方的建筑运动的成就移植到当下的中国，但人的潜意识经验会不自觉的跑出来，这是说不清楚的东西，我喜欢这种说不清、道不明的感觉，曾经在一本书上读到过这样的一句话："熟悉的事物变得疏远，疏远的事物变得熟悉"，我可以用这句话来概括这一种感觉。

G：在中国人的传统中，好象白色并不是一种吉祥的色彩吧，关于这点不知你有没有考虑过？

W：白色并非不吉祥。在中国传统文化里，有"青赤白黑黄"五色相生的说法。这五种颜色分别代表"东南西北中"五个不同的方位，五色为正色，由五色相生相克而来的色为间色，正色为尊，间色为卑。上下尊卑、官位等级、宗教祭祀都要选配相应的色彩，色彩更多的是需要符合"礼"的象征性伦理内容。另外，在艺术范畴里，文人士大夫有以素为雅、为美的审美习惯，孔子说："绘事后素"，宋代朱熹解释说："绘事必以粉素为先。"意思是说，先有素底，后布众色。后来朱熹也说过："素，喻礼也。"水墨画即是在白色的底上靠水与墨的混合施以浓淡的韵味，"素"成为中国绘画中无尚的追求。今天我们看到的许多明清传统民居，如典型的徽派民居，最有代表性的特征就是"粉墙"和"黛瓦"，认为那里面有诗与画的境界，从中可以看出国人是很欣赏"素"的意境的。

G：北方的青绿画，南方的黑白水墨画，北方的雕梁画栋，南方的粉墙黛瓦。白色似乎是比较脱俗的颜色。

W：在中国古典文学作品中，当描写一位仙人或是不凡之人时，总是会说骑着一匹白马，李安导演的《卧虎藏龙》里李慕白穿着一身白色的长衫在绿色的竹林里与玉娇龙对手，真有点儿飘然欲仙的感觉……

G：只是有人说周润发像只大笨熊，我可不是周润发的粉丝。

W：哦，是吗？另外，从现代色彩学的角度来看，白色是一种基本的色彩，也是一种很中性的颜色，她代表着普遍和抽象的理念。白色可以在一个很混沌的环境中成为主角，同时又可以在很缤纷的世界中很低调地消失，它可以是其他颜色的背景，同时又被其他颜色所烘托。当然，这些都太理论化了，我觉得色彩重在感觉。我最初到这里来看场地的时候，这里是一片绿色的灌木丛林，我站在那儿就想象着这房子应该是一座白房子，与绿色相辉映，与环境有一种对比的关系——这是直觉告诉我的。

G：以后再修房子，还会是白色的吗？

W：不知道，这要看是什么房子了，还有她周围的环境怎样，我并不是一个坚定的“白色派”呀，你这个问题似乎让我又想起了理查德·迈耶，因为他的建筑几乎全都是白色的。

G：真的吗？白色的魅力是如此之大，能让一位建筑师一生努力为之而追求？

W：当然啦，据说，就连他的衬衣也都是白色的，只有一件蓝白条相间的是唯一的例外。他在获得普利策建筑奖时在答谢辞中曾经这样说道：“歌德说色彩是光线的痛苦，我想白色是所有色彩的记忆和期待。”白色能够使自然界中其他色彩的感觉得到强化，更重要的是在白色的表面上能够更好的表现和演绎光影虚实的变化，在这点上其他色彩是不及她的。我这房子在出太阳的时候特别好看（图24），就是因为白色强化了光影，从而使房子的体积感也更加强烈，正如迈耶所说的：“我用白色来澄清建筑概念”。

G：啊，不好！

W：怎么啦？

G：我一不小心，茶水弄脏了我的白衬衣，这还是我去年在日本买的呢，怎么办？洗不掉了！

W：哈哈，娇气的白色！谁叫我们刚才尽说她的“长处”呢？还是得一分为二，美是要付出代价的。像我，总喜欢穿黑色的衣服，弄脏点也不要紧的。哦，不知道边那的白衬衣是怎么洗的？

G：（做个鬼脸看着我）建筑不也是一样的吗？

W：好，下次建个黑房子吧！

I have a house dream, 2001

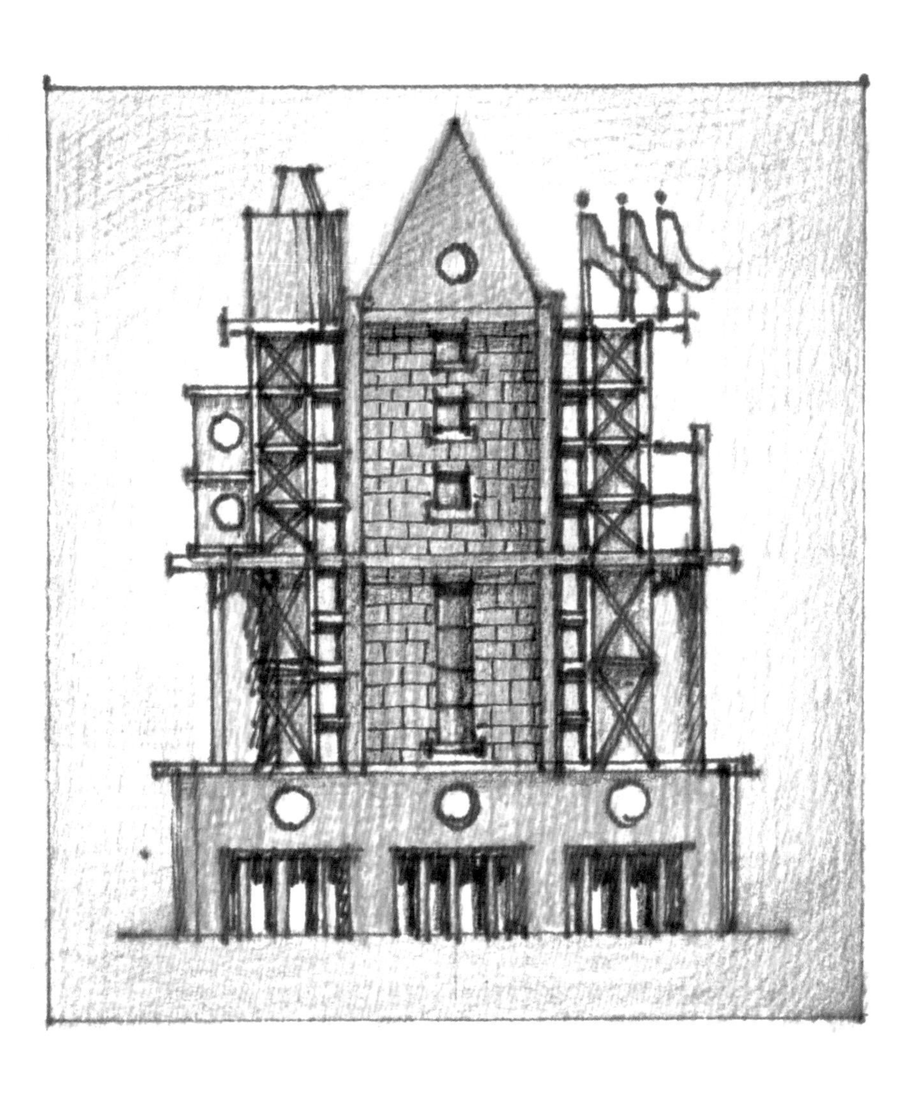

谈话6：小空间 大家具
Conversation 6: Little Space and Large Furniture

时间：2008.1.1
地点：浓园凹宅
人物：万征（凹宅的设计者）
　　　L女士（某大学副教授）

建$4m^2$的卫生间，就是犯罪。

——勒·柯布西耶（Le Corbusier）

还记得卧车、餐车、飞机座舱中相当舒适的逗留吗？那些空间都相当节制，但又极其严格地按照人体尺度来安排。

——勒·柯布西耶（Le Corbusier）

L女士（以下简称L）：新年好！今天是元旦节，2008年的第一天，又是一年过去了，时间过得真快，你感觉怎样？

万征（以下简称W）：新年好！很遗憾，我感觉不怎么样，一切如故吧。

L：我给你发的短信收到了吗？

W：收到了，谢谢！

L：昨晚我和几个朋友在一起喝茶聊天，根本就没睡觉。

W：是吗？休闲也得要加班加点？那你今天白天就该好好地睡上一觉呵。

L：没时间，跟你约好了的，要来这儿看看你设计的这个建筑。

W：什么建筑不建筑的，就算是个房子吧，一间工作室而已。

L：你不喜欢“建筑”一词？

W：我觉得它太正式了点，而“房子”质朴一点儿，似乎也要边缘化一点儿。

L：你喜欢边缘化？

W：我害怕成为主流，我也不喜欢被关注。

L：奇怪的想法，现在的人不都想被关注吗？

W：人一但被关注，很多事情就由不得自己了。

L：我看未见得。不过，我们以后找个时间来讨论这个问题吧，还是来谈谈你的房子。老早就听说了，还在报纸上看到过有关这房子的介绍，一直想来，就是没时间。

W：你已经说了两次“没时间”了，真的这么忙吗？那今天怎么有时间了？

L：今天是元旦节嘛，过节是该做点儿有意义的事啊，嘿嘿！

W：哦，你以为节日就跟其他时间不一样呵？

L：你这人怎么一点生活的激情都没有，过节当然有意思啦，它让我们体会到很多生活的乐趣。比如：哇，要过新年了！要穿新衣服了！哇，要过中秋节啦！要吃月饼了！哇，要过“六·一”儿童节了，要穿花裙子了！多好。

W：（大笑）能这样当然太好了，很羡慕你，童真未泯的家伙，你真是一个很有幸福感的人，只是你说的都好象是过去的事，现在有这种感觉的人越来越少了。据说，人只有在童年的时候才能真正体会到什么是快乐的感觉。比如说小孩子们都特别喜欢过年，总盼着过新年，过年有好吃的，好穿的，还有压岁钱。但现在一年四季，只要你愿意，天天都可以穿新衣服，天天都可以有好吃的，多没劲儿啊！

L：过年也好，过节也罢，都是找一个借口给自己放松一下。圣诞节那天就听电视里那个主持人说，中国人过圣诞节不过是给自己找个逛街购物和朋友聚会的理由罢了，不是吗？有几个中国人是真正信仰耶酥基督的呢？

W：小孩子喜欢圣诞节，因为他们可以在平安夜收到“圣诞爷爷”的礼物。

L：你也玩这套游戏？

W：是啊，当然，这种西方文化在中国是要被Local的。平时，当孩子不太听话的时候，我就把“圣诞爷爷”搬出来，“你今年还想不想得到圣诞爷爷的礼物啦？”这种办法一般都会有效。

L：现在还有效？没有被识破？

W：目前还没有，但孩子大了以后肯定会知道这只是一个美好的故事而已。而当故事幻灭的时候，人都需要面对真实的生活，其实我并不愿意孩子过早的面对人生，当然人也不可能一辈子生活在美好的故事中。但故事是一种暂时逃避真实生活的方式，建房子其实就具有与之相同的作用。

L：为什么？

W：我觉得建房子是一种将自己与现实的周围环境隔离开来的行为，被隔离出来的这个空间对自己的意义就如同美好的故事对于小朋友的意义，它并不是真实的现实空间，但它能给你一个可以让自己幻想的地方。所以，我的这个房子并非是一个正统词汇——“建筑”的意义，它根本就是一个自我幻想的场所，一个可以自以为是的地方，而这个对于做设计的人来说很重要。因为，在现实生活中，一个设计师通常都会是一个受打击的对象！

L：哦，是吗？怎么说得这样悲惨呢？

W：这是事实，正如日本建筑师隈研吾所说的：“建筑师的工作成了一种印有失败标记的职业”，“这些遭受挫折的人只有通过建设符合‘真实’自我的理想住宅，才能够竭力做到拯救自己”。

L：原来你是这样来认识自己的，怎么会“受打击”？又怎么会是“失败标记的职业”？谈何“拯救自己”？你赞同这种说法吗？

W：是的，尽管有很成功的设计师、建筑师，但总的来说设计师、建筑师是一种受打击的角色。贝聿铭很成功，瑞姆·库哈斯很成功，但他们却又真正是遭受打击的对象。法国卢浮宫玻璃金字塔方案贝聿铭受打击（图1），库哈斯设计的央视新楼被批判。在现实生活中，建筑师是一种任人评说的职业，因为建筑的公共性而不得不一次又一次地面对世人的评论、批判，甚至嘲讽。所以，正如库哈斯所说的建筑师是“全能与无能的混合物”，设计师也好，建筑师也罢，都需要极强的承受力和坚韧的神经，要不然就得抑郁症了。

L：哈，有这么严重吗？

W：建筑师的自由是非常有限的，日子不好过。这些算是成功的建筑师，而生活中大

图1：笔者曾经造访曾遭法国人嘲讽与反对，然而现在成了巴黎的象征的卢浮宫玻璃金字塔建筑。

部分设计师、建筑师的日子就更悲惨了。但如果说能自己给自己一个由着性子的事情，宠爱一下自己，给自己找点儿自信心的话，那就应该算是给自己修房子了。就像一个小朋友幻想着圣诞平安夜那天会收到自己心仪的礼物一样，只是这个礼物不是巧克力，也不是什么好玩的玩具，它就是一个能让我时不时的来这里认识我自己的一个地方。

L：房子是一个大的玩具？成年人的玩具？

W：对，也可以这样说吧。只不过不是圣诞爷爷送的。

L：是谁送的？我看天下没有免费的晚餐，你的这个“故事”并不浪漫。

W：送你一朵玫瑰花，而这花还得要用钱来买，这就是当代人类的无聊生活。

L：是的，现在的人总是在花钱中认识自己的。

W：我买故我在嘛。我们都是这个物欲主义时代的一分子，修房子也是花钱。大家都喜欢在节日里花钱，因为“节日”是时间上的一些节点，它让我们体会到这天与平日的不同，从而激发我们生活的兴奋点，就像空间上的节点一样，可以激发我们空间体验的兴奋点，所以，“节点”上是需要做文章的。但对于我来说，只要天天都能做自己喜欢的事——每天都是过节。

L：你就是三句话不离本行（hang）。

W：什么“行（hang）”“不行（hang）”的，我充其量给自己封个“业余建筑师”的头衔吧。

L：太谦虚了。

W：我一点都不专业，但我喜欢业余的状态。其实做什么事只要是做到专业的份儿上，都挺挣扎的，“好玩”的成份就没有了。像我女儿在四岁的时候说的“妈妈是个教书匠”，我就问她这是什么意思？她说：“修皮鞋的就是鞋匠，打石头的是石匠，磨刀的是磨刀匠，当然教书的就是教书匠啦。”我觉得她说得很好。于是，我就问自己：是不是一个以此为生的职业就注定是比较“匠”的呢？

L：是吗？我是外行，不懂这个，但我觉得这房子跟我想象的不太一样。

W：哦，怎么的不一样呵？

L：我来之前想象着你这房子应该是好大好大的，郊区的房子嘛，应该修大点儿，但我看你这房子大约就三百来个平方吧？

W：什么“就三百来个平方”，口气蛮大的，已经不小了。加上二层的露台差不多300多一点，如果不加露台建筑面积就是$269M^2$，宅基地面积$150M^2$。

L：为什么不修大一点儿呢？

W：别太宠坏了自己（笑……）。

L：开什么玩笑，尽管你这是一间工作室，但总归是一座郊区住宅吧，地处郊区，周围又没有场地的限制，为什么不修大点儿？我好多朋友在青城山修的别墅少说都是五、六百，甚至上千平方的。

W：哦，从面积上来讲，这房子的确不算是郊区住宅的尺度，但“大”能说明什么呢？

L：大就是好嘛，不是人人都想要住大房子吗？我就喜欢大房子，要是有机会修房子，我就修大房子。

W：与我们日常的家具、器物相比建筑其实就已经是很大的了，“大”是建筑的一种与生俱来的特性，再小的建筑都是“大”的。

L：（一愣）对，一点儿没错。

W：但“大”并不是评价建筑的唯一标准，通常我会喜欢比较小一点的房子。

L：（不解的表情）奇怪，难道你对大房子没有想法？

W：这个问题不好回答，每个人对空间“大”与“小”的感受似乎是不同的。

L：我看除非是寸土寸金的地方，否则的话，空间越大越好。哈哈！

W：客观地讲，大空间是人类一直以来的一种追求，不管是西方古典建筑里的拱券和穹顶（图2），还是现代建筑的钢筋混凝土框架结构，以及当代的网架、壳体、悬索等大跨度结构，都是力图去扩大空间的容量和尺度的构建形式。摆脱“小空间”的束缚，尽力创造自由、开放、灵活的大空间是现代建筑空间理念的重要方面和材料与技术上的追求。整个建筑技术史我们都可以看成是追求大空间的历史。因为，一个人一生下来，就必须占有一定的空间，人类的生存是以占有空间为前提的。

L：我想不仅仅是占有。

W：对，还有扩张，它是对空间进一步的占有，这也是人类生存的一种基本需要。一位日本建筑师阿部仁史说：“人类以各种方法和手段不断地扩张，以使其能够在世界中更好地存在……建筑是人类扩张出去的一个组成部分，是覆盖身体的躯壳……”，建筑师的工作就是帮助人们进行空间的扩张。

L：“覆盖身体的躯壳“？

W：对，在中国传统文化里也有这样的说法。《世说新语》里就有这么个故事：有一个人喝起酒来总是很放任自己，有时甚至脱光了衣服，赤身裸体的在屋里，有人见了就嘲笑他，这人说：“我以天地为栋宇，屋室为裈衣，诸君何为入我裈中？”意思是说，我把天地当作房屋，把房屋当做衣裤，你干嘛跑到我裤子里来了？清代的文人才子李渔在《闲情偶寄》里也曾提到：“人之不能无屋，犹体之不能无衣。”建筑的本

图2：拱券与穹顶都是对大空间的追求。

质其实就是可以把人的身体装进去的空间，覆盖并保护人的身体，再就是使人得到身心的愉悦，这和衣服在本质上是一样的。

L：呃，从这个意义上讲，建筑与服装是有相通之处的。但服装是柔软且与身体接触更为密切的，建筑则更为坚固而永恒。

W：你说得很对，因为建筑不必紧紧的包裹着身体，所以它可以扩张。尽管衣服也可以扩张（图3），但它的形式要受到人的身体活动的限制。扩张是人类欲望膨胀的表现，是人的本性。从人类文化学的观点看，一切建筑空间都始于人类对空间占有的欲望，占有空间，并对其进行定义是人类的一项基本本能。德国19世纪的建筑理论家森佩尔（Gottfried Semper）在他的《建筑四要素》一书中将建筑的四个基本要素：墙、顶、炉灶、地台的产生归结为人类对围合、遮庇、汇聚和抬升的四个基本动机，建筑在完成人的这四个基本动机的同时，也完成了人类对空间的占有。自古以来，人类为了获得更好的生存契机都向往大尺度的空间获得，中国的万里长城实现了对一个国家空间的界定和围合，以及对这一空间的占有。从占有空间的角度来看，人类的战争就是一部空间扩张与反扩张的历史嘛。

L：“普天之下，莫非王土”，占有空间是一种霸权的体现，中国历代的帝王们都是要以占有空间来实现权利的统治的。现在给你这么大一块地，你都不把房子修大点儿？

W：大房子我已经设计过很多了，我只是想在自己的建筑上能够随心所欲地实验一下我很向往的“小”，甚至我都觉得她还不够小，我正酝酿着下次能够再建一座更小一点的呢——啊，这是一个有意思的议题。

L：哦，原来你是这样想的。那么你认为“小”的好处是什么呢？

图3：衣服也可以扩张。

W：好打扫卫生啊。

L：（大笑）哈哈，这好像是家庭主妇的立场吧，这可不算是什么理由。

W："道可道，非常道"，什么都讲清楚了，还有意思吗？你的穷追不舍真让人受不了。

L：我看只有那些迫不得已的人才会住在狭窄的空间里，没有几个人是愿意待在小房子里的。只要条件允许，人们都会尽力去扩大和改善空间。我们搬家总会是越搬越大，没有谁会越搬越小吧。

W：呃，你说得也不一定对。有一位建筑大师，在他的一生中曾设计过大量建筑作品，都是大尺度的，还做过许多的城市规划设计，这够大的吧，但他退休以后，却住在自己设计的位于法国南部尼斯濒临地中海的马丁岬的一座仅16平方米的"休闲小屋"里（图4—A、图4—B）。为此，他说过"就是死在这儿也可以"。后来，他的确就在那里走完了自己的一生，这位大师就是勒·柯布西耶。

L：（沉默了一会儿）哦，真的吗？不过，大师的境界就是跟一般人不同嘛。

W：在上世纪二十年代，柯布西耶还为其父母设计过一个小小的家，是一座位于瑞士莱芒湖畔的长20米、宽3米的建筑面积只有60平方米的极小建筑（图5—A、图5—B、图5—C）。柯布认为高龄者并不需要太大的空间，30年后，他专门为这幢小房子写了一本不到80页的小册子，取名为《小小之家》。

L：你说的好象是一个浪漫而抒情的童话梦境，但在现实生活中的大部分人都很难摆脱世俗惯性思维的纠缠。

W：你说得很对，大师对空间可谓是有独到的理解，你我都无法企及。自人类存在以来，空间就是人们生存的一种重要资源，每一寸空间的占有都是以所付出的代价来换取的。人类历史上的战争有很多都是以掠夺空间为出发点的，因为空间是一切资源的总和，为此不惜付出血的代价、生命的代价。在当代社会里，在市场经济中，空间成为 ·种具有明码标价的商品，获得空间需要付出金钱的代价、时间的代价，因为挣钱是要用时间的。为此，许多人付出了青春，甚至是一生的时间。

L：是呵，“房奴”就是这样叫出来的。但有人一点儿都不同情他们，认为这是“活该”？

W：为什么？

L：又穷，又没能力，没钱就不要买房，或是就住小一点儿的房子里，甘于自己的微贱身份。

W：尽管我认为住在小房子里并不一定就是微贱，但世俗的力量就是那么的强大。在当代社会里，拥有空间就意味着对财富的占有，空间的尺度代表着财富的数量和占有者的能量大小。所以，拥有更大尺度的空间就不仅仅是身体尺度和功能上的需要，它往往更多的是心理上的需要，因为房子大总归是有面子的事情，它可以证明一个人的能力。

L：对，面积就是面子。

W：人的欲望是无止境的，但一个人到底需要多大的空间才是够的呢？

L：呵，这个我倒没想过，这是一个很难回答的问题。

W：“大”与“小”是一对很抽象的概念。在建筑学中，它们不仅是指一些具体的空间尺寸，同时还与空间尺度有关，因为“尺寸”仅反应了空间上的物理客观性，而“尺度”则包含了心理上较主观的因素，“尺寸”是一个绝对值，而“尺度”则是一个相对值。比如说，小孩子觉得很高很大的空间，成年人可能会觉得很小，这就有一

图4—A：勒·柯布西耶晚年居住的位于法国南部尼斯濒临地中海的16平方米的“休闲小屋”。
图4—B：“休闲小屋”室内。
图5：勒·柯布西耶为其父母设计的“小小之家”。
图5—A：“小小之家”平面图。
图5—B：“小小之家”位于莱芒湖畔的一边。
图5—C：“小小之家”起居室。

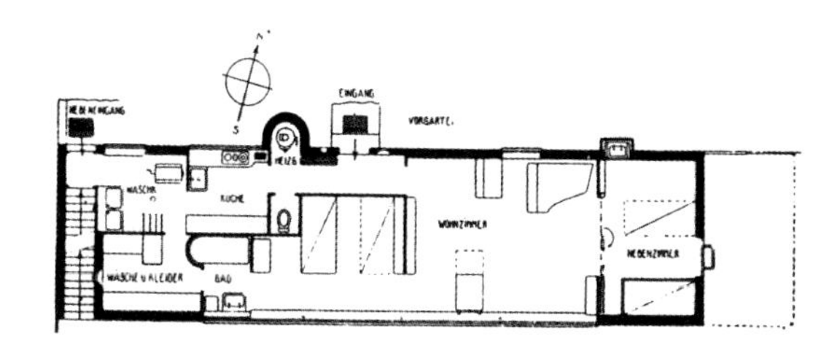
S
EINGANG
VORGARTE.
HEIZG
KUCHE
WOHNZIMMER
NEBENZIMMER
WÄSCHE u KLEIDER
BAD

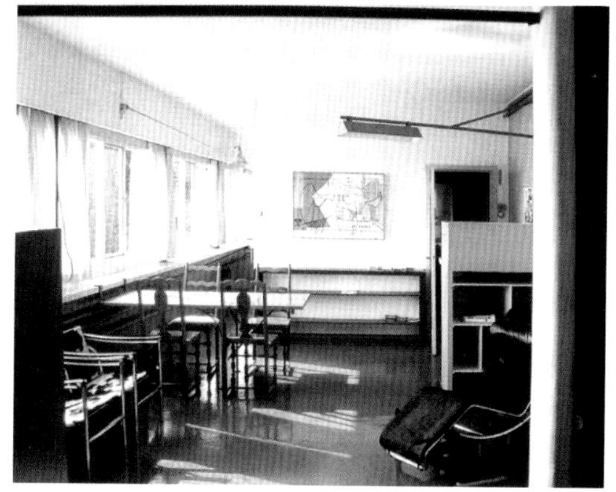

个空间尺度跟什么尺度相比较的问题。我最近常在琢磨这样一个问题，就是——“极限空间”，什么是极限空间？“大”的极限是难以想象的，瑞姆·库哈斯在他的一本书叫《S、M、L、XL》里面这样说：“超出了一定的尺度，建筑便获得了大的属性。珠穆朗玛峰的攀登者们给出了探讨大的最佳理由：‘因为它在那儿。’大是终极建筑。”然后，他接着又说：“仅仅一个建筑物的尺度，就包含了一套独立于其建筑师意志之外的观念内容。”库哈斯的语言是晦涩难懂的，但他至少能把我们引向这方面的思考——空间的尺度不仅与功能有关，同时与观念有关。

L：终极的“大”空间是整个宇宙吗？

W：建筑学所指的“空间”是指物质实体与物质实体之间的缝隙。也就是说，空间的本质是“空”，但这种“空”不是什么都没有，而是用一定的物质材料限定围合出来的“空”，是在“有”的里面的“空”，也就是因为“有”才能把握到的“空”。一个人在旷野中会感觉到恐惧，因为没有可依托的“有”，这种“空”是没有意义的。空间的意义在于限定，而限定的目的在于追求“空”，即没有，这听起来很矛盾，但两千多年以前的老子早已一语道破了天机“有之以为利，无之以为用”。空间是为人而利用的，但当空间的尺度大到人的思想和意识都难以把握的时候，这种“大”其实是没有什么意义的。所以，“大”的极限空间是不好确定的。

于是，我转而去思考“小”的极限。注意，我所思考的“小”是一种适宜人类尺度的“小”，并非蚂蚁、蚊虫的尺度。于是，小的极限空间的尺度至少是可以容纳得下人类身体的尺度，这是容易把握的。小孩子在玩捉迷藏游戏的时候，常常喜欢躲在狭小的柜子里面，柜子里面黑黑的，然后还要卷曲着身子，觉得好玩极了，这是一种非正常空间尺度的体验，有趣的地方正在于此。但要是一个人天天呆在狭小的黑柜子里面，那就不好玩了，就是对人的一种惩罚。黑柜子的尺度只是一种奇异的游戏空间尺度，并非正常的生活空间的尺度，这可以算是一种极限小空间；还有一种极限小空间，可能是我们常常都能够体验到的，如载客电梯、飞机上的卫生间、火车上的卧铺，这样的空间尺度是以功能为基本前提的，这样的空间总让我体会到柯布西耶的“房屋是居住的机器”这句话来。学生时代的集体宿舍里是小空间的集大成，每一间寝室一般都会住上6—8个人。在这样热闹的空间里是根本无法有个人隐私存在的，但人的本性总会不自觉地表现出来，这就是用各种手段和方法去限定出属于自我的那一部分。蚊帐和布帘是学生宿舍里最基本的空间限定材料和方式，而蚊帐的作用其实已经远远超出了避蚊的作用，它是限定个人空间的必不可少的基本手段，其实那个由2米×0.9米×1米的仅能容下身体的小天地是特别温馨的，欲望无法膨胀，人过着一种特别单纯的生活。

L：清教徒式的生活？

W：对，这让我想起中国传统文化里的一句话：“身无长物”。这也是《世说新语》里面的一个典故，所谓“长物”也就是“身外之物”、“余物”。明末的学者文震亨写过一本《长物志》，就论及到园林兴建、草虫花鸟、金石书画、服饰器皿等，之所以取书名为“长物”，我想他是认为这些东西都是饭后茶余的雅兴消遣之物，并不是人之生存所必须的吧。

L：如果仅从生存的各种基本功能尺度来讲，人其实并不需要太大的空间。

W：是的，虽然空间的尺度与功能有着非常密切的关系，例如体育场馆、影剧院、机场航站楼等公共空间都需要大尺度的空间形式，但空间尺度同时也与意识形态、文化习俗等精神层面的东西不无关系。在传统中国建筑中，儒家思想对建筑有着重要的影响，人们用几间、几架来定义空间的尺度，并以这种空间规模大小的等级来规范人的等级，比如几品等级的官就只能住几间几架的房子，用这样的方式来建立一套伦理秩序。

L：这倒不错呵，一看房子就知道居住者的身份和地位，社会的阶层性特别明确，人都安于自己对身份的认定。不像现在整个一个混乱，一个一夜暴富的人可以住上很大很好的房子，你真的很难从房子上鉴别出一个人的身份。

W：空间的尺度与功能出入最大的要算是西方中世纪的哥特式教堂建筑（图6），高耸垂直的空间形式和那样大的尺度已经远远超出了实用的需要，空间的垂直尺度表达的是一种向上直达上天，与上帝同在的文化精神追求，即使把它的高度降低十倍，也不会影响到使用上的要求。当然，普通老百姓的房子需要的是实用，而从古至今一座城市里面的公共建筑大都需要表达思想意识的东西，不管在传统社会还是在当代社会里，大尺度都是一种权利的象征。“上帝死了……只有建筑师仍未倒下！”（库哈斯语）“当歌曲和传说已经缄默的时候，建筑还在说话。”（果戈里语）

L：我去北京故宫，远远看去觉得天安门很小，可能是因为天安门广场太大的缘故吧，但一走进才感觉到建筑巨大的尺度，当穿过高大的门洞，抬头仰望那厚重而墩实的城墙的时候，会强烈的感觉到的就是两个字——“皇权”。

W：这是“皇权”要它的臣民们臣服权利的尺度，因为“大”代表着一种霸权。但在当代的社会里，这种“大”也在代言着“先进”和“主流”——属于当代文化的价值取向。

L：对，“大”总归是好的，中学时学地理，老师讲中国很大，国土面积居世界第三，我们就挺有自豪感的。我们小时候被教育吃苹果的时候，要把大的给你值得尊敬

图6：西方中世纪哥特式教堂建筑高耸垂直的空间形式和那样大的尺度已经远远超出了实用的需要。

的长辈，而市场里的大苹果总要比小苹果卖的价钱高。

W：也不见得，你知道小土豆就比大土豆的价钱高哦！

L：你这是在钻牛角尖。

W：东西不仅要看它的量，还要看它的质，难道不是吗？小土豆就是比大土豆好吃嘛。

L：所以，你认为空间不能仅仅以尺度的“大”和“小”来论“英雄”，还要看空间的品质怎么样。

W：对，“品质”也是一个挺抽象的概念，它包含了很多内容，除了生理上的功能因素和视觉的因素所带来的满意度以外，再就是体验空间过程的方式和感受。过程是有时间参与的，我想空间与时间的关系处理所表现的空间节奏也是空间品质表现的一个重要因素。

L：时间？

W：刚才你说到过节的感受，过节可以调节我们的心理，让我们放松，或者说能放肆一下、任性一下，这都是挺好的。但若让你天天过节、天天放松，你就会觉得没劲了，不是吗？过一段时间有个节，过一段时间放松一下，你就能感受到紧张与松弛的交替过程，感受到时间的节奏，这就是生活的艺术性。其实，生活中的很多艺术性都体现了这一“节奏”问题，比如吃几天青菜萝卜，又吃一顿红烧肉，不就挺好吗？在空间体验里就体现为张与弛、紧与松，以及快与慢，中国传统空间理论里也有启、承、转、合的说法，是指的一个完整的空间体验是有一个空间序列的。

L：节奏就是一种不断交替的过程，它与自然的节律是一样的。

W：你说得太好了，大自然有阳与阴的节律、有白与昼的节律、有冷与暖的节律，这些都与时间有关。建筑是空间的艺术，同时也是时间的艺术。但空间与时间的关系又是难以把握的，其中有很多不确定因素。比如说甲地到乙地的距离是5公里，一般说从甲地到乙地需要30分钟，这时你一定会问这样一个问题：是步行的30分钟？是汽车的30分钟？还是飞机的30分钟？是走直线距离（通常都不可能是直线），还是中间有障碍需要迂回才能到达，沿路的风景和看风景的心情怎样？天气怎样？有没有在路上遇到熟悉或者是感兴趣的人或物，这些都可能影响到步行的速度，汽车（甚至飞机）行驶的速度。空间的直线距离是一个绝对值，而来回于两个空间点上的时间却是一个相对值。以时间来反应空间是最不准确，但又是最为有趣的。我想这就是中国江南私家园林的空间奥妙之所在吧（图7），因为空间的布局不让你走直线，空间总是迂回曲折，让你快不起来，这儿一处柳暗花明，那儿一个别有洞天，有许多可看的兴奋点让你慢下来，时间延长了，空间也就扩大了——是时间改变了空间。建筑就是这样把空间与时间交织在一起的。

L：所以，小空间也可以很丰富。

W：反之，大空间也可能很单调。

不是尺寸的问题，而是尺度的问题，尺度与空间节奏的处理有关。中国传统江南私家园林大都是处在人口密集的市井空间里，空间都是小尺寸的，为了扩大空间的尺度感，多采用“先抑后扬”、“巧于因借”等空间处理手法。“先抑后扬”就是通过明与暗、紧与松、大与小、宽与窄等对比手段，让人产生心理上、视觉上的错觉，来达到扩大空间尺度感的目的；“巧于因借”就是利用障景、框景、借景等手段把另一空间的景物借到这一空间里来，从而增强空间的层次感和尺度感。

L：那你是否认为小的就是美的呢？

W：有一种说法："完美的事物不嫌小"。当年德国甲壳虫汽车的广告语就是——"想想小的吧"。

L：那车的确很招人爱的，我也很喜欢。

W：最近市面上有一种超级小车，名叫"Smart"，是英语"聪明"的意思，长度与宽度相当，据说最短的双座系列长度只有2.5米，就像一个大玩具，可爱之极（图8）。

L：开Smart的人想必很聪明吧！

W：啊，"Smart"并非是"聪明"，她是德国名车"奔驰"的戴姆勒公司和瑞士钟表集团"斯沃奇"（瑞士表Swatch）合作的产物，汽车的名称是两个公司的名称的组合，而这种车比较适合倒车技术欠佳的女士们开，因为她可以90度垂直的在街上停放。

L：哦，不是聪明车，而是傻瓜车，就像傻瓜像机一样，比较适合我。

W：她的卖点就是"小"，所以我觉得极端的东西是具有审美性的。苏州有个残粒园，你一听名字就知道它小，园面积只有144平方米，园内只有一亭、一池、一山和数木，但园林要素一应俱全，它的美正在于"小"；无独有偶，日本也有两个小园，一是龙安寺石庭（图9），一是大德寺大仙院方丈庭园，前者面积为202.5平方米，后者的面积只有94平方米，两个都是枯山水庭园。日本传统住宅町家有一种类似中国传统住宅中的"院子"、"天井"一样的空间，叫"坪庭"，是一种小型内庭，按日本的面积计算单位1坪约3.3平方米左右，所以称为坪庭。如果我们把这些空间的尺寸放大了来看，会是怎样呢？

L：当然就没意思了。呃，我好像是明白了一些，让我们来谈谈你这小房子吧。

W：这房子的绝对尺寸的确是不大，长度为16米，宽度是8.4米，但我在空间处理上作了对比的安排。首先是大与小的对比，比如一层的大工作间，因为功能上的缘故，必须要大尺度，这样，我就特别安排了一些小空间与之作为对比关系，如一层卫生间，就特别的小，净内空尺寸约1.3×0.9米，一个平方米多一点儿，几乎有点儿像飞机上卫生间的大小。你可能很想问一个问题——难道不可以修大一点儿吗？答案是肯定的，可以修得很大，但我就是要那么小；另外，二层的小卧室也是个超级小空间，约2.1米×2.4米，整个房间被一个床塌和储物柜的连体形式所占据，空间就是一件家具。我称她为小空间、大家具，我的想法是想要模糊掉空间与家具之间的界限（图10）。

L：哦，我不太明白，你怎么会有这样的想法？我只是感觉这间房子整体感很强。为什么要这样呢？

W：火车上的卧铺其实就是一种空间与家具一体化的设计，我想在这个空间里营造火车上的卧铺的感觉，一种不同于平时在家里睡觉的感觉。前面我提到过小孩子喜欢躲柜子里藏猫的游戏，它之所以有趣，就在于空间体验的奇异性，一种反常规的空间体验可以让你有超越的感觉，有一种非正常之感，打破常规，像是在冒险，我称之为空间体验的“越轨”吧，这是人的一种本性，如果一切都太正常，就会流于平淡而无趣。生活中的大多数人都喜欢旅游，原因就在于本性中有一种寻找不一样体验的冲动和愿望。呆会儿你可以在那小房间里体会一下。

L：我们每天都在重复着一套相同的行为，工作、吃饭、睡觉、看书、看电视、喝茶、聊天，等等，直到有一天离开这个世界。我们从来就习惯了这种“正常”的生活，其实成年人在本性中也是跟小孩子一样的，只是生活中的大部分人都不得不生活在被认定是“正常”状态的空间中，这难道就是成年人老于世故、缺少乐趣的原因吗？

图7：中国江南私家园林迂回曲折的空间。
图8：欧洲的街道上到处是小巧玲珑的Smart。
图9—A：日本龙安寺平面图。
图9—B：从龙安寺庭园方丈前看中央部石组。

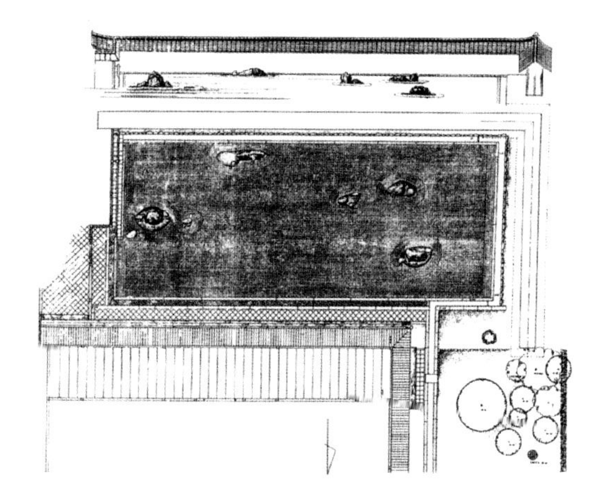

图10：二层的小卧室是个超级小空间。

W：每个人的价值取向是不同的，我只是在做一种好玩的实验，体验一种小孩子的乐趣，并不具有生活的普遍意义。就像我的这张桌子，决不具有生活的代表性，她的尺寸是2.6米×1.4米，不再是一张普通的桌子，因为她又一次颠覆了家具与空间的概念。

L：是啊，我刚才一进来，就被这张桌子所吸引，因为她的确是太大了，为什么要有这么大的一张桌子呢？

W：刚才说的小卧室是空间的家具化，而这张桌子似乎可以算是家具的空间化。

L：哦，你怎么总是有些不合常理的稀奇古怪的想法。

W：在人们固定的概念中，“家具”与“空间”是有分别的：家具总是“小”的，被放在建筑空间中，而建筑空间却总是“大”的，是容纳家具的，家具总是跟人的尺度接近的那一部分。而在我们中国人的传统空间中有这么一种家具，与其说它是家具，还不如说它是一个房间。

L：我知道你说的是传统的床吧。

W：对，准确的说是明代以后出现的架子床，这床就是一个房间，而房间就是一件家具（图11）。在这样的床上睡觉有点儿像躲在柜子里藏猫猫的感觉，好玩！

L：是的，小时候在农村的外婆家里睡过这样的床，这样的床有一个不方便的地方，就是睡在里面的人半夜上厕所要从睡在外面的那个人身上翻过去，不像现在的西式床，从两边上下，互不影响。

W：对，我小的时候也睡过这样的床。但你有没有从电影里、小说里观察到一个有趣的现象？

L：什么？

W：睡在里面的大多是女人、小孩子，或总之是弱者的一类人，而睡在外面的人一般都是男人或是强者，睡在里面的人总是被保护的。有人说中国传统的床是一种典型的夫权社会的象征，而现在从两边上下的床则是男女平等的结果。

L：哦，我倒没有想过这个问题，只是现在一般约2.8米左右高度，且仅10来个平方米大小的空间再也容纳不下那样的像房子一样的床了。

W：过去的房子大都空间很高，所以床就是一个大空间里的小空间，人睡在这样的空间里，就会觉得很踏实，有安全感，不像我们现代人都在“露天”睡觉。

L：“露天”睡觉？我还是第一次听说，有意思！

W：我想，家具的出现应该是人类社会进步的一种表现。在原始社会简陋的茅屋里，人们席地而坐、席地而睡、席地而餐，只有部落的头领可以坐在一个可以被称为是“椅子”的高于地面的台面上。

L：我们常会说“谁坐这把交椅”之类的话，是吧？

W：对，“交椅”是以前皇帝出巡，外出打猎时便于搬动的一种椅子，又叫“行椅”——行动中的椅子，因为是皇帝独享的，所以慢慢的就演化成为“权利”的代名词。

　　而柜子的出现应当是在私有财产出现以后的事，床可能是更晚些时候的事，注意，我这儿说的床是指睡的床，就是卧具。

L：哦，还有不用来睡觉的床吗？

W：当然，床在很早以前是指坐具，不是卧具。

L：有什么依据吗？

W：《说文》中这样解释：“床，安身之坐者。”“交椅”其实在早叫“交床”，而“交床”再早叫“胡床”，沾“胡”字的都跟西域有关，可见是从西域传过来的，而

图11：中国传统家具——架子床，床是一个房间，房间就是一件家具。
图12：榻是一种高于地面的“台”。

图13：炕是一个“台”，绝对是一种建筑化的家具。

我们以前是席地而坐的民族。再后来，床也指卧具，汉代刘熙在《释名·释床帐》中说：“人所坐卧曰‘床’，”但我想，最早的床一定就是个高于地面的“台”，比如说“榻”（图12），桌子也应该是高于地面的“台”。

L：对啊，北方人的炕不就是这样的既是台，又是床的家具吗？

W：炕就是一个“台”，绝对是一种建筑化的家具（图13）。在森佩尔的建筑四要素中，“台”这种形式是排在第四位的，在墙、顶和炉灶之后，从中可以看出围合、遮庇、汇聚和抬升是建筑的四个基本动机。因此，“抬升”是一种建筑的行为，我们现在的很多家具都是由“抬升”的建筑行为演变而来的，比如祭坛，是祭奠一种神圣而理想的事物的建筑形式，北京的天坛就是以前皇帝祭天的场所。在世俗的生活中，它也可以是一切被抬升的空间形式，老奶奶在钢琴上摆放饰品，此时，钢琴成了“祭坛”；吧台可视作摆放酒水饮料的“祭坛”；厨房的灶台是用来做饭的“祭坛”；梳妆台可以看作是自我使用的“祭坛”；餐桌是全家人共进佳肴的“祭坛”。还有展台、手术台、讲台等等，所以，桌子是一个被抬升的空间，人们将自己喜爱的东西放于其上，或在上面做着自己喜欢的事情，从这种意义上讲，桌子是一件家具，但也是一种建筑、一种被抬起的空间。家具与建筑是有相通之处的。

王澍在他的《八间不能住的房子》里论述了他设计的八盏灯，我想当空间尺度小到一定程度时，它可能就被看作是家具，而当家具尺度大到一定程度时，它可以被看作是建筑。与王澍正相反的是，他设计的小建筑如家具，而我设计的大家具如建筑。

L：哈哈，我似乎懂了，又似乎没懂。你的歪歪道理我还得要慢慢消化才行。

W：与中国传统空间里的“以床为屋”所不同的是日本传统空间的“以屋为床”。

L：哦，你是说传统日本人把整个房子当作床来使用？

W：是的，传统中，日本人有进屋脱鞋的习惯。吃饭、睡觉、起居等都在一个通透空间的地板上完成，这造就了日本人的地板文化（图14）。正如隈研吾所说的：“对于我来说，居住的地方就是一块地板……”而对于传统的中国人，只有在上床的时候才会脱下鞋子。因此，日本人对待房子就好比中国人对待家具，或者说日本人把房子当作家具，而中国人把家具当作了房子。

L：你的这个对比很有意思。但中国人在很早以前也是以“席地”为生活方式的呀。

W：是的，但后来在宋代以后发展了高型家具，人们就逐渐坐到椅子上，睡到床上去了。

L：高型家具都是从胡人那里传过来的吗？

W：对，所以有胡床、胡椅的说法。

L：那为什么传统日本空间没有发展高型家具呢？

W：这个问题比较复杂。但有一点我想是可以肯定的，那就是日本处于四面环海的岛国的地理环境，而中国处于欧亚大陆版块上，自然能够很容易受到西域文化的影响。

L：嗯……可能有点儿道理吧。

W：在日本，是地板在界定着人们的生活空间，而空间里所有的垂直要素都处于从属和次要的位置，轻质的隔扇和推拉门在空间中根本不具有建筑要素的性质，而是把它们作为家具来处理的（图15）。

L：是的，现在中国人在居室装修中还学习这种榻榻米的空间形式，但中国人确实不习惯跪在地上的姿势。

W：玄关也是日本传统空间里的一种形式，就是为了方便进出脱鞋和穿鞋的需要而设置的空间，中国人也把它“Loacl”了一下——挡住开门时外面的视线，不至于一眼看

图14：日本人的地板文化。

图15：日本人的空间垂直要素是作为家具来看待的。

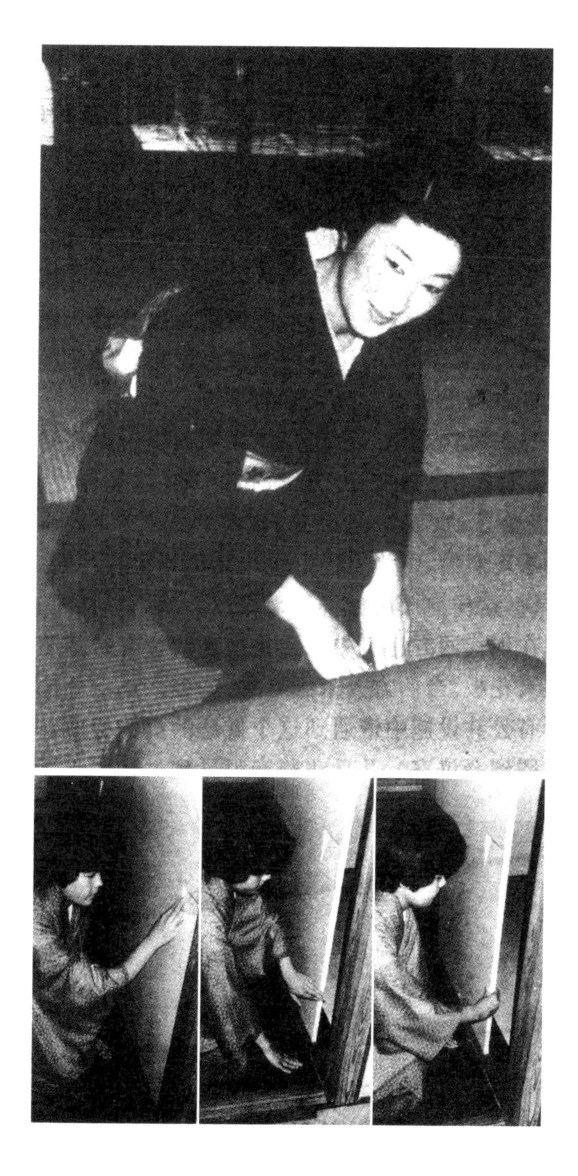

穿屋内的情形，传统中国建筑里的照壁就有这种功能，当然，现在很多中国人进屋也脱鞋，主要是外面的灰尘太严重。

L：现在中国人的进屋脱鞋跟传统日本人的进屋脱鞋根本就是不同的概念。正如你刚才说的传统日本人的生活方式是地板文化，地板是生活空间的重心所在，而中国人却不是这样的。

W：西方的住宅不是靠地板，而是靠墙壁的围合形成居住领域的。传统西方建筑的墙都是很厚的，墙壁成为他们空间中很重要的元素。因此，在西方的传统建筑中，墙、柱等垂直元素的表现及装饰成为空间里的重点（图16）。而在日本人的住宅里，地板是距离人身体最近的空间要素，人的所有行为均发生在地板上。因此，地板是人可触摸的部分，正如同家具与人身体的亲密关系一样。"席"是日本式房间铺在地板上的带席面的草垫，也是日本式房间的计量单位，每张席的尺寸长约2米，宽约1米。正如芦原义信[1]所说："在日本，不是把房间按餐室、起居室、卧室等功能区别来称呼它，而是有着按空间大小来分类的习惯。日本式建筑四张半席的空间对两个人来说，是小巧、宁静、亲密的空间。"日本当代建筑师坂茂2001年的设计作品"裸屋"，里面就设计了几个可移动的"四张半席"的小巧空间（图17—A、图17—B、图17—C）。这是一座充满实验主义色彩的建筑，建筑的最大特点在于打破了传统意义上的私密空间与公共空间之间的界限。建筑是一个整体的大空间，而在其中有四个可活动

图16：西方传统建筑中的墙、柱等垂直元素是空间里装饰和表现的重点。

[1] **芦原义信**(1918—2003)：日本当代著名建筑师。毕业于东京大学建筑系、哈佛大学研究生院，历任日本法政大学、武藏野美术大学和东京大学教授，曾担任日本建筑学会主席、日本建筑师协会主席。代表作品有东京驹泽体育馆、索尼大厦、东京国立历史民俗博物馆、东京艺术大剧院等。著有《外部空间设计》、《街道的美学》等经典著作。

图17：坂茂设计的“裸屋”里面有几个可自由移动的“四张半席”的小巧空间。
图17—A：“裸屋”平面图。
图17—B：“四张半席”的可移动空间。
图17—C：“裸屋”内部。

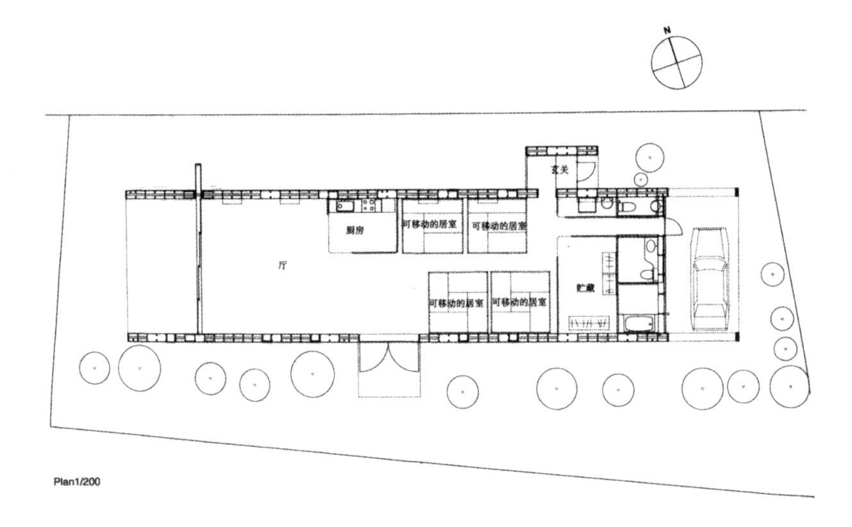

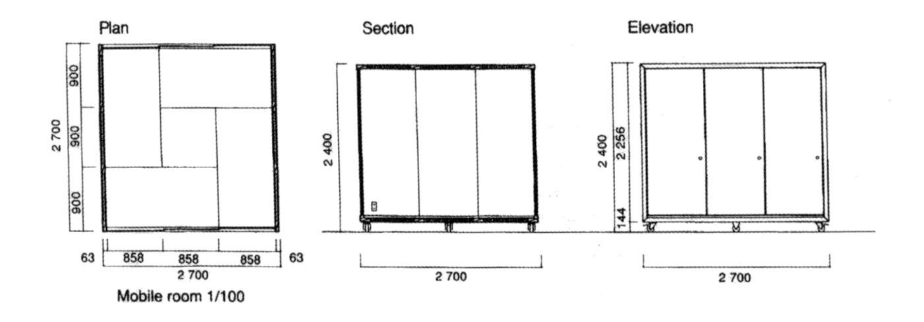

的2700×2700×2400（mm）的最小限度的和式房子，这些像盒子一样的房子底部都装有角轮，可以根据需要在大空间内自由移动，也可以把它们连接在一起，孩子们还可以爬到房子的顶部上去玩。活动房子里不装设空调，需要降温的人，可以将自己的房子移至墙边有空调冷气的地方，活动房间还可以对着窗户，当作和室使用。也可以把活动房间全部搬到室外，而此时住宅的内部就变成一个大空间了。

L：如果我没有理解错的话，你说的是在一个大空间里有四个可移动的盒子式的房子吗？

W：对，是这样的。坂茂把传统日本的和式住宅与当代的大空间理念有机的结合起来，创造了一种灵活的生活空间。

L：哦……这一定是个很有意思的房子，因为所有的房间都是可移动的，想放在什么地方就放在什么地方。

W：在传统的观念中，建筑总是体积庞大而且一旦建成，每个房间就是永久性固定的，而家具却总是那些可移动的且尺度小的设施。这个设计完全颠覆了这种固有的概念，将空间与家具的界限彻底打破，那四个可移动的房间既是建筑同时又是家具。

L：小空间，大家具！

W：啊，very smart！

L：这就是你赞同的空间的家具化与家具的建筑化吗？

W：我预想这是未来建筑空间发展的一个方向，因为土地资源的有限性与未来人口的无限膨胀这一对矛盾使地球上的大多数人都将面临“小空间”这一时代课题。如果房间能像家具一样的灵活使用，那将是一种未来生存的方式和空间的解决之道吧。

L：你这大桌子并不能任意搬动，谈何灵活性？

W：我从一开始构思房子时就没有把它作为家具来看待，是把它作为一个被抬起的空间这样来思考的。或者说这间厨房的尺寸是因这张桌子而考虑的，而整个建筑的尺度又因这间厨房而产生，这张桌子是整个建筑的一个主题。

L：我不太明白。

W：你不明白也不要紧，反正我看你坐在这张桌子边有不想走的意思。

L：啊，你是说我被这桌子所吸引。

W：不，你是被这空间所吸引，它已超越了家具的功能。

L：老实说，这张大桌子占去了空间的大部分面积，但也并不觉得这房间小。

W：这桌子的尺度并非一般家庭空间里桌子的尺度，如果是一张“正常”尺度的桌子放在这里就会减弱空间给人的异样感，就会觉得俗套了（图18）。

L：原来你总是在一些细节上寻找不一样的想法，大体上好象差不多，房子是房子，家具是家具，听你一讲，房子不再仅仅是房子，家具也不仅仅是家具了。

W：还有就是时间改变的空间。

L：哦……这怎么看呢？

W：把时间放在空间里，它就成了体验空间的序列和过程，在空间里，时间是可以被设计、被操纵的。中国造园手法里有“步移景异”的理论，在这房子里，我安排了很多转折，比如你进来的时候，不是直着就进来了，而是转了几个弯，经过了一个过程才进来的；进来以后，你上到二楼，也是经过了几个垂直空间转折的运动变化的过程。在这个过程中，随着身体的移动，空间在发生变化，视觉在发生变化，心理也在发生变化，所以，你能感受到丰富的体验。

L：哦，你把入口安排得比较别致，先是一道小门，进来以后有个长长的通道。

图18：这不是一张“正常”尺度的桌子，它超越了家具的概念。

W：长长的通道一方面在空间的形状上产生与内部空间的对比关系并形成变化，另一方面又是进入房子的一个准备空间，它可以使你有种期待感。而在走过的时候，又能隐隐约约地透过铁制的隔断看到一层工作室的情形。总之，空间的安排是想让人一直都有“这山望到那山高”的不满足感，这样能始终保持空间体验的兴致。是不是有这种效果呢？你自己去体会吧。

L：你一直在谈论的话题似乎与“小”有关，看来“小”是一个值得研究的课题。

W：这都是因当代崇尚“大”的价值取向而产生的逆向思考。最近《三联生活周刊》上有一篇舒可文[2]的文章，题目是“横空出世，大建筑”。

L：这题目倒有点儿霸气呵。

W：是啊，如果是“横空出世，小建筑”该是太不合时宜了吧。“大建筑”让我联想到文革时的“大字报”、“大批判”、“大辩论”等，总有种轰轰烈烈的感觉。

L：中国人现在搞建筑“大跃进”，当然轰轰烈烈了，全民总动员，政府卖地，房地产商修房，老百姓买房，房价居高不下。

W：很多人把买房子作为一种投资，买了一套，还要买第二套，买了第二套还买第三套，有人买，房价当然下不来了。可以用“贪大求多”来形容目前国人对待房子的心理状态。

L：关键是房地产商总是在不断地给人们制造着种种的幻想，一会儿说理想的房子是带花园的，一会说理想的房子要背山面水，一会儿说住在郊区好，空气新鲜，一会说住在城里好，生活方便，而消费者却总是不够冷静和理智。

W：最近，随着奥运会的临近，各种媒体都在纷纷介绍为奥运而建的奥运主会场，也就是大家说的鸟巢以及水立方（国家游泳中心），加上刚刚投入使用的国家大剧院和还未投入使用的央视新址，并称为四大建筑。据英国《泰晤士报》不久前的报道，有一项建筑评比评选出世界范围内正在建设的十大“最具雄心”的建筑工程，这些建筑工程大都规模庞大，最重要的是，这些建筑将改变的不仅是建筑史，而是整个世界，北京的奥运主会场、央视新址和首都机场3号楼占据了十分之三。所以，最近一期《三联生活周刊》以“四大建筑的新北京”、“城市升级”为主题专门介绍了奥运即将临近的北京城市建设状况及面临的许多问题。

L：奥运会的申办成功当然对北京的城市建设具有很强的推动力。近年来中国的经济持续高速增长，中国人有钱了嘛，自信心增强，反应在建筑上，自然是“最具雄心”的了。

W：这几个建筑你看过吗？

L：最近没有去过北京，是去年？哦，不对，应该是前年去过，看过国家大剧院和鸟巢，尺度都很大。

W：我看过在建设中的国家大剧院，真是个庞然大物（图19），不过因为它的表面是玻璃，所以在视觉上相应减轻了重量感，在整个天安门广场还不算太突出，但我觉得可以用“奢侈的建筑”来看待她，不过我是在外面看到的，里面怎么样并不知道，下次去要看一看（注：在此书成稿之时，笔者已参观过国家大剧院的室内空间）。

L：随着经济的增长，中国人的审美趣味和价值取向也在改变，国家大剧院已经完全是很国际性的了，中国人在精神追求上已经呈现出非常宽容并且积极开放的姿态来迎

［2］ **舒可文**：中国当代艺术评论家，《三联生活周刊》文化主笔，所开专栏是公共媒体上最著名的艺术评论专栏之一。著有《相信艺术还是相信艺术家》、《美是幸福的时刻》、《氏族树》、《城里》等。

图19：国家大剧院，真是个庞然大物。

接新的文明的洗礼。

W：所以，正如库哈斯所说的“大是建筑变得最为建筑又最不建筑之处”。

L：此话怎么讲？

W：“最为建筑”是因为库哈斯认为“大是终极建筑”，“最不建筑”是因为在“大”的里面，建筑已经丧失了自我，成为其他所谓政治、经济、观念等建筑以外的力量的傀儡。所以，他又说：“建筑的‘艺术’在大中是无用的”。

L：我看出来你对大空间似乎并不抱一种肯定的态度。

W：并不能简单地一概而论，北京毕竟不是一座一般的城市，她不是市民性的城市，而是政治性的城市，她是中国的窗口，承载着更多的有关这个国家的政治内容，而建筑首当其冲是服务于这种特定性的，自然建筑甚至整个城市都与“大”关联着，而市民性的个人生活被淹没在整个城市的“宏大叙事”中。我每次到北京都感觉特别的累，缺少世俗生活的亲切小空间，但你的确能感觉到：这就是北京，这就是中国的首都，甚至她就是中国。

L：北京的确是个大尺度的城市，所以每次从北京回来，我都会感觉到成都的亲切小尺度和她的市民性生活空间，但成都近年来城市规模也在扩大。

W：当代城市空间都有个很突出的矛盾，就是城市与建筑规模的巨大，而个人空间却是狭小的。北京和成都在城市空间发展格局上有相似性，就是围绕一个中心“摊大饼”一样的向外围发展，一环一环的摊下去，已经不再是过去的“农村包围城市”，而是充满着当代性的“城市来到了农村”，这就是库哈斯所提到的“广普城市”的特征之一。

L：“广普城市”？

W：库哈斯不仅是一位建筑师，更重要的还是位思想家。他为“广普城市”定义了许多特征，我觉得我们国家现在的大多数城市都已具备了“广普城市”的特征，或者说正向“广普城市”的方向发展。比如他说在“广普城市”里“街道已经死亡……道路只为汽车而存在，而（步行的）人们则在高架人行道上行走……摩天楼将成为一种最终而又确定的建筑类型。它已经吞噬了一切。它无处不在，稻田或者市中心——无论出现在何处都没有任何差别。塔楼不再组成群体，它们彼此分离以致毫无关系。孤立的密度成为一种理想状态……“广普城市”曾经有过历史，但是在现代化的过程中它的大部分历史被一扫而光……”

L：他说的是中国的城市吗？

W：他说的是一种广义上的发展中国家的城市，当然也特别提到是靠近赤道的亚洲城市。

L：那么，“大”是不是“广普城市”的一个主要特征呢？

W：库哈斯认为“广普城市”的人口应该在1500万上下徘徊，而“如果它发现自己太小了，便进行扩张”，从这个意义上讲，它的确是够“大”的。

L：当代的城市尺度已经远远超过了传统意义的城市，但空间膨胀仍在继续，个人在城市中是微不足道的。

W：高密度是现代城市的特征，高楼林立是现代都市的典型景观，高度密集的信息量和人口使人们主动放弃我们的祖先延续了几千年的水平空间序列和尺度，水平空间的局限性使土地变得越发的珍贵。建筑向空中发展，一个人为了能争取到在这个城市中安身立命的个人小空间需要付出很多，也许是一辈子的时间，而时间是最为珍贵的资源，因为它不可再生。于是，人发明出很多的时间加速器来节省时间，最大限度的利用时间。汽车缩短了往来于城市中不同空间位置所需要的时间，从而扩大了我们生活的空间尺度和范围。人们在家里睡觉，在工作室上班，在餐馆接待客人，在茶楼谈生意，正如一位日本建筑师所说的："我们的住所曾经是一个包容了生活各个方面的容器，现在这个容器被打碎了，散落在城市各处。"作为当代个人小空间的职能已经大大减少了，许多空间的功能都交给了城市，个人空间向城市空间扩张。

高速公路、高架桥是为了缩短时间而设计的城市设施。现代生活的特征一方面要尽可能地压缩时间，而另一方面却又在尽可能地扩大空间。快餐店、超级市场是为了缩短时间而存在的。现代人总是醉心于用尽可能少的时间去完成尽可能多的工作，从而尽可能多地获得财富，并尽可能大地占有空间。

高压锅、电饭煲、微波炉等是可缩短时间的生活器具，现代人为了节省时间而发明了这些东西，把本来可以好好享受的生活过程全部压缩，从而用更多的时间去换取更大的空间，以此而满足。

手机、电话、E—mail是现代人沟通和交流的基本方式，能够面对面倒成了一种奢侈。家成为一处更像是旅馆一样的地方，而旅馆却在拼命打造"如家"的感觉，这是怎样的怪圈？

L：对了，我最近在书店里翻到一本书，书名就叫《酒店，家的感觉》。

W：这本书我读过，是香港建筑师张智强[3]写的，在这本书里他介绍了自己在世界各地住过的有代表性的38家设计型酒店。另外，还特别介绍了他自己的家——仅33M^{2}的私人斗室（图20）。他说自己一年中有三分之二的时间在家度过，另外的三分之一是在酒店里度过的。每到一个地方，他都会寻找有设计特色的酒店来住，以建筑师的专业嗅觉，张智强成了一位住酒店的专家。我想，在当代的社会环境下，酒店如家的生

图20：张智强自宅平面图。

图21：小得可爱之极的酒店房间。

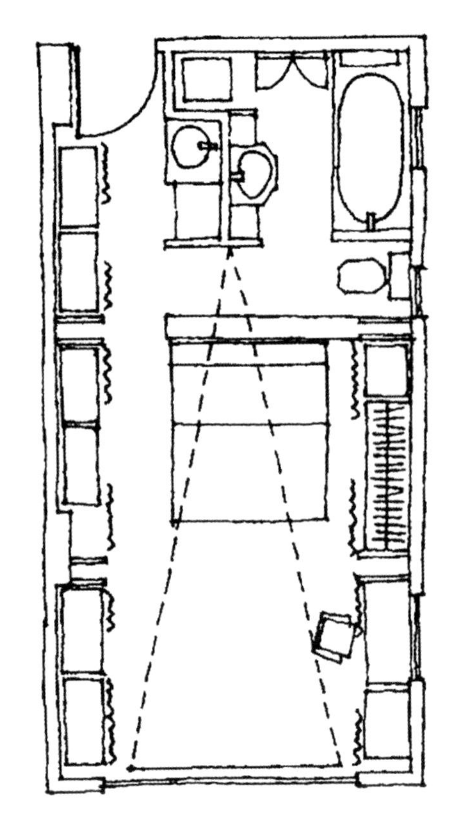

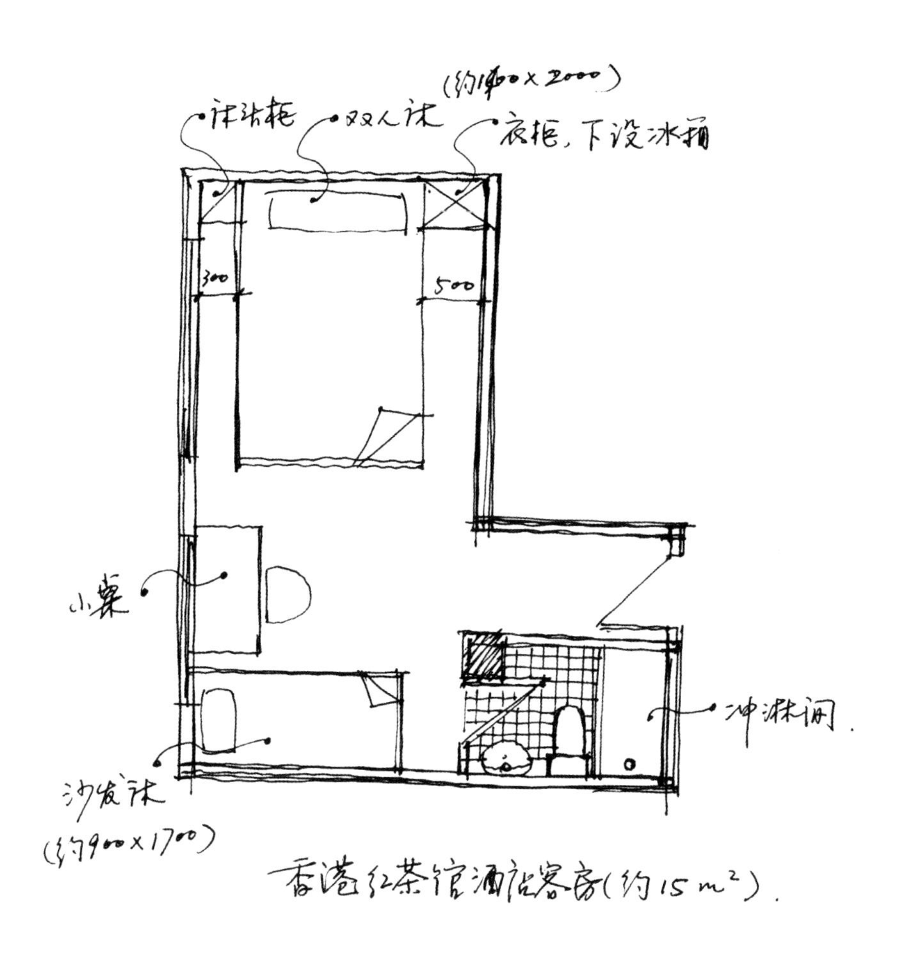

［3］ **张智强**（1962-）：香港当代著名建筑师。生于香港，1987年毕业于香港大学建筑系，1994年成立公司。1995年至今，于香港多家大学建筑和设计系任副教授、客席讲师。曾获荷兰大学、伦敦皇家艺术学院、米兰理工学院和维也纳美术大学邀请担任客席讲师，并经常应邀到世界各地参与建筑研讨会及作专题演讲。多年来其设计作品屡获殊荣，包括香港青年建筑师奖、意大利Vicenza Dedolo-Minosse国际建筑比赛冠军、亚太地区室内设计大奖冠军等。代表性作品有：北京“长城脚下的公社”之“箱宅”、日本岐阜县公共房屋第二期设计、香港百老汇电影中心、香港艺术中心中庭改造、互联优势数据中心和33平方米自宅的室内设计等。

活方式是具有代表性的。

L：呵，香港人的居住条件大多如此，因为他们的城市密度太高了。

W：张智强说他每次到北京来，都发现他的朋友又搬了面积更大的家，而他30年来都住在这间4米宽乘8米深的被他称为是“香港一个挺糟糕的地方”。还说他的家很像一间酒店的标准间。

L：酒店本来就是一个临时性的家嘛。

W：所以，现代人对家的固有概念已经荡然无存，家如酒店，酒店也如家，酒店与家已经没有什么分别，人人都沦为都市里的过客。

L：是的。

W：呃，你别说香港的酒店还真是有家的感觉。去年我去香港住过一家小酒店，在九龙，小得可爱之极。酒店的大堂不足10平方米，而我住的那个房间可能不足15平方米吧（图21）。在这样小的空间里有一间大床、一个三人沙发、一个衣柜（里面还嵌入有一台电冰箱）、一台电视机（挂在墙上）、一张小桌子、一把椅子和一间不足三个平方米的卫生间。可谓“麻雀虽小，五脏俱全”啊。小是小了点，但的确是有家的温馨感。从一般很正统的很程式化的酒店的标准来看，她不太像个酒店，倒很像一间普通的住宅（图22），很像是住在哪个朋友或是亲戚的家里一样，这倒使我对她的小尺度产生了很依恋的感觉。也许很多年以后，住过的很多很“豪华”的酒店都已过眼烟云，但这间朴素的小房间仍会留在记忆里，使人无法忘怀。

L：香港确实是个很有特色的地方，人口的密度可以算是全世界最高的之一吧。所以，在香港可以看到很多很多又细又长的像电线杆一样的楼，孤零零地拔地而起，与周围环境没有任何关系，一看就是开发商的利欲熏心所致。

图22：她不太像个酒店，倒很像一间普通的住宅。

W：垂直城市！当代城市空间有两个很矛盾的现象：一个是城市与建筑规模的巨大与个人空间的狭小的矛盾，还有就是像瑞姆·库哈斯所讲的“最为贫穷的群体占有的却是最为昂贵的商品——土地，而另一些群体则花钱购买原本属于免费的东西——空气。”

L：他说的是在当代大城市里的平民窟通常都是些低矮的零时建筑，而有钱人都花钱住在高楼里。

W：当然，像美国的郊区住宅也是低密度的，但在郊区居住的结果是每天开车上下班的通勤时间在2—3个小时，边开车边吃着汉堡。

L：哎，这种生活有什么意思！

W：据说在香港逢人有三件事不要问人家，第一是收入，第二是年龄，第三就是家住什么地方，住宅有多少面积，如果问别人上面的三件事的其中之一都是很不礼貌的，特别是第三件事不要问，因为香港人羞于告诉别人自己住哪儿，因为从住在什么地方，住多大面积就能知道一个人的底细。在我们这儿，情况则有所不同，前面两件事大家是不会问的，因为现在都知道那不礼貌，但第三件事在我们这儿是不忌讳问的，还特别喜欢问。

L：如果你住的是豪宅，当然巴不得告诉人家，但要是住在条件不太好的地方，也是羞于告诉别人的。

W：也不一定，有很多人不愿意显富。

L：我现在觉得小房子也挺有意思。

W：是吗？不好意思，失礼了，请问你现在的居住面积是多大呢？

L：大约93平方米吧。

W：你认为93平方米的空间够吗？

L：还用说吗，当然是不够的了，你刚才谈到“扩张”这个概念时，我就在想我那93平方米的房子是否该扩张一下了。

W：93平方米的房子在香港算是豪宅了。

I have a house dream, 2001

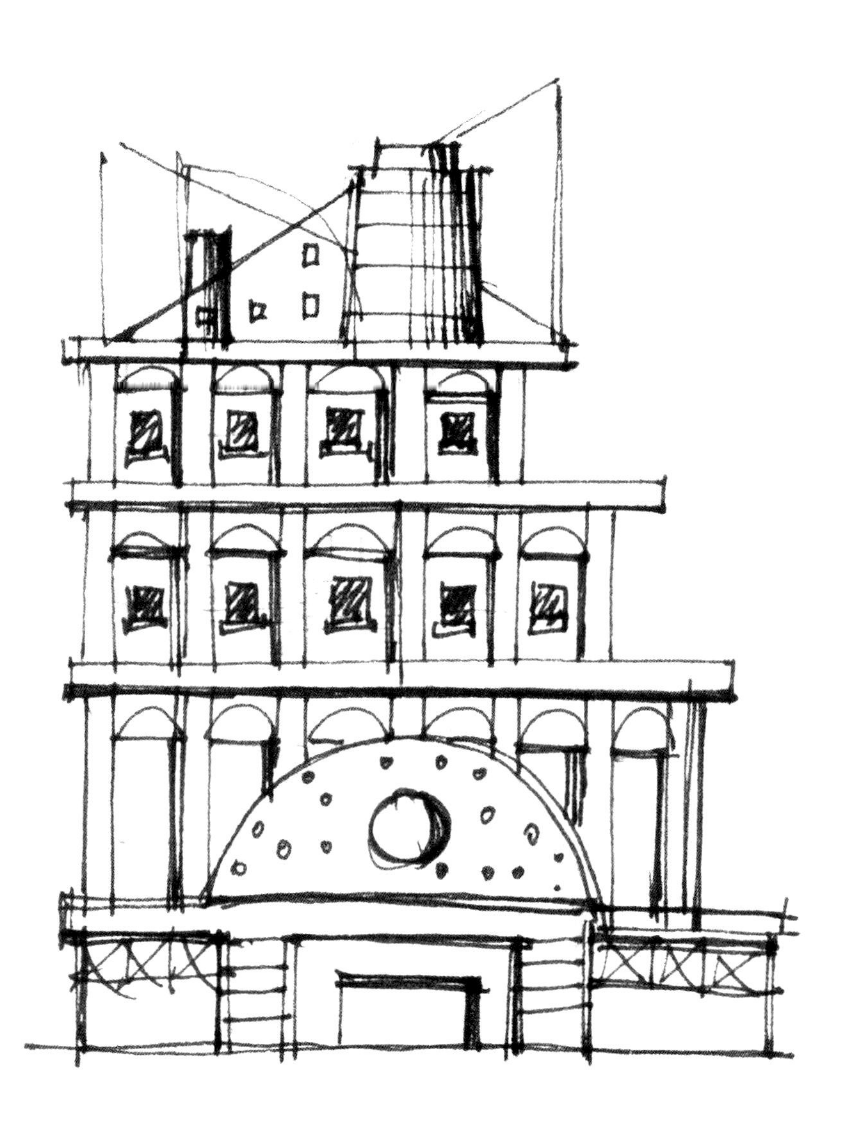

结束语：提问者与回答者
Conclusion: Questions and Answers

2008 年 5 月于四川大学

我发现几乎所有的访问都是预设好的。他们在和你谈话前，就知道他们要写什么，怎么看你，他们问东问西，只是要寻找一些字眼来佐证他们之前决定要说的话。

——安迪·沃霍尔

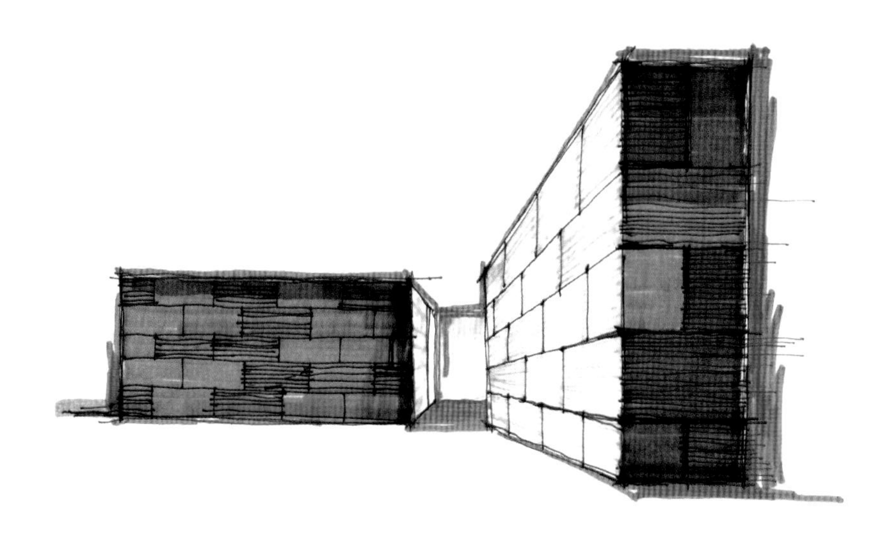

安迪·沃霍尔（Andy Warhol），这位曾经说过“未来人人都可以成为15分钟的名人”的人，一生接受过无数次的访谈，问答方式的访谈是他最喜欢的一种沟通方式。然而，他却经常在访谈中混淆采访者与被采访者之间的角色，这是我从《我将是你的镜子：安迪·沃霍尔访谈精选1962~1987》一书中注意到的一个细节。

说实话，在写这本书之前我并没有阅读过此书。然而，我却读过许多对话式的访谈类文字，很多访谈确有他所说的“预设好的”感觉，几乎大多都难以避免所谓的“陈词滥调”，这是我所担心的一个问题。于是，在反复考虑这本书的形式表现这个问题上，我决定自己身兼访问者与被访问者的双重角色。

文中的提问者是我所虚拟的，但从“艺术来源于生活，而又高于生活”的原理来看，他们都是从生活中“提炼”出来的。然而，他们确也是另一个“自我”。这是一种自相矛盾的形式——提问者与回答者出自同一个人！我将这种形式称作是一种“自说自话”的表述——这是我试图寻求一种新的表述方式的尝试。其实，我们生活中的每一个人何尝不是每天都在自己给自己提出问题，并也在不断回答这些问题的呢？

写书的过程是极其缓慢的，它是一个思考的过程。在建房子的过程中一些一闪而过的念头需要慢慢地疏理而成为有序的语言表述。真实的情况是，一些作法可能是事先就有比较明确的想法，而另外一些很可能就是“事后诸葛亮”。

就在这本书基本完成之时，2008年5月12日下午2点28分，四川汶川大地震发生了！！！这是一场巨大的灾难！！！无数的房屋毁于一旦，无数的生命埋于残垣瓦砾之下，建筑——人类用自己的双手构筑的栖身之所却最终成为埋葬自身的坟墓，这是人类的悲剧还是建筑的悲剧？这是值得我们认真思考的问题。地震对于人类的伤害是巨大的，在这场灾难中建筑又扮演了怎样的角色？在房子坍塌之时，巨大笨重的混凝土块转眼间就成为杀人的利器，那些曾经被柯布西耶讴歌的现代主义建筑材料立刻成为人类的敌人。每天看着电视里的灾情报道，又看着我那巍然不动的“凹宅”，心里面并没有多少庆幸和快乐，那些受灾的民众急切需要的是一处能够避风遮雨的地方，哪怕是简陋的帐篷或者简易的活动板房。我们还怎能在这里奢谈什么“建筑”？这次大地震甚至动摇了我对建筑的信心。我们能做什么？人类除了把房子建得更加结实，难道不应该重新审视“建筑”吗？为了那些遇难的同胞，为了那些失去亲人的幸存者，也为了我们自己美好的明天，我们不仅仅只能捐助钱物，我们还能做得更多……

提问者：建筑，该如何抛弃你那娇情的外衣，诚实面对人类？

回答者：这是新的问题，这将是我今后思考的一个方向。

后记
Postscript

2009 年 9 月于浓园凹宅

I have a dream today.

——马丁·路德·金

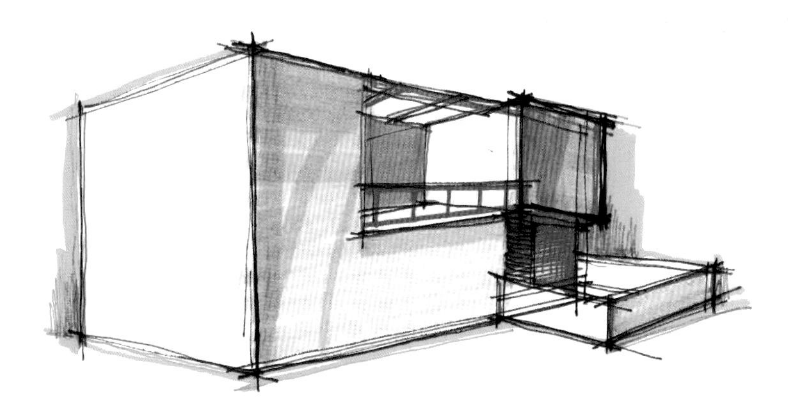

2009年初，当有黑人血统的巴拉克·奥巴马正式宣誓就任美国第四十四任总统，并成为美国历史上首位黑人总统的时候，很多人不禁又想起了当年的黑人民权精神领袖马丁·路德·金，想起了他的那一次伟大的演讲："I have a dream"（《我有一个梦想》）——这甚至成了他的一句标志性名言。发表于1963年8月23日华盛顿林肯纪念堂的这次演讲距今已46年过去了，但它至今仍能够激发出人们无尽的感怀。

梦想，是人类精神的脊梁，大凡一切成为现实的事情都是从梦想开始的。每个人在年幼和年轻的时候都会有各种的梦想，没有梦想，我们的世界将会是怎样的一种情况呢？——一个没有色彩，没有希望的世界。正因为有梦想，人生才会是五彩斑斓的！只是这些梦想都要遭遇到各种现实情况的考验，现实的强大力量会让梦想变得不再纯粹，曾经那强烈的色彩随着时间的流逝而呈现出灰色的状态，人生就是这样游走、徘徊于理想与现实之间，而这正是生活变得如此丰厚、美妙之所在。

今天，当我历经一座房子诞生的过程，同时又将建房的所思所想付诸于文字的时候，我想起了马丁·路德·金的这句话——"I have a dream today"，一句简单又朴实无华的话……

是啊，不管人类的文明如何发展，房子都始终伴随着我们，并真实地反映了人生存的状态，过去是这样，现在是这样，将来还会是这样。为此、为房子、为建房，去思考、去探索，是一件非常有意义而值得去做的事。

我是从2007年7月下旬开始写这本书的，初稿完成于2008年6月，又用了大约一年的时间补充和完善，最终完成于2009年6月。在这大约两年的时间里，有繁忙的教学工作、设计任务，以及各样的琐事。我尽力地挤出时间——也许就是鲁迅先生说的"别人喝咖啡的时间"吧，来进行这项"业余"写作。压力让我疲惫、也让我充实。今天回过头读来，书里虽仍有很多自己不太满意的地方，或许还有欠妥与不足之处，但我也不想就此而没完没了的改下去。不管怎么说，打住吧！这些文字所反映的毕竟是一个时间段里的我，一个真实的我！

一切都还将继续，因为我也心存一个梦想——“I have a house dream.”

继续建房……

继续写作……

最后，我还要以最真诚的感激之情面对给予我支持、关心、理解和帮助的人们，他们是：我的父母，他们长久以来对我无私的关爱和默默的奉献使我体会到太多温暖的情感，而我却永远也回报不尽，谢谢您们的爱！我的女儿笛笛，因为工作的繁忙，我给予她的实在太少，周末没时间陪她玩，每年的“六·一”儿童节仍需加班加点的我无法分享她的快乐，对女儿存有太多的愧疚，而你却给我带来很多的慰藉，谢谢你！

还要感谢四川大学建环学院何敏老师的老公——张志宇先生，在书的开始写到13000字左右的时候，因为我的失误操作，而将文件全部丢失。电脑高手张志宇先生连夜帮我找寻丢失的文件，虽竭尽全力，文件还是没有能找到。于是我又努力回忆，并从头开始（自此我对电脑又爱又狠）。但是，我还是要非常非常地感谢你！

感谢程丛林老师在房子修建的过程中给予我许多富于智慧的建议和启发！感谢何多苓老师对房子的赞赏和鼓励！感谢我的学生李畅同学在房子的设计和施工阶段在图纸绘制上的协助！感谢杨秀伦女士给予建房在材料和预算方面的建议和支持！感谢周启华、邓建等在房子修建过程中给予的施工技术方面的支持！感谢所有修建房子的工人们！感谢蒋林、杨丽夫妇提供的建房场地条件和多方面的帮助和支持！

还要衷心感谢四川美术出版社何启超老师对本书的出版所给予的支持和帮助！感谢杨冬冬先生对书籍的设计和印刷方面所提供的建议以及辛勤的付出。

谢谢所有为此书提出宝贵意见的人们！

谢谢所有阅读这本书的人们！

谢谢大家！

万征 *Wan Zheng*

生于四川成都。

1993年毕业于四川美术学院设计系环境艺术设计专业，获文学硕士学位。

1993年至今任教于四川大学。

四川大学艺术学院设计系环境艺术设计专业副教授，硕士研究生导师。

主要从事建筑室内设计的研究及教学工作。

著有《家装自己策划》、《室内设计》（国家新世纪高等美术教育重点教材）等著作。

提问者：建筑，该如何抛弃你那娇情的外衣，诚实面对人类？

回答者：这是新的问题，这将是我今后思考的一个方向。

Questions :

Architecture，how to throw off your hypocritical coat and face humanity in an honest way?

Answers :

This is a new problem. This will be one of my thinking direction in the future.

图书在版编目(CIP)数据

建房 / 万征著．—成都：四川美术出版社，2010.1
ISBN 978-7-5410-4152-5

Ⅰ．建… Ⅱ．万… Ⅲ．建筑设计 — 研究 — Ⅳ．TU2

中国版本图书馆CIP数据核字（2010）第007303号

建房 浓园凹宅里的对谈录 / 万征 著
JIAN FANG NongYuan AoZai Li De DuiTanLu / WanZheng

责任编辑：何启超
插图：万征
设计：杨冬冬
责任校对：许晟　张新蓉
责任印制：曾晓峰

出版发行：四川出版集团 四川美术出版社
（成都市三洞桥路12号 邮编：610031）

经销：新华书店
制版印刷：四川荣盛彩色印刷有限公司
成品尺寸：163mm×210mm
印张：10
图片：267幅
字数：201千
版次：2010年1月第1版
印次：2010年1月第1次印刷
书号：ISBN 978-7-5410-4152-5
定价：128 元

Published in January 2010